AF235872

Reiner A. Hampusch

Geboren 1949 in Leipzig, aufgewachsen in Berlin, inmitten schöngeistiger Literatur und Kunst, frei erzogen (von seinen Eltern) entdeckte er als Kind zuerst die Welt der Märchen, Sagen und fantastischen Geschichten. Die Schule musste überstanden werden, und auch die Lehre zum Tischler.

Nach einem Abendstudium der Malerei an der Kunsthochschule Weissensee in Berlin, entschloss er sich dann doch Werbekaufmann (Ökonom) zu werden. Nebenberuflich fotografierte, malte und schrieb R.H., doch literarisch blieben immer nur Fragmente liegen (1972 – 1975, Gedichte, Fragmente SiFi-Geschichten). Erst 2014 verfasste er seinen ersten Fantasieroman, "Nacht über Ralli", den er kurzfristig als e-book veröffentlichte. Da ihm aber diese Ausgabe nicht gefiel, nahm er sie wieder aus dem Angebot.

Dafür erschienen in kurzer Folge vier Liebesromane: "Grüne Augen", 4 Romane in einem Buch: Clarisse, Clarisse 2, Therese, Anne, "Marga", "Berlin, Venedig und anderswo" und "Rheinsberg und anderswo", alles kostenlose e-books. Es waren (Originalton), sozusagen "Fingerübungen". Mit der dreiteiligen Krimireihe "Mellerts Fälle", die zwischen 2018 und 2020 entstanden, "Der Tote von Neuendorf", "Paradis perdu" und "Der weiße Wal" begab sich R.H. in das Metier des Krimischreibers; der Leser erlebt die Entwicklung der Ermittlungsarbeit der Kriminalpolizei in den Zwanziger, Dreißiger und End-Vierziger Jahren in Berlin und Preußen.

Mit diesem Buch beginnt R.A. Hampusch die *"Grüne Augen"*-Serie auch als Druckbücher zu veröffentlichen, als da wären (Arbeitstitel):
Nr. 1 – CLARISSE – Suche und Erfüllung ● Nr. 2 –THERESE ● Nr. 3 – ANN - Irisches Glück

Bisher über BoD erschienen:
Liebesromane
MARGA, Ein *'Grüne Augen'* Roman' (auch als e-book – siehe unten)

Kriminalromane
MELLERTS FÄLLE, Der Tote von Neuendorf ● MELLERTS FÄLLE, Paradis perdu ● MELLERTS FÄLLE, Der weiße Wal

Fantasie
DIE NEUE KAISERIN, Drakenland 4 ● DRAKENLAND, Die neue Kaiserin, Teil 1 DER FEIND ● DRAKENLAND, Die neue Kaiserin, Teil 2, KRIEG ● DRAKENLAND, Die neue Kaiserin ,Teil 3, TABUBRUCH

In Vorbereitung (Druckexemplare):
DER PREIS DER MACHT, Drakenland 5 ● NACHT ÜBER RALLI, Drakenland 1 PAUL MELLERTS FÄLLE, Die Gentlemen Bande

Andere Verlage: bookrix e-books
Die "Grüne Augen"-Reihe
GRÜNE AUGEN, Auf der Suche nach Liebe und Erfüllung ● MARGA, Ein *'Grüne Augen'* Roman' ● BERLIN, VENEDIG UND ANDERSWO, Auf den Spuren von Marco Polo und Kurt Tucholski ●RHEINSBERG UND ANDERSWO, Eine Hommage

Reiner A. Hampusch

CLARISSE
Suche und Erfüllung

Ein *'Grüne Augen'*-Roman

Ein Liebesroman

Bibliografische Information der Deutschen Nationalbibliothek:
Die Deutsche Nationalbibliothek verzeichnet diese Publikation in
der Deutschen Nationalbibliografie; detaillierte bibliografische
Daten sind im Internet über http://dnb.dnb.de abrufbar.
© 2014/2022 Reiner A. Hampusch
Titelbild und Titel: Reiner A. Hampusch
Herstellung und Verlag: BoD – Books on Demand, Norderstedt
ISBN: 978-3-7534-9814-0

WIDMUNG ZUM ERSTEN BUCH

Meiner lieben Frau
Zur Erinnerung an die Tage in Frankreich an der Cote Azur,
in der Provence, an der Kanalküste, im schönen Inland und
auf den Straßen und überhaupt für die ganzen wunderbaren
Jahre mit ihr. Mehr muss man, glaube ich, nicht sagen.

Doch! Ich muss eine Warnung aussprechen: Dieses Buch
hat nichts, aber auch gar nichts mit uns zu tun. Es ist pure
Fantasie, pure Erzählung. Luftballons im Kopf. Ein Roman,
eine Geschichte, ein Märchen. Entstandene Ähnlichkeiten
sind rein zufällig. Oder doch nicht? Manches scheint so.
Möge der Leser entscheiden.

Berlin, im Februar 2014/Februar 2022

ERSTES BUCH
SUCHE

Wenn es denn passiert,
lass es geschehen,
wehre Dich nicht!
Reiner A. Hampusch

EINS

Später *ist man sich nicht sicher, ob das, was man glaubt gesehen zu haben, auch der Wirklichkeit entspricht.* René legte die Hände hinter den Kopf und runzelte die Stirn. Das wäre ein guter Anfang für seinen neuen Roman. Der würde dann auch keinen englischen Titel bekommen wie sein letzter: Sommertime. Auf Wunsch des Herren Verlegers. Nein, nein, Pierre, diesmal nicht! Diesmal bestimme ich, wie der Titel lautet. Ich nehme erst einmal – *Grüne Augen*. Ein guter Arbeitstitel!

Sowohl der Tisch, unten im Café als auch die Liege, hier oben auf der Terrasse, waren Renés Lieblingsplätze. Hier hatte er die besten Inspirationen. Nun aber war er abgelenkt; Diese Frau, die dicht an eben jenem Tisch im Café vorbeiging, den er im Sommer beinahe täglich in Besitz nahm, vorausgesetzt es regnete nicht, beschäftigte ihn seit Stunden.

René hatte die Augen geschlossen, und vor seinem geistigen Auge lief diese Frau in Rot wieder und wieder an ihm vorbei. *Schwebte*, korrigierte ihn der Bauch. *Ging*, der Verstand. Lange, wellige, rote Haare, die über die Schulter fielen und bei jedem Schritt mitwippten. Ein rotes Kleid, das, wie ihm der Bauch suggerierte, hauteng am Körper saß, rote High Heels. Und grüne Augen!

Wirklich? Grüne Augen? Oder bildete er sich das nur ein, weil es so gut ins Bild passen würde?

Sie hatte ihn angesehen und er sie. Und er hatte gespürt, wie sein Herz schneller schlug und sich das Blut in seinem Magen konzentrierte – und weg war sie. Im Gewimmel der Spätaufsteher verschwunden. Langsam stellte er die Espressotasse zurück, stand auf und versuchte, hinterherzusehen. Aber nein, sie war verschwunden.

René legte einen Fünf-Euroschein neben die Kaffeetasse und ging grußlos, was er sonst nie tat, aus dem Café. Die Kellnerin sah ihm mit großen Augen nach, aber er merkte es nicht.

Jetzt lag er hier oben, brutzelte in der Sonne und sinnierte. Er hatte auch Zeit dazu, denn seine Arbeit war erledigt; Abgeliefert, überarbeitet, gedruckt und lag nun hoffentlich in den Auslagen der Buchläden. "Sommertime". Der Titel war auf Wunsch seines Verlegers entstanden, er hatte einen anderen bevorzugt. Schwamm drüber. Was zog, war der Name der Autorin – ein Pseudonym. Also hatte er Zeit – wenigsten eine Woche, vielleicht zwei, dann würde sich Monsieur Simon bei ihm melden. Ganz sicher!

Durch die geschlossenen Augenlider sah er alles rot. Und in diesem schimmerndem Rot schwebte sie rot an ihm vorbei und blickte ihm, nur ihm (!), mit ihren grünen Augen in die seinen.

Müßig, sich damit zu beschäftigen, bei der Hitze. René stand auf, zu schnell, es drehte sich vor seinen Augen. Er hielt sich an der Kopflehne der Liege fest, bis sich der Schwindel beruhig hatte. Und als er an sich heruntersah, musste er feststellen, dass er sich einen schönen

Ganzkörper-Sonnenbrand geholt hatte. Das Schöne war ja, dass er hier oben, sozusagen auf dem Dach von niemanden gesehen werden konnte. Also konnte er sich nackt sonnen, was ihm eine umständliche Fahrt ans Meer ersparte und auch noch billiger war.

Doch jetzt: Duschen!

Beim Abtrocknen entschloss er sich, wieder in das Café, auf einen Espresso oder ein, zwei Gläser Roten, zu gehen. Es lag ja im selben Haus. Wie bequem! Unterschwellig aber hoffte er, die Dame in Rot wiederzusehen. Sein Verstand meinte, das wäre illusorisch, weil es eh nur eine Zufallsbegegnung gewesen war. Das meinte sein Bauch aber ganz und gar nicht. In ihm flatterten die Schmetterlinge nur so herum und verbreiten Hoffnung. Nun ja. Ein Bauch hat eben keinen Verstand. *Aber oft Recht,* dachte René im Aufzug, der ihn zur Straße und in sein Lieblingscafé brachte.

Die Serviererin stand neben *seinem* Tisch. Sie hatte ein Cognacglas und eine Flasche Grand Livreaux in den Händen. Sie stellte das Glas auf den Tisch. "Sagen sie einfach halt." *Die Dame scheint einen siebten Sinn zu haben.*
Als es zu mehr als der Hälfte gefüllt war, winkte er ab. "Stopp." Er nahm es, hob es an, dass er durch die hellbraune Flüssigkeit sehen konnten und schwenkte es mehrmals die braune Flüssigkeit hin und her. Dann setzte er an und goss sich den gesamten Inhalt auf einen Schlag in den Hals. Es brannte, und das Aroma von Alkohol und alten geschwefelten Eichenfässern zog brennend durch seine Stirnhöhle und Tränen traten in die Augen. "Ah!"
"Noch was?", fragte die Kellnerin.
Er schüttelte den Kopf. "Einen Espresso und ein Viertel von Roten. Sie wissen schon."

Sie verschwand.

Warum hat die Rothaarige mich so lange angesehen? Er spürte, wie sich wieder der Pulsschlag erhöhte. *Das ist nur der Cognac,* beruhigte er sich. Er tauchte unter den Tisch nach der abgeschabten Umhängetasche aus groben Leinen, worin er seine Schreibutensilien aufbewahrte. Die Tasche stammte noch aus seiner Studienzeit. Es hingen viele angenehme Erinnerungen daran. Eine Kommilitonin, mit der er damals eine Affäre hatte, Lorie hieß sie, schenkte sie ihm zu seinem Geburtstag. Sie hatte mehr erwartet, die Trennung war hart. Dennoch war Lorie eine der schönsten Erinnerungen an deine Studienzeit.

Umständlich fischte er ein Notizbuch hervor. Ein dickes schwarzes im Oktavformat, dass arg abgegriffen war. Farbige Lesezeichen mit kryptischen Beschriftungen sahen aus den Seiten. Hier trug er Gedankensplitter ein oder notierte, was er gesehen hatte, und Geschichten, die man ihm erzählte.

Er schlug es auf. Genau dort, wo ein rotes Lesezeichen markierte, dass noch Platz wäre.

Mit seiner peniblen Handschrift setzte er oben rechts das Datum und die Zeit ein. Darunter den Ort. Und dann folgte die Beschreibung. *'Frau, rotes Kleid, high heels, rot, rote Haare' wunderschöne grüne Augen!!!'* Da war er sich jetzt sicher!

Und sicher war er sich, dass es die Augen gewesen waren, die ihn für den Moment vollständig gefesselt hatten und die er nie wieder vergessen wird. Er orderte einen weiteren Cognac und einen Espresso dazu. Morgen wird er den neuen Roman beginnen. Einen Anfang hatte er schon, bliebe nur noch der Rest. So etwas mit Herz, Schmerz, großer Liebe und Enttäuschung, grünen Augen, Fremdgehen und Sex. Viel Sex!

Wirklich?

Z W E I

Zwei Wochen waren vergangen, dass Clarisse diesen Mann im Café gesehen hatte. Es war ja nicht das erste Mal, dass sie an diesem Café vorbei gegangen war. Und sie hatte noch nie darauf geachtet, wer dort an den Tischen saß. Dazu fehlte ihr die Zeit. Doch diesmal hatte sie etwas angezogen, sie gebannt. Sie sah genauer hin, sah den Mann und konnte den Blick nicht von ihm wenden. Dann war sie im Gewühl untergetaucht. Nur das Gefühl, seinen Blick immer noch im Rücken zu spüren blieb, bis sie sich noch einmal umdrehte, und ihn durch das Getümmel nicht mehr sehen konnte.

Heute ging es in der Redaktionssitzung heiß her. Man besprach die nächste Ausgabe. Jeder kam mit Ideen und Vorstellungen und Geschichten, die man unbedingt aufmachen müsse. Und Chefchen war heute besonders ungnädig und setzte seine eigenen Vorstellungen durch. "Hat wohl gestern nicht zu bumsen gehabt?", flüsterte Jean-Pierre in Clarisses Ohr. Doch Clarisse saß still daneben, tat als wenn sie nichts gehört hätte, denn sie ahnte was kommen wird. Und genau das: Sie sollte sich mit dieser *Andrea Grimaude* beschäftigen, die wieder einen "Schmachtfetzen herausgebracht" hatte.

"Zerreiß sie in der Luft!", hatte der Chef gefordert, "Das kannst Du doch so gut." Er grinste dabei mokant, wie wenn er sagen wollte, mehr kannst Du ja eh nicht.

Clarisse nickte abgelenkt. "Ich werde mir das Buch ansehen", hatte sie gemurmelt. Und dachte an diesen Mann im Café. Zum wiederholten Mal, beinahe täglich, geisterte er durch ihren Kopf und störte. Es war nicht mal was Besonderes an ihm gewesen, oder? Nur, dass *er* sie angestarrt hatte. Sie wusste nicht einmal genau zu sagen, wie er aussah, was er trug – Hemd, Jackett? Und in welcher Farbe? Einen Schlips? Gedankenverloren hob sie die Schultern, was der Chef als Bestätigung hinnahm. Das Rezensionsexemplar der Grimaude hatte er ihr als Luftpostsendung über den langen Beratungstisch zugeworfen. Es landete genau vor Clarisse und blieb liegen. Noch eingeschweißt in Plastikfolie. Dabei hatte er gegrinst und mit den Augen gezwinkert. Und sie wusste, wenn sie dieses Buch verriss, dann klingelte auch bei ihm Geld in der Kasse. Jeden dritten Donnerstag im Monat erhöhte sich die Auflage, wenn auch gering, und Clarisse war überzeugt, dass die Literaturgemeinde aus V. und Umgebung nur auf ihre Kolumne wartete und die Zeitung kaufte. Es ging nicht immer im Andrea Grimaude. Dennoch, die Fans warteten ja nur darauf, sicher auch aus Trotz, vielleicht aber auch aus Zuneigung zur Autorin, den Roman zu kaufen. Jedenfalls die Reaktionen auf ihre Rezensionen waren entsprechend.

"Okay", sagte sie lustlos.

Es gab mehr Literatur und Kunst als diese Andrea Grimaude. Und sie arbeitete auch für andere Zeitungen und hatte genügend zu tun. Aber der Chef hatte sich an der Dame festgefressen und sie sollte sie, stellvertretend für ihn, zerreißen. Andrea Grimaude - ein Pseudonym? Oder gab es sie wirklich? Steckte eine Frau dahinter oder gleich mehrere Ghostwriter, denn immerhin brachte der Verlag jeden Monat eine neuen Roman heraus. Wer steckte hinter diesem Namen? Sie hatte es immer noch nicht herausbekommen. Weder das Telefonbuch noch das Internet konnten ihr helfen. Nicht einmal ihr Charme hatte den Verleger der Grimaude, Monsieur Simon, erweichen können.

"Ich bin doch nicht verrückt!", hatte er gerufen. "Ich verrate natürlich nicht, wer meine Bestseller schreibt!" Dann hatte er sich beruhigt, "Da wartet nur die Konkurrenz drauf, um sie mir sofort wegzuschnappen."

Aha, eine Frau! Wer sonst könnte gefühlvoller über Frauen schreiben als eine Frau! Heimlich suchte sie mit den Augen auf Simons Schreibtisch, doch es lag nichts Verräterisches herum. *Na warte, ich kriege dich!*

Die Redaktionssitzung war beendet. Langsam stand Clarisse auf und lief ihren Kollegen und Kolleginnen aus dem Beratungsraum hinterher auf den Flur. Die einen begaben sich zu ihren winzigen Büros, Clarisse nach Hause, denn sie arbeitete als freie Redakteurin.

Am anderen Morgen blickte Clarisse aus ihrem Fenster, das zur Rue Antibes ging, auf die Platane vor ihrem Haus. Im Sommer, wenn die Sonne schien, beschattete sie das Zimmer und im Winter lag Schnee auf den Ästen. Spatzen hüpften von Ast zu Ast und ärgerten die Krähen. Heute war der Himmel grau, es regnete leicht doch war es warm.

Nach dem Frühstück schnappte sich Clarisse seufzend ihre Tasche, steckte den Laptop und das Buch dieser Grimaude dazu, griff sich den Regenschirm aus dem Ständer im Flur, und verließ das Haus um in der Redaktion zu arbeiten. Sie teilte sich einen Schreibtisch und Computer mit ihrer Kollegin Geraldine, die heute nicht in der Redaktion war. Sie könnte es auch zu Hause, aber Clarisse brauchte die Gespräche mit ihren Kollegen und diesen Klatsch und Tratsch, die in den Zeitungsredaktionen wie dicke Wolken herumwaberten.

Die Concierge wünschte ihr einen schönen Tag. Clarisse winkte im Vorbeigehen geistesabwesend. Eigentlich hoffte sie, den Mann im Café wiederzusehen. Doch bei diesem Regen? Sie glaubte nicht recht daran. Und warum sollte sie ihn sehen wollen? Clarisse wusste es nicht. Aber wenn sie das Gefühl unterdrücken wollte, ihn wenigstens sehen zu wollen, müssen, ging es nicht. Was war mit ihr los?

Als sie aus dem Haus trat, goss es wie aus Kannen. Sie spannte den Schirm auf und begann, schnell zu laufen.

Ein Platzregen rauschte herunter. Im Nu war die Rue Antibes wie leergefegt. Nur die Autos rasten durch die Pfützen. Fontänen spritzten auf das Trottoir. René hatte sich an *sein* Fenster im Café zurückgezogen. Gedankenverloren sah er dem Treiben des Wetters und der Menschen zu.

Aus der Gischt näherte sich ein roter Fleck. Sein Pulsschlag stieg. Sie? Gespannt starrte er auf das sich nähernde Rot. Ja, sie ist es! Auf roten High Heels balancierte sie unter einem breiten Regenschirm über das nasse Trottoire. Ihr rotes Kleid war an manchen Stellen nass geworden, auf den Schultern und am Saum. Sie sprang geschickt über kleine Pfützen. Vor dem Café blieb sie unentschlossen stehen. Dann schien sie sich entschieden zu haben und ging auf die Eingangstür zu.

Sie trat ein.

Er stand auf.

Die Serviererin nahm der Frau den Schirm ab. Jetzt winkte René und erst jetzt sah sich die Frau in Rot um.

"Ah", sagte sie, als wären sie schon seit langem verabredet gewesen und kam auf ihn zu. "Noch frei?" Die Frage war rein rhetorisch.

Er hustete. "Ähm. Ja."

"Schöner Platz." Sie setzte sich, schlug die Beine übereinander und sah ihn interessiert an.

"René", stellte er sich vor. "Ja, man hat eine prima Aussicht auf den Boulevard." Er vollzog eine altmodische Verbeugung. Die Frau hatte noch keinen Blick für ihre Umgebung gehabt, denn er war auf ihn gerichtet. Und er sah es jetzt genau: grüne Augen! Wunderschöne, mandelförmige Augen! Sie erinnerten ihn an ein Foto in einer Modeillustrierten: warm und … er fand kein passendes Wort dafür.

"Clarisse", sie reichte ihm die Hand. Unwillkürlich gab er ihr einen Handkuss. Seine Ohren wurden knallrot und heiß.

"Wollen sie sich nicht setzen?" Sie lächelte.

"Was zu trinken?" fuhr grob die Serviererin dazwischen. Er fragte sich, ob sie etwa eifersüchtig war?

"Espresso doppelt. Und einen Cognac. Und Sie?" Er sah sie fragend an.

"Dasselbe. Und bringen sie noch stilles Wasser mit. Danke." Ihr Ton war sachlich gewesen. Als sie sich ihm zuwandte, klang es anders. "Da sitzen wir nun." Sie lächelte ihn an und zeigte eine untadelige Reihe schneeweißer Zähne.

"Ja."

Sein Blick ging von ihren roten Haaren, die sie schnell mit den Fingern gerichtet hatte über ihr schönes Gesicht bis zu ihrem wohlgeformten Busen. Das Kleid war schulterfrei, hatte dünne Träger und einen spitzen Ausschnitt. Die nassen Flecken trockneten bereits. Immer wieder verirrte sich sein Blick an die Stelle zwischen ihrem Brustansatz. Dort hing ein winziger Anhänger an einem Goldkettchen. Darüber hinaus trug sie keinen Schmuck. Dann sah er wieder auf und in die Augen, in denen er zu ertrinken glaubte.

Sie lächelte. "Zufrieden mit dem, was Sie sehen?"

"Ja. Ihre Augen. Woher haben Sie solch herrliche Augen?"

Sie lächelte geschmeichelt. "Ich glaube, von meinem Papon."

Süß, dachte er. Sie muss ihn sehr gern haben. "Provençale, nicht wahr?"

"Ja, aus Aix. Aber die Großeltern stammen aus dem Alsace"

"Ah ja", er nippte an seiner Tasse. "Sie wollten … was sagen?"

"Ach ja. Ich bin Ihretwegen hier."

"Meinetwegen?"

"Ja. Sie sind mir aufgefallen. Sie hatten mich so angest…sehen."

"Und nun wollten Sie wissen …"

"… was das für einer ist, der mich so angestarrt hat. Normalerweise darf das niemand."

"Oh! Pardon. Es ist ansonsten auch nicht meine Art."

Sie schwiegen, bis sie fragte: "Was machen Sie so?"

Er wiegte unbestimmt den Kopf. "Bin Schriftsteller."

"Kenne ich Sie?"

"Weiß nicht. Ich glaube kaum. Und was tun *Sie* so, den ganzen Tag?", lenkte er ab.

Sie zählte an den Fingern ab: "Nachts schlafe ich tief, fest und unschuldig. Dann stehe ich auf, mache meine Morgentoilette. Eine halbe Stunde. Frühstücke in der Küche …" Sie lachten. "Nein, im Ernst. Wenn ich nicht mit meinen persönlichen Sachen beschäftig bin, dann gebe ich meine ganze Arbeitskraft der führenden Zeitung in dieser Stadt."

"Als Redakteurin!", vermutete er.

"Genau. Für Literatur, Kunst und Theater. Kritik"

"Sie haben eine eigene Kolumne?"

"Meistens, ja. Donnerstags."

Er schwieg, sie schwieg.

"Ah, jetzt weiß ich! Sie schreiben diese Rezensionen … " Er schnippte mit den Fingern. "Clarisse – Clarisse S. Richtig?"

Sie lächelte vielsagend. Nahm einen kleinen Schluck aus der Espressotasse.

"S. Was bedeutet S.?"

"Raten Sie."

Er schob die Unterlippe vor. "Ein Pseudonym."

"Kann man so sagen."

"Muss ich Angst haben?", fragte er.

"Sie nicht. Jedenfalls solange sie keine Liebesromane schreiben."

"Ich? Sehe ich so aus."

Sie betrachtete lange seine Hände. "Ja und ja! Sie machen so etwas oder etwas Ähnliches." Wieder ein Schluck aus der Espressotasse. Rene sah Clarisse fasziniert zu.

"Sie arbeiten also freischaffend?" Clarisse legten den Kopf schräg.

"Zum Glück, ja. Manchmal auch zum Unglück."

Clarisse sah aus dem Fenster, er in ihren Ausschnitt. "Ja, so ist es." Sie legte eine Hand auf ihren Brustansatz. Hatte sie es bemerkt? "Es hört auf zu regnen. Zeit, dass ich arbeiten gehe." Sie kramte nach einem Portemonnaie.

Er winkte ab. "Lassen sie stecken. Geht auf meine Rechnung. Schließlich bin ich schuld, dass sie ins Café gehen mussten."

"Irrtum. Das war der Regen."

"Was für ein Glück!" Ihm kam eine Idee: "Was machen sie am Samstag?"

Sie holte ihr Handy aus der Tasche. "Nichts", sagte sie, nachdem sie auf den Kalender gesehen hatte. "Und Sie?"

"Nüchs. Ich brauch' mir einfach nichts vorzunehmen. Also? "

"Was, also?"

"Haben Sie Lust auf eine Kahnfahrt? Die Seine herunter? Ich kenne da ein wunderbares Lokal in einem kleinen Nest an der Seine."

Sie dachte nach. *Warum nicht?* "Gut. Ich habe auch nichts weiter vor. Wann?"

"Ich hole Sie ab. Sagen wir neun Uhr?"

"Gern." Sie gab ihm ihre Adresse.

Mon dieu, sie wohnt hier in der Nähe, nur drei Ecken weiter!

DREI

Clarisse hatte ein paar Sachen zusammengerafft. Bei einer Pause, einem Kaffee, dachte sie über diesen René nach. Zum hundertsten Male? Oder tausendsten? Was hatte Sie geritten, sich so einfach mit einem wildfremden Mann zu verabreden. Und überhaupt! Rennt einem Kerl hinterher, nur weil der sie angestarrt hatte. Geht's denn noch? Und dann: Kahnfahrt auf der Seine! Sie spitzte den Mund. Naja, wenn man es anders sieht? Und stellte sich vor, wie sie am Heck eines Ruderkahns saß, ein weißes Kleid an, einen breiten weißen Hut auf dem Kopf und er, mit freiem Oberkörper, schwitzend an den Riemen. Oder hatte er ein Motorboot? Sie lag nackt auf dem Deck und sonnte sich. Und die Schiffer starrten mit großen Augen …

Sie verdrängte kichernd den Gedanken. Abwarten! Vielleicht ist er nicht anders als die Anderen? Obwohl …

Viertel nach neun klingelte es. Sie ging zur Wohnungstür.

"Nehmen Sie den Aufzug", rief sie von oben. "Vierte Etage!"

Die Concierge stand im Türrahmen und hatte die Arme unter ihrer ausladenden Brust verschränkt. "Sie hören es, junger Mann. Gehen Sie, gehen Sie."

Er suchte den Fahrstuhl, stieg ein. Ein altmodisches Gitter wartete geduldig, geschlossen zu werden. "Aha, Handbetrieb!" Er schloss das Gitter, drückte den Knopf neben der "4". Das Gerät setzte sich behäbig in Bewegung. Wenn er gelaufen wäre, hätte er längst oben sein können.

Unsinn, wies er sich zurecht, sie hatten doch Zeit. Quälend langsam hielt der Aufzug an. Er schob das altmodische Gitter zur Seite.

Da stand sie! In Rahmen der Wohnungstür. Sonnenschein drang aus der Wohnung und hüllte sie in den Strahlen ein - Ein mystischer Lichtschein.

"Eine Göttin", sagte er.

"Danke. Übertreiben Sie blos nicht." Clarisse hatte diesmal ein luftiges Kleid mit großen Blumenmotiven an. "Kommen Sie herein. Ich bin gleich fertig."

René trug heute weiße Hosen und leichte weiße Turnschuhe, dazu ein weißblaues Shirt. Clarisse sah ihn kurz an. Dieser Mann gefiel ihr. Er wusste sich zu kleiden. Und nicht nur das! Eine warme Empfindung durchströmte sie und ein leiser Schauer kribbelte über ihren Rücken.

Sie führte ihn durch einen dämmrigen Flur. "Mein Arbeitszimmer", stellte sie die kleine Kammer mit dem Mansardenfenster vor, vollgestopft mit Regalen voller Bücher, einem altmodischen Computer, der die Hälfte des winzigen Schreibtisches einnahm, einem abgewetztem Drehsessel und viel Papier. An der Wand hingen Porträts berühmter Schriftsteller und eines von Bach.

"Bach?"

"Ich mag seine Musik. Sie ist so kompliziert und gleichzeitig so klar." Clarisse führte ihn weiter. "Hier wohne ich ansonsten." Sie zeigte auf eine geschlossene Tür. Dann erreichten sie das Schlafzimmer. Er blieb an der Tür stehen, ihm war, als würde er etwas besonders Intimes betreten.

"Kommen Sie, kommen Sie nur."

Rene schnupperte. Es duftete nach teurem Parfüm, Puder und Frau. Ein breites Doppelbett stand in der Mitte, eine Tagesdecke lag darauf, in silbergrau mit großen quadratischen Mustern. Über dem Bett schwebte ein Baldachin aus weißer Seide. Eine breite Flügeltür führte auf den schmalen Balkon mit einem wundervollen Ausblick über V. In der Ecke links prangte eine ansehnliche Palme. Und noch eine Tür ging zu einer weiteren Mansarde, dem Ankleideraum. Sie stand offen, er erhaschte einen Blick auf ein Regal mit Schuhen aller Art und diversen Kleidungsstücken. Die Wände des Schlafzimmers schmückten große, abstrakte Bilder. Er erkannte einen Maloi und ein Bild der Laroche. "Hier die Moderne und zum Arbeiten die Klassiker?" Er zeigte auf die Bilder.

"Ich mag es." Sie ging zum Bett, auf dem ihre Reisetasche thronte. "Es sind aber nur Drucke, keine Originale!" Das Parkett knarrte anheimelnd. Sie zählte auf, was sie eingepackt hatte. "Was soll ich noch mitnehmen?"

"Sie haben einen Badeanzug vergessen. Vielleicht ergibt sich die Möglichkeit, ihn anzuziehen. Sie sollten auf jeden Fall einen einpacken. Oder verzichten sie lieber ganz auf Badekleidung?"

"Und Sie?"

"Wenn es möglich ist, ja."

Sie antwortete nicht darauf. "Ein Bikini? Geht der auch?" Sie hob ein paar Stoffstreifen hoch.

Er schluckte. "Geht – auch." Ihm blieb die Luft weg bei der Vorstellung … Jedenfalls hoffte er jetzt auf besonders gutes Wetter.

Die Reisetasche war nun mit allem vollgestopft, was man für einen Tag im Grünen braucht. Dazu das Buch der Grimaude und der Laptop. Es könnte ja sein, dass sie Zeit zum Lesen und Schreiben hatte. Als sie die Tasche anheben wollte, stürzte er sich darauf, nahm sie ihr aus der Hand.

"Votre Service, gnä' Frau", näselte er vornehm.

Sie zog die Tür hinter sich zu. Schloss gewissenhaft ab. Dann fuhren sie mit dem Aufzug nach unten.

Direkt vor der Tür hatte er einen Parkplatz erwischt - kurz vor einem Peugeotfahrer, der auch gerne hier geparkt hätte. Ein paar Meter weiter stand er nun und diskutierte mit einem Polizisten, weil er in der zweiten Reihe hielt. *Tja, Pech gehabt, Alter!*

"Boah!" entfuhr es ihr. "Ist das Ihrer?"

"Ja."

"Der hat aber gekostet!", rief Clarisse aus.

"Es geht. Zweite Hand. Achtzigtausend wollte der Kerl dafür haben."

"Wollte?"

"Ich habe ihm ein Angebot gemacht, dass er nicht ablehnen konnte."

"Aha!", rief sie lachend. "Sie sind also doch ein Mafioso!"

"Iwo. Ich bin seit Jahren bei dem Verkäufer Kunde. Er hat zehn Prozent nachgelassen. Dafür darf er allen Service daran ausführen. Kostenlos – für mich!"

"Trotzdem", beharrte sie.

René schüttelte amüsiert den Kopf. Dann drückte er einen Knopf am Fahrzeugschlüssel. Das Verdeck der "Viper" klappte summend auf, faltete sich kompliziert zusammen und verschwand unter der Heckklappe. "Darf ich bitten, M'dame?"

"Mademoiselle", korrigierte sie. Sie warf die Haare nach hinten. Graziös und mit wiegenden Hüften stolzierte sie auf das Geschoss zu. Die Beifahrertür schwenkte nach oben. Clarisse glitt auf den Ledersitz.

"Jean, fahren wir!", befahl sie hochmütig, und wedelte unbestimmt mit der rechten Hand.

Er griente, warf die Tasche auf den Rücksitz, sprang in den Fahrersitz und startete den Motor. Wrruuummm! Der Polizist und der Peugeotfahrer sahen auf. Er jagte mit überhöhter Geschwindigkeit vorbei, dann waren sie auch auf dem Weg, raus aus der Stadt.

Sie kannte die Gegend. V. lag im Norden des Ringes aus Vorstätten und Wohngebieten außerhalb von Paris. Hier lebten Intellektuelle, Künstler mit ein wenig mehr Einkommen und alle, die es sich leisten konnten. Das besondere waren die vielen Verlage, die aus Paris hierher gezogen waren, weil sie sich die teuren Mieten in der Hauptstadt nicht leisten konnten. So auch der Verlag von René und etliche Zeitschriftenverlage.

Erst ließen sie die maroden Vorstadthäuser hinter sich. Dann kamen die Supermärkte mit ihren aufdringlichen Werbeplakaten am Straßenrand, und endlich begann das freie Land. Die Luft wurde frischer und pfiff um die Windschutzscheibe. Clarisses Haare flogen im Wind und sie hielt sie mit beiden Händen fest. Ihr fiel ein, dass sie einen leichten Schal mitgenommen hatte. Sie beugte sich über den Sitz nach hinten und suchte in der Tasche danach. Im Augenwinkel erfasste sie Renés Blick auf (oder in?) ihren Ausschnitt. Clarisse bekam eine Gänsehaut. Sie hasste es, wenn ihr die Männer auf die Brust oder ins Dekolleté sahen – nur nicht bei ihm. Endlich hatte sie gefunden, was sie suchte und band sich den Schal um die Stirn. Das sonore Brummen des Motors, der warme Sonnenschein machte sie schläfrig. Er jagte mit Hundertzwanzig die Departement-Straße hinunter zu einem verschlafenen Nest mit einer großen Marina an der Seine. Der Hafen verdankte seine Existenz einer Verbreiterung aus der Zeit der Hausmannschen Umbauten von Paris. Damals wurde hier Baumaterial, vor allem Holz, umgeladen, um dann in Paris verbaut zu werden. Jetzt lagen hier die Boote der wohlhabenden Städter.

Er bog auf den Parkplatz ein. Ein Teenager in einem verschlissenen T-Shirt stürzte sich auf sie. "Guten Tag, Madame, M'sieur René."

"Morgen, Pierre. Stellst Du den Wagen an die alte Stelle?"

"Tut mir leid, M'sieur. Da hat sich der dicke Generaldirektor mit seinem noch dickeren Mercedes breitgemacht. Ich war noch nicht hier …"

"Verschlafen?"

"Non, non, M'sieur. Er war wohl gegen sechs hier."

"Ah so. Na egal. Stell sie irgendwo hin. Und vergiss nicht das Dach zu schließen!" Er drehte sich noch einmal zu dem Jungen um. "Ah, und achte auf Taubennester, Pierre!", rief er im Weggehen dem Jungen noch hinterher.

"Mach ich!"

Er schleppte ihre und seine Tasche zu einem Steg mit der Kennzeichnung "C". An den Anlegern vertäut, dümpelten neue, alte, wunderschöne oder elegante Jachten, aus Holz, Metall oder Plastik auf den sachten Wellen.

Sie sah sich mit großen Augen um. "Mein Gott sind die alle wunderbar. Und welche ist Ihre? Die da?" Sie zeigte auf eine der größten Yachten.

"Nein, die hier." Sie standen direkt vor einer Vorderkajüt-Yacht aus Mahagoni. "Sorbonne" stand am Heck und am Bug "Ann-Louise".

"Und dieses Boot ist ihrs?"

"Es heißt übrigens Yacht. Oder Schiff."

Clarisse verzog das Gesicht.

Er hob die Schultern. "Ist halt so."

Sie stellte sich auf die Zehenspitzen. "Ann-Louise. Ihre Geliebte?" Clarisse zeigte auf den Namen.

"Was?", fragte er geistesabwesend, denn er war die ganze Zeit mit ihrer atemberaubenden Erscheinung beschäftigt gewesen.

"Ann-Louise. Ist das Ihre Geliebte?"

"Oh ja! Dunkelbraun, vierzehn Meter lang. Sie hat ein wirklich großes Herz: 200 PS und trinkt Diesel. Ach, und nicht zu vergessen: Sie hat mindestens siebzig Jahre auf dem Buckel."

Sie schlug ihm neckisch mit der Faust vor die Brust. "Schuft! Sie betrügen mich von Anfang an!"

"Was will man machen?" Er breitete entschuldigend die Arme aus. "Gegen so viel Schönheit ist *Mann* machtlos."

Clarisse hatte das Gefühl, diesen Satz schon einmal gelesen zu haben.

Er wurde ernst. "Ann-Louise ist meine Mutter. Das Schiff ist ein uraltes Erbstück."

"Sie sieht entzückend aus, die Alte Dame."

"Ich liebe sie!"

"Ich glaube, ich mag sie auch. Sind Sie sehr reich?"

Er winkte ab. "Nö", sagte er schlicht. "Die Yacht stammt von meinem Großvater. Er war ein erfolgreicher Architekt, mein Vater war einer, meine Mutter eine recht erfolgreiche Schriftstellerin."

"Sollte ich sie kennen?"

"Sollten sie, so als Kulturtante."

"Ann-Louise, Ann-Louise …" Sie wiederholte den Namen, doch ihr kam keine Erinnerung. Enttäuscht schüttelte sie den Kopf.

"Da kommen Sie sowieso nicht drauf. Aber Madame Sorbonne?", half er ihr. "Sie hatte ihre beste Zeit in den Fünfziger, Sechzigern. Alles Liebesschnulzen." Er betrat die Gangway. "Kommen sie an Bord. Aber bitte die Schuhe …"

"Ich weiß." Sie zog die Schuhe aus. Barfuß ging sie die enge Gangway nach oben. "Was ist mit Ihnen. Sind Sie erfolgreich?"

Er reagierte nicht auf die Frage, tat, als hätte er sie nicht gehört. "Dort geht es in die Kabine. Ich komme gleich, und bringe die Taschen mit. Sehen sie sich ruhig um."

Sie öffnete die enge und niedrige Doppeltür und stieg nach unten. Wärme empfing sie und Gemütlichkeit. Offensichtlich hatte er nichts verändert, denn alles strahlte den Stil der frühen Fünfziger aus. Die mit dunkelrotem Samt bezogenen Bänke an der Bordwand, der Tisch, Regale und Bilder von Segelyachten im Sturm und eine große Knotentafel. Mahagoni, Messing, Hochglanzlack. Der Duft nach altem Holz, Wasser und Freiheit. "Hier kann man's aushalten!", rief sie. Neugierig öffnete sie eine Tür. Aha, die Schlafkoje.

Er klapperte auf dem Deck herum. "Ja, wochenlang!", rief er. Sie spürte, wie sich das Schiff bewegte. "Manchmal fahre ich ein Stück auf die Seine und finde Inspiration." Er hatte kurz den Kopf durch die Kajüten-Tür gesteckt und war sofort wieder verschwunden. Wellen plätscherten an den Rumpf. Dann sprang der Diesel tuckernd an, das Schiff schaukelte.

Er kam mit den Taschen herunter.

"Ihr Schrank, mein Schrank. Machen Sie es sich bequem." Er legte seine Sachen in die Fächer. "Wenn Sie fertig sind, kommen sie hoch. Und ziehen sie was Leichtes an." René war bereits umgezogen. Er trug nur noch leichte Bordschuhe und Shorts, die schön knackig saßen, wie Clarisse zufrieden feststellte.

"Qui, mon Capitan!", rief sie und salutierte linkisch. Er lachte und sprang nach oben.

Das Schiff legte ab, schaukelte und ruckte.

Sie entschied sich für den Bikini. Als sie das Kleid über den Kopf zog und nach einem Bügel suchte, bekam sie wieder eine Gänsehaut wie im Auto. Aber irgendwie war es nicht unangenehm – nur anders. Schnell zog sie die Wäsche aus und stopfte sie in ihren Schrank. *Wenn er jetzt hereinkommt,* dachte sie und spürte, wie ihr Herz heftiger schlug.

Als sie wieder an Deck wollte, musste sie sich festhalten. Die Yacht machte eben einen Schwenk. Er stand am Steuerrad. Clarisse stellte sich neben ihn und sah zu.

Konzentriert mogelte er das große Schiff durch die enge Durchfahrt aus der Marina. Als er freies Wasser erreicht hatte, atmete er auf.

Die Sonne brannte und es war verdammt warm. Clarisse war froh, nicht das Kleid angelassen zu haben, obzwar sie zuerst daran gedacht hatte. Es wäre zu intim gewesen, so am Anfang. Aber jetzt war sie doch froh, anders gehandelt zu haben.

"So", sagte er. "Ich hoffe, das wird ein schöner Tag."

"Vor allem ein heißer", sagte sie und spürte den Doppelsinn dahinter und sah, dass er grinste. "Ich meine, den Wetterbericht. Der sprach heute früh von dreißig Grad." Sie stand etwas unterhalb vom ihm und dem Steuerrad. Sah die kräftigen Oberschenkel in den kurzen Shorts und seine behaarte Brust.

"Wenn Petrus gut gelaunt ist - Ah, ich weiß, er ist es und es *wird* ein s*chöner* Tag!", sagte er erst nach vorn. Dann sah er zu ihr herunter. *Was für eine Figur! Wie wenig Bikini!* Der Anhänger an der Kette blitzte zwischen ihren Brüsten.

"Glaube ich jetzt auch." Clarisse spürte seine Blicke und sah lieber konzentriert auf den Fluss. Wieder bekam sie Gänsehaut.

Er drehte das Schiff in die Fahrrinne.

"Du bist so wunderschön. Oh Pardon …"

Sie wurde rot wie ein Schulmädchen. "Das ist - in Ordnung - René." Sie freute sich über sein Kompliment. Es war ehrlich gemeint, da war sie sich sicher. Nicht diese blöde Anmache ihrer Kollegen. Die glaubten, mit ihr schnell ins Bett zu kommen. Und weg wäre die Konkurrenz. Da irrt ihr euch gewaltig, meine Herren!

"… Sekt", hörte sie.

"Wie?"

"Holst Du uns bitte Sekt. Steht in der Pantry im Kühlschrank."

"Mach ich. Was ist Pantry?"

"Die Küche, Cucina, Kittchen, Kombüse. Wenn Du nach unten kommst, gleich hinter dem Türchen rechts."

Neugierig öffnete sie die angegebene Tür. Dahinter versteckten sich ein Herd, Hängeschränke und ein Kühlschrank. *Aha, das also ist die Pantry. Hätte er doch gleich Küche sagen können. Männer!*

Sie fand die Flaschen im Kühlschrank, die Gläser in den Hängeschränken. "Hübsch", dachte sie. "Hier haben die Schrankböden Geländer." Das Schiff machte eine Bewegung nach rechts, dann nach links. Oben schimpfte er einem Schwimmer hinterher, den er fast überfahren hätte. Unten in den Schränken klapperte und klirrte es. Jetzt wusste sie, wozu man die Geländer an die Böden geschraubt hatte. Wieder was gelernt, Mademoiselle Clarisse!

Sie ging zurück. Im Stehen öffnete sie die Sektflasche. Sie wollte ihn nicht knallen lassen, doch der Korken war schneller. Er flutschte zwischen den Fingern hindurch und flog im hohen Bogen ins Wasser. René lachte. "Du glaubst nicht, wie oft mir das schon passiert ist."

"So?" Eifersüchtig dachte sie *'Oft?'* Und so harmlos wie möglich fragte sie, "Oft? Passiert?"

Er merkte, dass da was nicht stimmte. "Na ja", es sollte harmlos klingen. "Wenn ich mit Freunden …"

"… und Freundinnen …" ergänzte sie.

Er nickte. "… unterwegs bin."

Sie goss ein, reichte ihm ein Glas. Ihre Hand zitterte. Er tat, als bemerke er es nicht.

"Auf eine gute Fahrt."

"Auf eine gute Fahrt."

Sie hatte sich auf die Lederbank an backbord gesetzt und betrachtete das vorbeiziehende Ufer. Ihr Kinn lag auf den

Händen. Versonnen betrachtete sie die Landschaft, die gemächlich vorbeizog. Der Dieselmotor tuckerte gleichmäßig seinen Herzschlag.

Schön, dachte sie. *Diese Stille und Ruhe.* Sie atmete tief durch. Vom Ufer winkten Angler. Ein Graureiher stand regungslos im Schilf. Gespannt lauerte er auf Beute. Ein Stockentenpaar schwamm am Ufer entlang, dem aufgeregt ihre Küken folgten. Schwäne zogen ernsthaft ihre Bahn und beobachteten misstrauisch die Yacht. Eine Blessralle tauchte ab und kam an einer anderen Stelle wieder hoch. Fieep, fieep, machte sie. Dann zog ein einsames graues Haus vorbei. Ein zerfallender Zaun. Obstbäume, Blumenbeete, Felder, Weiden, Gärten. Ein Wäldchen. *Wie wunderbar! An nichts denken! Nicht an die Arbeit, nicht an zu Hause. Ein ruhiger Sommertag, wie aus einem Gemälde Besnards.* Sie fühlte sich wie "Die Badenden" von Renoire, nur dass *sie* bekleidet war.

"Ist das nicht herrlich?", rief er von oben. "Sieh' dort hinten, die Kathedrale." Im warmen Dunst des Sommertages flimmerte in der Ferne eine Kathedrale. Sie seufzte. *Ja, es ist herrlich. Bitte lass es keinen Traum sein.* Sie kniff sich heimlich. "Autsch!"

Die Sonne verbrannte seine Schultern. Er schwieg und genoss es. René genoss die Wärme des Sommers, er genoss die Gesellschaft dieser wunderschönen Frau, die still an der Bordwand lehnte und in die Landschaft schaute. Und die zum Glück keine Schwätzerin war. Und ihre Augen!

"In einer Stunde erreichen wir ein kleines Städtchen. Wenn Du möchtest, legen wir an und gehen etwas essen."

"Gern. Ich glaube, ich bekomme gerade einen gewaltigen Hunger."

"Soll ich schneller ...?"

"Untersteh' Dich."

Schweigen.

"Was denkst Du?", fragte sie.

"Nichts. Ist das nicht fabelhaft?"

Schweigen.

"Übrigens, ich dachte, wir würden mit einem Ruderkahn …"

"Hättest Du doch was gesagt. Kein Problem. Das wäre auch gegangen. Bist Du nun enttäuscht?"

"Sehr."

Lachen.

Clarisse: "Nein, nein. Lass es so, wie es ist." Und dann: "Bitte nicht wecken!"

"Hä?"

Er hatte ihr beschrieben, was sie zu tun habe, wenn sie anlegten. Als Anfängerin stellte sie sich gar nicht so ungeschickt an. Nur hüpfte sie nervös auf dem Anlegesteg herum.

"Warum hüpfst Du so?", fragte er von oben, obwohl er den Grund ahnte. Sie verbrannte sich die Sohlen an den heißen Holzplanken.

"Es ist so heiß an den Füßen!" Sie sprang von einem Fuß auf den anderen.

Er sah sie springen, lachte. Schnell warf er ihre Badeschuhe herunter. Sie zog sie an. Dabei sah er ihr zu. "Hab' ich Dir gesagt, wie schön Du bist?"

"Nö! Sag es." Sie machte geschickt einen Knoten in ein Tau.

"Du bist wunderschön!"

"Hä?"

"Duhu bist wuhunderschöhöön!"

"Schmeichler. Das sagst Du nur, um das Essen nicht bezahlen zu müssen."

"Genau!"

"Bring bitte meine Sachen mit. So kann ich doch nicht in die Stadt…"

"Kannst Du. *Du* kannst!"

Er kam die Gangway herunter. Über dem Arm brachte er ihre Schuhe, einen leichten Sommerrock und eine Bluse mit, die sie bereitgelegt hatte, falls sie an Land gehen würden. Schnell zog sie die Sachen über. *Schade*, dachte er.

Wie alle ordentlichen Städtchen besaß auch dieses einen zentralen Platz. *Place du Concorde*. Natürlich! Nicht so gewaltig wie der in Paris, aber immerhin einen *Place de la Concorde*. Und statt des Obelisken, stand ein schlichter Brunnen in der Mitte. Das Hotel du Ville war etwas abgeschabt, wie alle Häuser um den Markt. Sie könnten neuen Putz und etwas frische Farbe gebrauchen. Um den Brunnen herrschte dichtes Markttreiben. René nahm Clarisse an die Hand. Sie ließ sich gerne von ihm durch das Gewimmel ziehen. Seine Hand fühlte sich weich und warm an. Aufgeregt sah sie sich um.

Vor einem uralten Haus im normannischen Stil blieb er stehen. "Das war das Haus des Henkers von Lille. Es wird erzählt, dass er darin wohnte, wenn er hier", er zog grinsend einen Finger quer über seine Kehle, "zu tun hatte."

"Da steht es ja auch". Clarisse zeigte auf ein altes Bronzeschild. "Hier residirte der Henker von Lille, wenn er in dieser Stadt zugegen war", las sie vor. "Zugegen! Für die Delinquenten war das bestimmt keine angenehme Vorstellung, dass er 'zugegen' war."

"Es war ja nie für lange", witzelte René. Sie gingen weiter. *Zum Henker von Lille* stand in abbröckelnder brauner Farbe auch auf einem Holzschild über der Eingangstür. Darunter hing an rostigen Ketten ein Henkersbeil aus Holz.

"Hier hinein?", fragte sie misstrauisch.

René nickte. "Zur Henkersmahlzeit."

Drinnen sah sie erst einmal nichts. Es dauerte, bis sich ihre Augen an die Dämmerung gewöhnt hatten. Im Haus war es unangenehm kühl. "Wollen wir dort, unter dem Fenster?", fragte er.

"Mir egal."

Er brachte sie an den Tisch. Clarisse sah sich interessiert um. Inzwischen schob der Wirt seinen gewaltigen Bauch durch die Tischreihen. "M'dame, M'sieur." Er erkannte René. "Ah, Monsieur René? Wieder zu Schiff unterwegs? Hatten Sie eine gute Fahrt?"

"Eine wunderbare, Jean-Jaques." Er sah vielsagen zu Clarisse. "Das sollten Sie auch einmal machen."

"Das wird nix. Meine Liebste wird schon seekrank, wenn das Wasser im Topf schwappt." Lachend legte der Wirt einen Zettel auf den Tisch.

"Was gibt es heute Schönes, Jean-Jaques?"

"Wie wäre es mit köstlichen Schweinebäckchen an einer Rotweinsauce, dazu Reis, Gemüse en beurre und ein formidables Dessert vom Himbeereis?" Clarisse lief das Wasser im Mund zusammen.

"Genau das! Bringe Er es uns schnell, Herr Wirt."

"Und zuvor einen Aperitif?"

"Ja. Das und *eau au gas naturel* und zum Essen ein Viertel leichten Weißen aus dem Süden."

Der Wirt huschte davon. Aus der Küche hörte man seine fröhliche Stimme und das zwitschernde Lachen seiner Frau.

Langsam füllte sich der Gastraum. Sie sah, dass das Restaurant noch weiter in die Tiefe ging. "Da hinten geht es ja noch weiter", stellte sie fest.

"Ja, es zieht sich ziemlich weit hinein. Selbst hinten auf dem Hof kann man noch sitzen. Das war bei den alten Häusern so."

"Ich weiß. Weil man seine Steuern nach der Anzahl der Fenster an der Straßenfront berappen musste, baute man die

Häuser schmal zur Straße und tief in das Grundstück."
Kupferstiche mit Hinrichtungsmotiven hingen an den
Wänden, Fackelhalter und seltsame Folterinstrumente.
"Schön ist es. Etwas gruselig und doch gemütlich."

"Dieses Restaurant ist berühmt im gesamten Departement
und darüber hinaus. Der Koch hat sich inzwischen den
vierten Michelin erkocht."

"Wow. Ehrlich? Der sieht gar nicht so aus."

"Er hat bei Bocuse gelernt. War in Paris und London,
Chefkoch im Riz."

"Und dann ist er *hier* gelandet?"

"Wo die Liebe hinfällt."

Der Aperitif kam. Sie nippten an den Gläsern. Er griff über
den Tisch nach ihren Händen, küsste die Fingerspitzen und
den Handrücken. "Ich freue mich so, dass Du mich gefunden
hast."

"Und ich bin froh Dich getroffen zu haben."

Ein warmes Rieseln lief durch ihren Körper. Wieder hatte
er diesen Blick. Noch nie hatte ein Mann sie so angesehen.
Immer gafften sie nur auf ihre Brust aber nie *so* in die Augen
wie er. Sie hatte sonst immer die Augen niedergeschlagen,
doch bei ihm war das anders.

"Ich ertrinke", hauchte er.

Es kribbelte auf der Haut, wenn seine Lippen ihre Finger
berührten.

"Tu's nicht. Nicht ertrinken! Wir müssen noch essen und
zurück, ins schreckliche V.", flüsterte Clarisse.

Er tat, als erwache er aus einem Traum. "Hallo,
Willkommen in der Realität. Puh."

Die Wirtin steckte den Kopf durch eine Luke. Sie winkte
ihrem Mann.

"Sieh mal! Die beiden *passen* aber auch zusammen."
Clarisse schielte zu dem Wirtspaar. "Oder was meinst Du?"

"Im Bett wird's wohl schwierig."

Sie kicherten wie kleine Kinder.

Nach dem Essen bummelten sie über den Markt. Sie stöberte in den Kleidungsständen, er feilschte zum Spaß mit einem Antiquitätenhändler um einen alten Sekretär. Ein wahrlich schönes Stück. Er versprach, ihn auf der Rückfahrt abzuholen. Überzeugt war der Verkäufer nicht richtig. "Doch, doch! Stellen Sie ihn für mich zurück."

"Hier, sieh mal. Dieses Kleid." Clarisse hüpfte aufgeregt vor seiner Nase herum. Geistesabwesend sah er auf das Stück Stoff. "Schön bunt. Und?"

"Kannst Du mir was auslegen. Ich habe mein Geld und die Karten auf dem Boot …"

Mit strengem Blick und erhobenem Zeigefinger, unterbrach er sie. "*Schiff*!"

"… Schiff gelassen. Pardon, mon capitan."

Er kramte einen Hunderteuroschein aus der Hosentasche. "Reicht das?"

"Danke", hauchte sie, "Das genügt für fünf von diesen Dingern."

"Du brauchst gar keines." Er lachte.

Sie dümpelten weiter die Seine abwärts.

"Sag mal, Clarisse …"

"Ja?"

"Musst Du heute nach Hause?"

Clarisse kräuselte nachdenklich die Lippen. "Nein. Eigentlich nicht. Ich habe erst am Mittwoch wieder Redaktionssitzung. Dann muss ich aber abliefern."

"Was hältst Du davon, wenn wir erst Dienstag zurückkehren?"

"Wenn Du mich zwei Stunden arbeiten lässt. Ich habe zum Glück meinen Laptop eingepackt."

"Da schau her! Hast Du damit gerechnet?"

"Nein."

René sah sie zweifelnd an.

"Ehrlich."

"Okay. Zwei Stunden, mehr nicht."

"Sonst gibt's Ärger mit der Schiffsführung?"

"Gibt es."

Sie hatte das Kleid vom Markt übergezogen. Es war schreiend bunt und das leichte Baumwollgewebe lag angenehm auf der Haut. An den Schultern hielten es zwei dünne Träger und der Ausschnitt war rund und tief. Den BH ihres Bikinis hatte sie gleich weggelassen. Das Kleid stammte wohl aus den Siebzigern; Es bedeckte gerade so den Po. Sie sah, wie er immer wieder den Kopf zu ihr drehte und sie betrachtete. Einmal seufze er sogar.

"Was?"

"Das Kleid an sich ist schrecklich, ehrlich. Aber wenn Du es trägst … très chic."

Clarisse schmunzelte. Männer sind manchmal so, so …?

Sie beobachtete ihn. Gelassen stand er am Steuer, bewegte sacht das Rad hin und her. Selbst wenn er sich nicht anstrengte, traten seine Bizeps und Trizeps deutlich hervor. Er trieb vielleicht irgendeinen Sport. Schwimmen? Sie würde ihn fragen. Und die Schultern waren breit und muskulös. Die Brust leicht behaart. Zum Kuscheln. Und wenn er auch zu einem Bäuchlein neigte, das Sixpack, war eben noch zu erkennen. In Gedanken strich sie ihm über den Bauch. Und auch die Beine hatten an den richtigen Stellen Muskeln.

Um sich von seinem Po abzulenken, denn sie befürchtete, dass ihre Gedanken weiter in eine "falsche" Richtung liefen, sah sie auf das Wasser. Dunkel zog es jetzt an ihr vorbei, aber sie sah es nicht. Nicht richtig.

Sie stellte sich sein Gesicht im vorbeiziehendem Wasser vor. Oval, mit einem energischen Kinn. Die Augenbrauen schwangen sich elegant über seine Augen. Wie bei Sean Connery. Die Augenfarbe? Blau, grau? Sie entschied sich für blaugrau. Sie standen nicht zu eng und auch nicht zu weit auseinander. Und die Nase? Gerade, nicht zu breit, nicht zu schmal. Ein sympathisches Gesicht, mit feinen Lachfalten in den Augen- und Mundwinkeln. Er gefällt sicher nicht nur ihr, sondern vielen Frauen. *Verdammte Weiber*, dachte sie eifersüchtig.

Dann; Was soll das? Sie hatte doch keinen Anspruch auf ihn. *Noch* keinen Anspruch! Aber was zog sie zu diesem Mann hin? Es war ein Begehren, das sie nicht begründen konnte. Jedenfalls nicht mit dem Verstand. Ihr Gefühl befahl es ihr und ihr Bauch, in trauter Zweisamkeit, was bei ihr noch nie vorgekommen war.

Er tat so geheimnisvoll. Schriftsteller! Ganz klar, er ist wohlhabend. Da ging er geschickt drüber hinweg, wenn sie es ansprach. Es schien ihm nicht wichtig! Das erste Mal, dass sie einen Mann kennengelernt hatte, der nicht ein armer Schlucker, ein Knauser oder ein Angeber war. Der war einfach nur *so*: Er hatte wohl Geld, er wusste es und musste es nicht zeigen und das war's. Wo wohnt er? Wer sind seine Freunde und Freundinnen? Wer seine Eltern? Lebten sie noch? Bestimmt. Hat er Geschwister?

Puh, wies sie sich zurecht, *was bist du aber auch neugierig*. Aber die schwarze Seele flüsterte: *Du bist Journalistin, krieg's raus*. Die weiße Seele dagegen, säuselte: *Sei vorsichtig, tu ihm nicht weh mit deiner Neugierde*. Die Schwarze: *Quatsch, weh tun! Er ist bestimmt ein Betrüger, ein Spinner, ein Spieler, ein Hochstapler!* Die Weiße, nun beleidigt: *Du bist gemein! Er ist ein netter Mann. Sieh ihn Dir doch mal an. Er verdient bestimmt sein Geld mit ...* Die Schwarze: *Na, womit? Mafioso? Roulette? Falschspiel? Ganz klar! Er hat's doch gesagt!* Die Weiße: *Ph! Du spinnst.* Und zeigte ihr einen Vogel.

Sie lächelte ihrem Gesicht im Wasser zu. Die Wellen, die am Schiffsrumpf vorbeizogen, teilten das Spiegelbild in viele Gesichter. In ganze, halbe, in Streifen und Verzerrte.

Die Sonne näherte sich dem Horizont. Es wurde kühler, eine Gänsehaut lief ihr über die Oberarme. Es roch nach Wasser, Fisch, Mulm. Eine Entenmutter schwamm mit ihren Küken am Ufer entlang. Sie zählte, eins, zwei … zehn. Zehn Junge! Die Ärmste. Sucht bestimmt ihr Nest. Und das mit so einer Rüpelbande! Aufgeregt piepsend folgte die Rasselbande ihrer Mutter.

Er hatte angehalten, den Anker geworfen und die Yacht an einen Baum, der schräg über dem Fluss hing, vertäut. Das Schiff dümpelte in der leichten Strömung.

"Zeit zum Abendessen! Backen und Banken!", rief er fröhlich. "Wir übernachten hier. Einverstanden?"

"Mir recht. Du bist der Boss!"

"Ich Kapitän!" Er gab ihr einen Kuss auf die Stirn. "Du - Moses!"

Müde und faul setzte sie sich an den Tisch. Die Fahrt, die Sonne, das angenehme Nichtstun, es machte schlaff. Er hatte aufgetafelt, was der Kühlschrank hergab. Butter, Kaviar, Lachs, Käse, Schinken, Obst. Dazu Baguette. Für den Lachs hatte er Meerrettich aus Deutschland gekauft.

Verzückt sah er sie an. Das Kleid vom Markt konnte nur sie tragen! Ihr glänzendes, volles rotes Haar floss lockig über die Schultern. Der bunte Stoff machte ihren Teint dunkler. Natürlich hatte sie sich die Haut leicht verbrannt. Ihr Busen hob und senkte sich und mit ihm der Anhänger am Goldkettchen. Sein Blick hing daran fest. Währenddessen griff Clarisse hungrig zu. Zwischendurch trank sie mit Wasser verdünnten Weißwein. In jede ihrer Bewegungen war er verliebt. Sie spürte es.

"Isst Du nichts?"

"Doch, doch. Ich sehe Dir zu."

"Tut man das?"

Er zuckte mit den Schultern. "Ich bin ein Mann! Ich darf das."

"Weiß nicht ob … " Clarisse wurde leicht rot und bedeckte mit der linken das Dekolleté. "Was siehst Du?"

"Eine wunderhübsche Frau, mit der …", er unterbrach sich. *Sag jetzt nichts Falsches, Alter.* "… ich gerne enger zusammen wäre."

"Würdest Du das auch sagen, wenn wir bereits vierzig Jahre verheiratet wären? Und ich zittrig und faltig, mit Hängebusen …"

"Vierzig Jahre. Das ist doch ein Klacks für Dich. Du wirst nur noch schöner! Und Dein Busen ..."

"Das reicht!" Sie wurde wieder ernst. "Ich bin auch gerne mit Dir zusammen." Sie nickte bestätigend wobei sie Butter dick auf eine Scheibe Baguette verteilte. "Aber hab es nicht zu eilig."

Dann: "Iss jetzt was."

"Ja, Mama."

Nach dem Essen zogen sie sich aufs Hinterschiff zurück. Es war inzwischen stockdunkel und nur die Sterne und ein Teil der Bordbeleuchtung spendete ein wenig Helligkeit. Die Bank ließ sich zu einer breiten Liege vergrößern. Die Sommerabendluft war lau und leicht. Auf dem Fluss herrschte Ruhe. Nicht einmal Mücken waren aufgeflogen. Er lag auf dem Rücken, die Hände hinter dem Kopf. Sie, neben ihm, auf der Seite. Mit einem Finger strich sie über seine Brust. Es kribbelte angenehm, doch er rührte sich nicht. Er genoss diesen ganz zarten Moment, diese süße, wachsende Vertrautheit.

Er blickte zur Seite. Im Licht der Bordbeleuchtung glänzten ihre Augen. René schien es, als seien sie noch grüner und noch tiefer. Wenn ein leiser Windhauch über den Fluß strömte, konnte er riechen, wie ihr Haar duftete. Ihr Körper strahlte Wärme aus. Ihr Busen hob sich mit jedem schnellen Atemzug. Mit den Blicken streichelte er ihre zarte Haut. Und dann ihr Gesicht. Er hatte das Gefühl, als wäre sie näher gerückt.

Jetzt lagen sie, Auge in Auge, dicht an dicht. Er spürte ihren Atem, sah, wie sich ihre Lippen näherten. Und dann lagen sie warm und weich auf seinen. Und er fühlte, wie ihre Zunge suchend zwischen seine Lippen fuhr.

Nach einem langen, langen Kuss ließ sie ihn los und schnappte nach Luft. "Oh je."

"Warum?"

"Nichts. Nur, Oh jeh."

Jetzt lagen beide auf dem Rücken, René verschränkte die Hände vor dem Bauch.

"Eine Sternschnuppe." Clarisses Stimme klang heiser, etwas außer Atem.

"Wünsch Dir was", flüsterte er.

"Hmhm." Ihre Hand lag wieder auf seiner Brust, und er genoss die Berührung und wollte, dass diese Nacht nie zu Ende gehen würde …

Als er erwachte, war es bereits hell. Brummend und tuckernd zogen Frachtschiffer und Freizeitkapitäne an ihnen vorbei. Das Schiff schaukelte auf den Wellen, die sie verursachten. Clarisse lag mit dem Gesicht zur Bordwand. Die leichte Daunendecke war verrutscht und ihr süßer, nackter Hintern leuchtete ihm entgegen. Er genoss Clariss' Rückseite. René konnte nicht anders: er musste die zarte

Haut berühren. Sie seufzte. Drehte sich um. Schade, dachte er.

Noch im Halbschlaf zog sie sich die Decke von Leib. Jetzt lag sie nackt und schlafwarm an seiner Seite. Eine Hand, wie bei Tizians Venus zwischen ihren Schenkeln. Ihre Augenlider flatterten. "Na?", fragte sie schlaftrunken. "Ist es etwa schon Tag?" Sie blinzelte in den schmalen Sonnenstrahl, der durch das Kabinenfenster auf Clarisses Gesicht fiel.

Heiser sagte er "Leider, ja. So gegen zehn."

Sie rollte sich auf ihn, gab ihm einen Kuss auf die Stirn. Diese Stelle würde er heute nicht mehr waschen! Dann schmiegte sie sich an ihn und zog René fest an sich.

"Ich gehe schwimmen. Kommst Du mit?" Sie sprang auf, stieß sich den Kopf an der Kajütendecke. "Autsch!", und schlüpfte durch die Kabinentür. Es schien, als brannten ihre roten Haare im Morgenlicht.

Ohne abzuwarten, stieg sie an Deck. Faul sah er ihr nach. Draußen, auf dem Deck, reckte sie sich zum Vergnügen des Steuermannes eines Schubverbandes, der gerade stromab vorbeizog. Der Mann stieß einen schrillen Pfiff aus. Sie winkte ihm lachend zu. René sah zu, wie sie ihre Haare zu einem wirren Dutt drehte. Mit einem Freudenschrei sprang sie ins Wasser.

Er ging ihr nach. Vorsichtig ließ er sich Sprosse für Sprosse die Badeleiter herunter. Das Wasser war kühl. Mit Getöse kam sie angeschwommen und spritzte ihm einen Schwall in den Rücken. Er schrie erschrocken auf und sie rauschte mit großer Bugwelle davon.

"Na warte, das schreit nach Rache!"

Er stieß sich heftig ab, und kraulte ihr wild hinterher. Und stieß gegen ihren Busen. "Vorsicht", hauchte sie. Dann begann ein Jagen und Spritzen, bis sie außer Atem waren.

VIER

Der Mittwoch kam schneller, als sie es sich gewünscht hatten. Er brachte sie noch bis zur Wohnungstür. Sie hauchte ihm ein "Danke" ins Ohr, gab ihm ein Küsschen auf die Wange, schnappte sich die Tasche. "Ich ruf' Dich morgen an", sagte sie noch, dann stand er vor verschlossener Tür.

Er zuckte mit den Schultern. *Frauen!* Doch sein Herz klopfte und Enttäuschung machte sich breit.

Die Tage auf der Seine würde er wohl nie vergessen. Sie hatten eine einsame und verdeckte Bucht gefunden, lebten wie Adam und Eva im Paradies. Ihre Kleidung bestand aus Sonne und warmer Luft. Sie badeten, aßen, tranken, faulenzten und schliefen miteinander, wann immer es ihnen gefiel. Sie genossen jede Sekunde fernab der Zivilisation und aller Konventionen, jede Stunde der völligen Ungebundenheit. Die Idylle wurde zwischendurch unterbrochen: sie hatte etwas in ihren Laptop getippt.

„Du erinnerst Dich? Zwei Stunden?"

Er erinnerte sich. Und er durfte nicht sehen, was sie da schrieb. Letztendlich war es auch egal. Völlig egal, denn er durfte ihr zusehen, wie sie da nackt und konzentriert an ihrem Computer saß, nachdachte, tippte und aus dem Weinglas nippte. Als es ihm langweilig wurde, ging er nach oben, legte sich auf die Bank und betrachtete die vorbeiziehenden Wolken.

Er drehte sich um und tappte langsam die dunkle Treppe hinunter ins Erdgeschoss. Die alte Concierge sah, wie er aus der Haustür schlich, und schüttelte den Kopf. Tsts, die jungen Leute!

Sein Verleger hatte zwischendurch angerufen und auf den Anrufbeantworter gesprochen. Obwohl René sein Handy mit auf die Fahrt genommen hatte, hatte er nicht einen Moment daran gedacht, nachzusehen, was es Neues gäbe. Und Clarisse ebenso. Die Telefone lagen gut verstaut im Kühlschrank. Und auch auf der Rückfahrt hielten sie sich an die stumm ausgesprochene Vereinbarung: Keine Telefone!

Lustlos machte er sich am anderen Tag fertig. Er ahnte, was kommen würde: Arbeit. Und dazu hatte er eigentlich keinen Drang.

Nachmittags kam dann ein Anruf.

"Hallo?"

"Clarisse?"

"Ja, ich bin's", sagte sie.

"Fein."

"Kann ich kommen?"

"Jederzeit. Gerne. Ich freue mich." Er stutzte. "Ist was?"

"Nein. Ich komme. In einer Stunde?"

"Gern. Was willst Du trinken. Soll ich etwas zu Essen bestellen?"

"Mach Dir keine Umstände. Bis gleich."

Er sah sich um. Alles in Ordnung. Es war sauber, aufgeräumt und roch frisch. Seine Perle aus Tunesien war gewissenhaft und fleißig. Dafür teuer und natürlich angemeldet.

Es klingelte eine halbe Stunde eher. *Das ist sie nicht*, dachte er. Er befragte sein Gedächtnis. Nein, er hatte nichts bestellt. Wer war es dann?

Doch, sie war es! Ihr Gesicht flimmerte auf dem Display der Rufanlage. "Komm hoch. Der Aufzug ist gleich rechts den Flur runter. Drück' einfach die Taste mit meinem Namen. Ich gebe die Durchfahrt frei."

Der Gong schlug an. Die Tür zum Aufzug öffnete sich. Da stand sie!

Etwas stimmte nicht.

René griff nach ihrer Hand. Er musste sie regelrecht aus dem Fahrstuhl ziehen. Sie sah ihn an. Ihre Augen waren rot. *Das passt nicht zu grün*, dachte er völlig unpassend. "Dein Chefredakteur?"

Sie nickte, ihr Blick ging durch den Raum. "Schön wohnst Du."

Nicht ablenken, Clarisse. Er führte sie zu seinem Lieblingssofa. "Setz Dich erst einmal. Ich habe da eine Medizin."

In der Küche öffnete er die Rotweinflasche, die er vor Jahren von seinen Eltern für die Veröffentlichung seines ersten Romans geschenkt bekommen hatte. Aus dem Sideboard nahm er zwei Rotweingläser. Zwischendurch lugte er um die Ecke und sah, dass sich Clarisse in Ordnung brachte. *Na also*, dachte er. Clarisse hatte sich noch nicht bewegt. Es klirrte leise, als er die Gläser auf den Glastisch stellte. Langsam goss er ein. Als sie zu ihrem Glas greifen wollte, hielt er sie zurück. "Momentchen noch. Lass den Wein drei Minuten atmen, damit er sein Aroma entfalten kann."

Er setzte sich wieder neben sie, hielt ihre Hand. "Und nun erzähl. Soll ich den Kerl verprügeln?"

Hinter Tränen lächelte sie. "Gern, mein Ritter." Clarisse schniefte. "Dieser gemeine Kerl!"

"Alle Kerle sind gemein", stellte er fest.

"Du nicht", sie legte ihm eine Hand auf die Wange. Er hielt sie fest, drückte leicht.

"Also, was war los?"

"Wir hatten heute Redaktionssitzung."

"Du hattest es angedroht." Er grinste.

"Jedenfalls hatte doch Monsieur Ferrauld, der Chefredakteur, von mir verlangt, den neuen Roman von dieser Andrea Grimaude zu verreißen."

"Und?" Er hatte einen roten Kopf bekommen. Sie merkte es nicht.

"Na ja. Ich habe ihn gelesen. Er ist gut. Sehr gut sogar. Sehr weiblich, wenn es das gibt. Du verstehst?"

Seine Stimme war rau. Er musste Schlucken. "So ungefähr."

"Das habe ich ihm gesagt. Und mitgeteilt, dass ich keinen Verriss schreibe."

"Oha. War er einverstanden?"

"Ich habe ihn gefragt, woher sein Hass auf diese Grimaude kommt."

Er sah sie interessiert an. "Und er?"

"Das geht mich nichts an, hat er plötzlich losgebrüllt. Und außerdem habe ich zu tun, was er verlange, sonst könne ich bald meine Papiere holen."

"Und die Kollegen?"

"Jean-Pierre war der Einzige, der mir beigestanden hat."

"Wie heißt doch gleich der Kerl?"

"Wer? Jean-Pierre? Der ist für Lokales zuständig."

"Nein, ich meine Deinen Cheffuzzi."

"Ferrauld, Michel Ferrauld."

"Hm." René runzelte die Stirn. "Woher kenne ich den Knaben? Na egal. Jedenfalls hast Du es ihm gezeigt?"

Sie nickte. "Genau!" Clarisse nahm sein Gesicht in ihre Hände. Dankbar drückte sie ihm einen dicken Kuss auf die Wangen. "Danke, dass Du zugehört hast."

"Das ist alles?", fragte er, scheinbar enttäuscht.

Clarisse sah ihn ernst an. Er ertrank wieder in ihren schönen Augen. "Du nimmst das alles nicht so ernst, René. Für mich geht es um meine Existenz."

"Dann schreib doch dem Affen seinen Verriss! Ob Du nun meckerst oder nicht. Das ist ziemlich gleich. Ich habe da von Fällen gehört – nicht wichtig. Aber man kann jedes Buch verreißen, wenn man sich Mühe gibt. Jedes Wort auseinandernehmen, jeden Satz in seine Bestandteile auflösen und etwas finden, jeden Sinn verdrehen und sich lustig machen. Wenn man will. So ist nun mal Sprache." Er erinnerte sich an Clarisses Kolumnen. Natürlich alles Verrisse. Auftragsgemäß angefertigt, wusste er jetzt. Und dass er sich zuerst furchtbar geärgert hatte, bis M'sieur Simon abgewinkt hatte. "Was solls? Ihre Bücher verkaufen sich gut. Sehr gut sogar. Vielleicht gerade wegen dieser Kritik. Ich kann nicht klagen!" Und er, René auch nicht, nachdem er auf seine Kontoauszüge geschaut hatte. René atmete auf. "Er hat seinen verdammten Willen und Du Deine Ruhe. Und was soll's. Diese Andrea Grimaude verdient doch so und so ihr Geld!"

"Ich will das aber nicht!"

"Frauen! Kein Wunder, dass …"

"Was, Frauen und kein Wunder?"

"Lass es, war nicht so gemeint."

"Männer!"

Jetzt lachten sie. Sie hob ihr Glas. Schnupperte an dem Wein. "Hm. Feines Tröpfchen." Hielt das Glas gegen das Licht. Er leuchtete dunkelviolett. Sie kostete, ließ ihn auf der Zunge zergehen. "Hm. Fruchtig, mild und eine angenehme Säure. Sehr alt."

Eine Kennerin auch noch, dachte er. Er prostete ihr zu. "Auf Andrea. Sie sei gepriesen, denn mit ihr verdienst Du Dein Geld."

"Böses Geld, René. Es ist nicht ehrlich. Es IST falsch! Und wenn ich ihre Existenz vernichte? Du *bist* doch Schriftsteller?"

Als er nickte, fuhr sie fort, "Gut, stell Dir vor: Du schreibst ein Buch. Alles ist gut, es ist korrigiert und lektoriert, der Verleger glaubt an Dich, die Auflage stimmt. Dann kommt eine Jemand, eine, die meint, alles besser verstehen zu können. Die Dich, ich meine Dein Buch, in seine Einzelteile zerlegt. Nichts taugt mehr. Alles falsch, Unsinn, alles Mist. Keine Literatur eben."

"Kenn ich."

"Ja? Siehst Du! Aber dann brauchst Du Dich nirgendwo mehr sehen lassen. Dann kannst Du in die Fabrik ans Band gehen und Schalter zusammenschrauben oder so." Clarisse war ganz aufgeregt. Ihre schönen Augen blitzen jetzt empört. "Ich habe doch auch eine Verantwortung, als Journalistin."

"Hm", er stimmte ihr zu. "Stimmt, viele denken da anders. Erst kommt das Fressen, dann die Moral. Ja, ja, der alte Brecht."

"Kritik. Wie stehst Du zur Kritik?"

"Ich hasse sie!" Er lachte. "Nein, wenn sie konstruktiv ist und ehrlich und lehrhaft, okay. Niemand ist fehlerfrei. Wenn es aber nur darum geht, jemanden zu schaden oder ihn der Lächerlichkeit Preis zu geben, dann ärgert mich das schon."

"Siehst Du."

Stille.

Sie sah sich um. "So wohnst Du also? Alles mit Deinen Büchern verdient? Zeig sie mir."

Ooops. Nicht jetzt! Er versuchte, abzulenken. "Nicht ganz. Einen Teil haben meine Eltern beigetragen."

"Wie viel?"

"Sie haben mich studieren lassen. Das, was ich wollte."

"Ah so. Also doch kein Mafioso."

Rene zuckte komisch mit den Schultern. "Tut mir leid, wenn ich Dich enttäuschen muss … Und Du?"

"Meine Eltern waren, sind nicht wohlhabende Leute. Ich unterstütze sie, wie ich nur kann. Sie konnten mir nichts finanzieren. Sie waren froh, wenn sie über den Monat kamen."

"Arme Eltern."

"Nein, sie sind nicht arm. Sie sind reich, sehr reich."

Er sah sie verständnislos an. "Doch? Also wie nun?"

"Sie haben sich. Seit dreiundvierzig Jahren. Philemon und Baucis[1] nenne ich sie heimlich. Ich versuche zurückzugeben, was ich kann." René saß jetzt dicht neben ihr. Sie spürte seinen warmen Körper.

"Verstehe. Du gibst ihnen Deine Liebe zurück! Ich glaube mehr wollen sie nicht." Er hatte ihre Hände genommen, küsste ihre Fingerspitzen.

Es kribbelte seltsam beunruhigend. Schnell versuchte sie sich zu fassen. "Wenn ich frage, ob sie etwas brauchen, schütteln sie die Köpfe. Wir haben doch uns, Kind, und Dich. Was soll man da sagen?"

"Mögen sie lange leben!" René hob sein Glas.

"Ja", hauchte Clarisse. Sie hatte feuchte Augen.

"Willst Du Dich umsehen?"

"Gerne."

Er führte sie durch seine Wohnung. Küche, Bad, Schlafzimmer. Oben, in seiner Klause, wie er das Obergeschoss nannte, schlug sie die Hände zusammen.

"Faszinierend! Hier könnte ich schreiben! Wo stehen Deine Bücher?"

"Sieh Dir erst einmal die Terrasse an", schlug er stattdessen vor. Sie ließ sich ablenken, ging zum Terrassenfenster. "Da liegt sie, die Stadt. Dir zu Füßen! Du Glücklicher!"

---

[1] Philemon und Baucis. Stehen für Treue und Gewissenhaftigkeit. Siehe: Ovid, Metamorphosen.

"Jetzt bin ich glücklich", sagte er schlicht.

"Und vorher?"

"Vorher? Vor Dir? Na, so lala. Immer fehlte etwas."

Sie hatte nicht zugehört. "Wie mag es in der Nacht aussehen?"

"Sieh es Dir an."

"Ja?"

"Gerne, liebend gerne. Kannst Du denn bleiben?"

Clarisse sah immer noch aus dem Fenster. *Kann ich? Will ich? Jetzt?* Sie sah ihr Spiegelbild. *Unsinn,* entschied sie, *was sollen die Bedenken. Ich war drei Tage mit ihm unterwegs, allein mit ihm auf einem … Schiff. Wir haben uns geliebt. Aber das hier ist seine Wohnung.*

René schob die Terassentür auf.

Ein angenehmer Mann. Er bedrängt mich nicht. Und wenn ich jetzt nein sage. Ob er enttäuscht ist? Bestimmt. Männer sind immer enttäuscht, wenn es nicht nach ihrem Willen geht. Aber er? Er hat gefragt, kannst du denn bleiben? Nicht gesagt, bleib!

Inzwischen standen sie auf der Terrasse und lehnten über dem Geländer und sahen über die Dächer von V.

"Ich habe nichts dabei."

"Wir finden schon was."

"Siehst Du, dort?"

"Nee!?"

"Ein Bussard oder Milan. Kreist über der Stadt. Das gab es früher nie."

"Früher nie. Stimmt. Schön."

"Für die Mäuse nicht!"

"Für die Mäuse nicht, nein."

"Aber trotzdem schön …" Sie hatte sich entschieden. "Ich bleibe."

"Tres bien!"

Sie sah, dass er sich freute.

"Ich habe noch einen wunderbaren Pyjama im Schrank."
Er sah an ihr herunter. "Wird etwas lang sein und weit. Wir
krempeln die Ärmel und Hosenbeine um, stecken alte
Zeitungen an die Stellen, wo er zu weit ist." Er zeigte auf
ihre Brust. "Da nicht. Glaube nicht, dass wir da auffüllen
müssen." Sie lachten und sie machte vor, wie sie aussehen
würde, als Michelin-Männchen namens Clarisse! Sollte sie
ihm sagen, dass sie eigentlich nackt schlief. Nein! Das ist
wohl ein bisschen zu früh, oder? Auf dem Schiff war es ja
auch gegangen.

"Ich schlafe auf dem Sofa und Du bekommst das Bett. Ich
muss es nur frisch …"

Sie drückte den Zeigefinger auf seine Lippen. "Pscht!
Wenn Du versprichst *anständig* zu sein – ist denn dein Bett
breit genug?"

"Allemal!"

"Und willst Du auch 'a*nständig'* sein?"

"Ja, ich will. Wie der heilige Antonius." Und machte
Schwurfinger. "Wenn auch nicht gerne." Er bekreuzigte
sich.

"Gut, dann brauch ich auch keinen Schlafanzug."

"Oha, ich habe noch nichts für den Abend."

"Ruf' doch was Chinesisches oder Italienisches per
Telefon oder Internet."

"Gute Idee." Er ging nach unten. Sie hörte, wie er
verhandelte. Dann stand er wieder neben ihr. "Gerettet."

"Chinesisch?"

"Italienisch. Hier gibt es, ein paar Häuser weiter, einen
echten Italiener, aus Sizilien, sagt er. Fra Alberto!"

"Ein Bruder also. Ein Mönch?"

"War er. Ist wohl geflohen."

"Vor den Mafiosi?"

Er lachte. "Hab' ihn nicht gefragt." Er zog eine imaginäre Pistole. "Ecco! Folgen sie-e mir-e, Signora. Prego, sonste ische musse mache mit Pistole Buuumm-e."

Er berührte einen Schalter. Die Fenster schoben sich zu Seite, ein noch breiterer Durchgang zu Terrasse entstand. Er drückte ihr die "Pistole" in den Rücken. "Gehen du-e zu Banka." Sie erschauderte, als er ihren Rücken berührte, hatte die Arme gehoben und ging vorsichtig vor ihm her.

"Setze du-e sich!"

Dann saßen sie nebeneinander auf einem Rattansofa. Er sah sie an, sie ihn. Die Sonne schien schräg über das Dach. Es war warm. Eine sanfte Briese wehte über die Terrasse. *Was für ein Traumsommer!,* dachte sie. Hier oben war es erstaunlich still, als wenn der ganze Verkehr der Stadt auf einem Mal ruhte.

"Manno, vergessen! Was willst Du trinken? Wein, Kaffee? Einen Imbiss dazu? Kekse?"

"Einen Imbiss, Kaffee und Kekse, Wein", gab sie zurück. Er verschwand.

Clarisse stand auf, ging zur Terrassentür und lehnte sich gegen den Rahmen. Sie hörte ihn in der Küche wirtschaften. Sein Arbeitszimmer bestand aus Regalen voller Bücher an zwei langen Wänden. Alte, zerlesene, Verlagsreihen, Romane, Sach- und Fachbücher, Hefte. Stapel von Papier, Manuskripte. Ein einziges schmales Regal voller Schallplatten und CD, daneben wieder Lehrbücher, Theorie des Schreibens. Ratgeber. Wörterbücher. Romane, Romane, Romane. Weltliteratur und Triviales. Englische Literatur. *Da schau an. Also auch noch Englisches*. Ein Paradies. Mitten im Raum, mit Blick auf die Terrasse, thronte ein schwarzer, mächtiger Schreibtisch aus den zwanziger-, dreißiger Jahren. Dahinter ein verschlissener, ausgeblichener, ehemals grüner Ohrensessel. Bücherstapel, neben dem Sessel und rechts und links auf der Platte. Ein aufgeklappter Laptop balancierte gefährlich an der Kante. In der Mitte zwei Flachbildschirme. Der Computer stand eingeschaltet neben dem Schreibtisch.

Er hantierte immer noch in der Küche. Sie hörte ihn klappern. Etwas fiel auf den Boden, es zischte. Neugierig ging sie zum Schreibtisch. Auf einem Bildschirm flimmerte ein Text. *Ah, er ist dabei einen Roman zu schreiben.* Sie las die ersten Zeilen. "*Später ist man sich nicht sicher, ob das, was man glaubt gesehen zu haben, auch der Wirklichkeit entspricht. Das Wetter war wirklich ideal. Marissa freute sich auf den Tag mit ihm ...*", irgendein banaler Text. Aber den haben alle Romane zwischen ihren Seiten. Der zweite enthielt eine Mail seines Verlegers, M'sieur Simon. Ah! Da schau her. Also er verlegt auch René …? *Eigentlich sollte ich nicht*, dachte sie.

"Lieber René, Dein letzter Grimaude Roman schlägt ein wie eine Bombe! Nett, dass ihn unsere liebe Freundin Clarisse so hübsch zerrissen hat.*"*

Habe ich gar nicht! Das war Ferrauld. Unter meinem Namen? Frechheit!

"Daher erwarte ich wieder einen Bestseller von Dir. Der Anfang ist gut, aber da sind ein paar Stellen, die Du noch überarbeiten musst. Ansonsten …"

Clarisse blies die Wangen auf und bekam große Augen. *Ansonsten? Warte mal! Andrea Grimaude? Ja spinne ich denn? Ich bin in der Höhle des Löwen und merke nichts davon? Er arbeitet unter dem Pseudonym Andrea Grimaude! René ist – Andrea?!*

Sie ging auf die Terrasse zurück. Warf sich auf das Sofa. Ihr Busen hob und senkte sich erregt. Hecktisch arbeiteten ihre Gedanken. *Deshalb ist der Kerl so freundlich zu mir. Er nutzt mich aus! Deshalb sollte ich meinem Chefredakteur den Verriss schreiben. Er partizipiert auf jeden Fall davon. Die stecken alle unter einer Decke! Diese Mistkerle!*

Clarisse sprang auf. Wütend rannte sie nach unten, schnappte sich ihre Tasche und die Jacke von der Garderobe. Dann sprang sie in den Aufzug, der noch von vorhin hier stand.

Als es gongte, kam René aus der Küche. Er hatte noch ein Messer in der Hand. Irritiert sah er auf die Aufzugtür und die Anzeige, die nach unten wies. "Clarisse?", fragte er.

F Ü N F

Alle haben mich verraten! Alle! Sogar dieser Jean-Pierre. Er saß ihr in der Redaktionssitzung schräg gegenüber. Sah sie nicht einmal an! Ferrauld schoss in die Höhe, als sie ihm trocken mitteilte, er könnte sich seinen Verriss an den Hut schmieren, und außerdem wüsste sie … Hier hatte sie glücklicherweise geschwiegen. Ferrauld beugte sich zu ihr herüber. "Was wissen Sie?" Seine Augen verengten sich gefährlich, als sie heftig den Kopf schüttelte.

"So, es reicht, Clarisse!", fauchte er sie an. "Sie …"

Weiter kam er nicht, denn sie knallte ihm ihren Hefter auf den Tisch, sprang auf. "Leck mich!" Die Tür knallte hinter ihr zu.

Sie hörte noch, wie er Jean-Pierre anfuhr, "Was weiß sie? Sag …"

Damit war sie draußen. Ganz draußen. Arbeitslos. Vor der Tür des Verlagshauses dachte sie nur noch, *Merde!*

Ihre Wut auf René ließ sie nicht mehr vernünftig denken. Noch am Abend zuvor konnte, wollte sie nichts Schlechtes über diese Andrea schreiben. Alles, was sie zu Stande brachte, waren Anfänge. Sie begann einen Satz und brach ab. "Die Handlung dieses Schmachtschinkens ist alles andere als …", das hatte sie noch auf der Yacht begonnen und aufgehört. Und umformuliert und wieder und wieder … und hatte einfach aufgehört, den Computer zugeklappt und war an Renés Seite gekrochen. Sie hatten sich geliebt wie verrückt.

Und nun hatte sie hingeschmissen. Für diesen René! Der Verräter!

Nicht einmal unter der Dusche konnte sie sich ihre Wut abwaschen. Sie stand so lange unter der Brause, bis das Wasser kalt wurde und sie frierend in den Bademantel schlüpfte. Jetzt war sie auch noch auf dem Vermieter wütend! Dann trank sie zwei Flaschen Wein aus, jedenfalls beinahe, was zu Folge hatte, dass sie, angetrunken, nicht mehr schlafen konnte. Immer wieder kreisten ihre Gedanken um Ferrauld, René, dem Schuft, die Grimaude …

Morgens, es war viertel vor zwölf, schleppte sie sich ins Bad. Sie bleckte ihrem Spiegelbild die Zunge heraus. Bäh! Flüchtig putzte sie sich die Zähne, wusch sich, kämmte ausgiebig ihr langes Haar, bis es glänzte. Und langsam wurde sie ruhiger. Der heißen Wut war eine kalte gefolgt. Schrie das nach Rache? Ja, es schrie! Nach eiskalter Rache.

Sie musste mit Mutter reden! Wenn sie Probleme hatte, vor allem in sogenannten Liebesdingen, konnte sie sich auf Mutter verlassen. Die hatte immer einen guten Rat parat. Clarisse kletterte in ihre alten Jeans. *Uff, eng! Habe ich zugenommen?* Prüfend blickte sie in den Spiegel. *Geht!* Fand ihr Lieblingstop und zog es an. *Hallo! Das spannt ja auch an Bauch und Busen!?* Wie lange hatte sie das nicht mehr angehabt? Sie drehte sich vor dem Spiegel und beäugte sich misstrauisch von vorn und von der Seite. *Ah, das geht schon! Für alles andere ist es einfach zu warm.* Schnell schnappte sie sich eine Jacke, stopfte sie in den Beutel zu dem Laptop und einem Beutel mit Waschzeug (*Man weiß ja nie*) und beeilte sich jetzt.

Die U-Bahn-Station lag gleich um die Ecke. Clarisse fuhr bis zur Endstation einmal quer unter der Stadt hindurch. Von dort ging ein Bus bis dicht bei ihrem Elternhaus.

Die Eltern fand sie im Garten. Papa las wie gewöhnlich seine Tageszeitung. Sonst werkelte er im Garten und beschnitt die Rosen. Das Haus hatten sich ihre Eltern vor fünfunddreißig Jahren regelrecht vom Munde abgespart. Aber sie waren glücklich darin. Von der Welt hatten sie nur gesehen, was es im Fernseher gab. Ein paar Mal waren sie an der Atlantikküste gewesen, auf einem entzückenden kleinen Campingplatz. Sie erinnerte sich an den langen Weg ins Meer bei Flut, an die alten deutschen Bunker, die schräg im Sand steckten und das Plumpsklo mit den dicken, fetten Fliegenmaden im August. Sie hatten Bordeaux besucht. Davon schwärmten ihre Eltern immer noch: Bordeaux!

"Papachen, Mamon." Sie gab beiden ein Küsschen auf die Wangen. Ihre Eltern hatten immer noch die glatte Haut, wie früher. Sie fühlte, gerade heute wieder, wie beruhigend es damals war, wenn sie sich an einen von ihnen gekuschelt hatte, weil irgendeine Sorge sie quälte.

"Nun, meine Liebe. Was gibt es?" Papa hatte die Zeitung auf den Rasen geworfen. Die frische Landluft bewegte knisternd die Blätter. Mutter schwieg, wie immer, wartete.

"Ich habe geschmissen!"

"Kaffee?"

"Gerne." Keine Vorwürfe, keine 'Blicke', wie, 'musste das sein? '

Nie gab es Vorwürfe.

Mama brachte den Kaffee. Er duftete bereits, als sie die drei Stufen aus dem Haus zum Garten herunterstieg.

"Danke, Mamon."

Man schwieg. Sie würde schon anfangen.

"Dieser Drecksack!"

Papa lächelte. "Aber, aber."

"Doch", rief sie trotzig. "Er wollte seinen Kopf durchsetzen ..."

"Und du Deinen, stimmt's."

"Na ja!!" Sie trotzte.

"Wer? Ferrauld?"

"Jo."

"Er ist, ähm, war Dein Chef."

Schweigen. Sie sahen sich an.

"Ich werde dann mal nach meinen Rosen sehen. Die Shakespeare blüht nicht mehr so schön, wie früher." Ihr Papa zog sich diskret zurück, denn er spürte, hier ging es nicht nur um Arbeit. Im Weggehen murmelte er noch, "Frauensachen, da soll man ..."

Clarisse stürzte sich ihrer Mutter um den Hals. "Ich bin ja so unglücklich." Es klang wie im Film.

Und dann erzählte sie. Und es wurde ihr leichter, die Bedrückung wich einer fast heiteren Betrachtungsweise. Sie konnte sogar wieder lachen. Über Ferrauld und René und über sich selbst. Dann war es später Nachmittag geworden und der Hunger meldete sich.

"Ach Gottchen! Ich habe ja gar nichts für uns drei!", rief Mamon.

Ein paar Ecken weiter gab es einen Italiener. Dort konnte man Pasta und ausgewählte Pizzen essen. Von dem Rest sollte man die Finger lassen, hatte Clarisse gehört. Das taten sie auch, aßen nur Pasta und tranken Rotwein dazu.

"Clarisse hat Liebeskummer", erläuterte die Mutter.

Vater nickte. "Und deshalb schmeißt du deinen Job?", fragte er nur.

"Nein, das war was Grundsätzliches. Ich lasse mir nicht befehlen, was ich zu schreiben habe. Und schon gar nicht Lügen!"

"Aha. Ja, das ist richtig", sagte Papa. So war er immer. Auch wenn sie ihren Kopf durchsetzen wollte, konnte sie es tun. Aber, wenn sie sich in eine schwierige Lage gebracht hatte, half er ihr nur wenig. Da musste sie selbst herauskommen. Das war seine Meinung. "Was auch immer Du tust, Du musst Dir auch der Konsequenzen bewusst sein. Verstehst Du?" So war das. Und sie hatte begriffen, auch wenn es manchmal weh tat.

Er legte den Kopf schief. Das hieß: Sag schon, Töchterchen.

"Das andere ist ein Mann."

"Sag bloß? Ein Mann?"

Papa bekam die Kurzversion und hatte trotzdem verstanden. Und zweifelte.

"Meinst du wirklich, er hat dich", er malte mit zwei Fingern seiner Hände Anführungszeichen in die Luft, "belogen?"

Sie nickte überzeugt. "Klar doch!"

"Und wenn es noch keine Gelegenheit gegeben hatte, dir alles zu 'beichten'?"

Clarisse war empört. "Er hatte alle Zeit der Welt! Wir waren drei Tage auf seinem Boot … Schiff", korrigierte sie.

"Da hatte er *Zeit*? Wirklich? Ein Mann und eine Frau allein auf einem Boot? "

Clarisse wurde über und über rot. Trotzdem korrigierte sie: "Schiff!"

"Von mir aus Schiff."

"Bitte keine Anzüglichkeiten, mon Pére", sagte sie lächelnd.

"Ich meine ja nur."

Jetzt lachten sie doch.

Dennoch war sie immer noch unversöhnlich. René, du Schuft!

"Lass Zeit verstreichen, Töchterchen", sagte er, während sie auf dem Heimweg waren. Im Garten dann nahm er sie bei der Schulter. "Sieh hier." Mit einer weit ausladenden Geste wies er auf die Rosen. "Alles braucht seine Zeit. Gefühle besonders. Sie sind wie Rosen. Sehr empfindlich. Schneide nur an der falschen Stelle, gib ihnen das falsche Wasser, schon gehen sie ein. Hab' Geduld. Beobachte genau! Und liebe sie, auch die Stachligste unter ihnen. Und bedenke jeden deiner Schritte ohne Eile."

"Kann ich heute bei euch bleiben?"

SECHS

Was war *das* denn? Plötzlich war sie verschwunden. Einfach so. Kein Wort, kein Anruf, keine Mail. Nichts!

Er ging zurück und stieg die Treppe hoch zur Terrasse. Der Abdruck ihres Körpers war immer noch in den Kissen des Sofas erhalten. Er wollte ihn nicht wegstreichen. War er noch warm? Obwohl er wusste, dass dieser Gedanke absurd war, strich er sacht über die Stelle.

Zurück in seinem Arbeitszimmer, setzte er sich an den Schreibtisch. Er sollte, er wollte es jetzt, noch den Absatz beenden, dann wäre das Kapitel erledigt. Haken dahinter, Fertig! Hatte es nur wegen Clarisse auf morgen verschoben. Die Arbeit ging dann doch vor.

Danach … Doch Clarisse ging ihm nicht aus dem Kopf. Spukte im Hinterstübchen. Sie war doch so gelöst, schien zufrieden, mit sich im Reinen. René lehnte sich in seinem Ohrensessel zurück. Womit, bei allen Geistern der Unterwelt, hatte er sie beleidigt? Was hatte er falsch gemacht? Er trommelte mit den Fingern auf den abgegriffenen, rauen Armlehnen des Ohrensessels. Es gab ein dumpfes Trommelgeräusch. Das passte zu seiner Stimmung.

Entschlossen stand er auf. Wollte sich eben die Flasche Wein aus der Küche holen, die der Lieferservice mitgebracht hatte. Da sah er es! Verdammt! Der Brief seines Verlegers. Er schlug sich vor dem Kopf. Hatte sie ihn etwa gelesen? Hatte sie erkannt, dass er auch diese Andrea Grimaude ist? René glaubte alle Spuren beseitigt zu haben. Und dann, verdammt, flimmerte diese Mail auf dem Bildschirm.

Nur, was ist so schlimm daran, dass er es ihr bis jetzt noch nicht gesagt hatte? Wann denn? Warum denn? Das hätte sie doch nur in ihrer Meinung beeinflusst.

Auf dem Schiff hatte sie sinniert; Wer ist die Grimaude? Und auf den Bildschirm ihres Lap Tops gestarrt. René hatte weise dazu gelächelt. Du w*eißt es! Sag es mir!* Sie sprang ihn regelrecht an. Doch seine Gedanken waren ganz woanders – bei ihr. Er nahm sie fest in die Arme und hatte ihr geraten, die Suche nach *dieser Frau* nicht zur Passion werden zu lassen. Lag dann auf dem Rücken und wartete. Pustekuchen! Clarisse sah ihn mit schmalen Augen an. *Passion! Ha!* Und bei 'Ha!' hüpften ihre Brüste und er war wieder abgelenkt.

Unruhig lief er hin und her. Er stellte sich vor eines der Regale. Sah die Buchrücken. Las die Titel, ohne sie zu begreifen. Ob jetzt sein Inkognito fiel? Doch das war ihm Wurst. Sollte es doch! Was ist so schlimm daran? Finden wir eben ein neues Pseudonym oder sind wir offen zu den Lesern! Was zählt?

Clarisse! Dunkle grüne Augen! Schöne, schöne Frau. Poch, pochpoch, machte sein Herz.

René wählte ihre Telefonnummer. Der Anrufbeantworter meldete sich. Festnetz?

Das Gleiche.

Besaß sie eine Mailbox? Sicher doch! Er suchte im Internet. Nichts. Auf der Homepage der Zeitung war sie nicht erwähnt. Als Kolumnistin. Seltsam, unverständlich.

Am übernächsten Tag ging er zu ihrer Wohnung. "Madame ist nicht da", sagte die Concierge spitz. "Ich weiß nicht, wo sie hingegangen ist." Er fuhr zur Redaktion. Die Empfangssekretärin zuckte mit den Schultern. "Heute nicht gesehen."

"Kann ich Jean-Pierre sprechen?" Er sei unterwegs zu einer Demo. Recherchieren.

Enttäuscht verließ er das Gebäude und lief nach Hause.

So ein schöner Sommertag! Er saß auf *seinem* Platz in *seinem* Café wie ein Jäger auf der Pirsch und blies Trübsinn.

Die Servierin sah ihn mitleidig an. Sie stellte ungefragt einen Cognac neben die Espressotasse. Er grunzte nur: "Danke."

Sie kam nicht.

Und auch nicht an den nächsten Tagen und in der folgenden Woche nicht.

Auch schlimm: Er hatte noch kein vernünftiges Wort geschrieben, geschweige einen Satz. Er wich immer wieder vom Thema ab. Löschte, begann einen neuen Absatz - wieder nichts.

Poch, poch, Clarisse.

Zwischendurch war er auf der Bank gewesen. Sah gleichgültig auf den Kontostand, registrierte nebenbei, dass noch eine fünfstellige Summe hinzugekommen war. *Sommertime*, dachte er.

In seinem Lieblingsbuchladen: "Monsieur René! Welche Freude." Der Verkäufer kam mit einem druckfrischen Exemplar seines, eigentlich Andrea Grimaudes, Roman hinter dem Ladentisch hervor. "Würden Sie Madame Grimaude bitten, das Buch zu signieren? Das wäre schön."

"Gerne. M'dame wird es eine Ehre sein", log er. "Nur dieses oder haben Sie noch mehr?"

Bei einer Lesung, hier in der Bücherei und anderswo, hatte er immer wieder behauptet, nur der Vorleser zu sein, denn M'dame Grimaude wolle ihr inkognito bewahren. Man möge, bitte, verstehen … Und die begeisterten Fans verstanden. Eine Dame war trotzdem auf ihn zugestürmt. "Bitte, M'sieur René. Wie sieht sie aus, die Madame?" Doch er hatte ein schlaues Gesicht gezogen. "Wunderschön, Madame." Schelmisch mit dem Finger gedroht. Und die Frau war davongeschlichen. Er hatte ihr nachgerufen, dass er gerne ihr Buch signieren lassen würde. Und seitdem kam der Bücherwurm, und hielt ihm seine Bücher vor die Nase. In manche Büchereien brachte er gleich signierte Ausgaben mit.

"Sommertime" hatte selbst ihm gefallen. Er hatte es endlich geschafft, eine richtige, runde Liebesgeschichte aus der Sicht einer Frau zu schreiben … Das war interessant und aufregend. Wie erleben Frauen die Liebe? Warum empfinden sie viel tiefer als Männer und wie ticken sie. Dem waren etliche Gespräche mit den weiblichen Fans vorausgegangen. Er hatte notiert, sich gemerkt. Erstaunlich, wie viel Intimes er erfahren hatte.

Und nun stand er da und verstand diese *eine* Frau nicht. Er, der Frauenversteher. Haha!

Auf seine Anrufe hatte sie immer noch nicht reagiert, seine Mails nicht beantwortet (ja, er hatte die Adresse der Redaktionssekretärin abschwatzen können). Die Concierge wies ihn immer wieder ab, mit der Auskunft, Madame wäre nicht anwesend. Schon lange nicht. Seit seinem letzten Besuch.

Ach ja?

Ach ja!

Er schlich um ihr Haus. Stand lange an einem Baum gelehnt und beobachtete ihre Fenster. Tatsache! Sie war wirklich nicht da.

In der Redaktion erfuhr er endlich, dass sie endgültig geschmissen hatte. Hier sah er Ferrauld. Ach du liebe Sch… Sein alter Studienfeind.

Mit schadenfrohem Blick rief er René hinterher. "Tut mir leid, Alter. Ich weiß nicht, wo *Deine Freundin* ist." (Es war also herum, dass zwischen ihm und ihr was lief?) Ferrauld hing noch einen gemurmelten Nachsatz an, der so klang, wie, du Pfeife. René riss sich zusammen. Und Jean-Pierre? Der zuckte nur die Schultern. Arschloch. Von wegen, wir sind Freunde!

Angelique, die Volontärin, ein süßes kleines, blasses, flachbrüstiges Ding von achtzehn oder zwanzig Jahren, mit Kindergesicht und Bubikopf, hielt ihn am Ärmel fest. Sie steckte ihm einen Zettel mit einer Adresse zu. Auf seinen fragenden Blick hin flüsterte sie, "Dort wohnen ihre Eltern." Er gab der Kleinen ein Küsschen auf die Wange. Noch lange hielt das Mädchen ihre zarte Hand an die Stelle, als wolle sie den Kuss festhalten.

Er fuhr hin, ließ seine Viper einige Häuser davor stehen, und ging zu Fuß zum Grundstück. 'Schulz' stand auf einem stumpfen Messingschildchen, neben einem ebenso stumpfen Klingelknopf. Zögernd drückte er. Wartete.

Eine elegante Dame um die Mitte sechzig kam aus dem Garten. "Ja, M'sieur?"

Er stellte sich vor.

"Ah, Monsieur René. Treten sie näher."

Als er zögerte, sagte sie lächelnd, "Wir haben hier keinen Hund, keine Angst. Kommen Sie, kommen Sie herein."

Sie führte ihn in den Garten, wies ihm einen Sessel zu.

Madame setzte sich, legte ihre gepflegten Hände übereinander auf den Schoß. "Sie sind also der Quell des Kummers unserer Tochter?"

"Madame, ich versichere sie …"

"Schon gut, René. Ich darf Sie doch René nennen?"

Er nickte. "Gern. Sehr gern."

Er erklärte ihr Verhältnis aus seiner Sicht. Und dass er sich nicht erklären konnte, warum …

Sie schwieg. Sah ihn interessiert an. "Ich kenne alle Ihre Bücher."

"Ja? Wie das …?"

"Jetzt weiß ich ja, wer die Dame Grimaude ist."

"Und gefällt sie Ihnen, die Grimaude, M'dame?"

"Sie ist unrasiert. Das sollte eine Dame nicht sein." Sie lächelte schelmisch.

"Darf ich Sie bitten, Stillschweigen zu bewahren?"

"Aber ja doch. Was denken Sie?"

Aus dem Haus kam ein Mann in grauen Hosen, einem offenem Hemd und einer Strickjacke. "Mein Mann", sagte Madame schlicht.

"Guten Tag. Freut mich, Sie kennenzulernen."

"Ich auch, M'sieur. Sehr erfreut, wirklich."

Er sah Clarisses Mutter an. Ja, auch sie hatte diese schönen mandelförmigen, grünen Augen. Und auch das ovale Gesicht. Was muss Madame in ihren jungen Jahren schön gewesen sein! Sie ist immer noch schön, nur älter, weiser.

"Sie suchen Clarisse?", fragte M'sieur geradeheraus. René nickte. M'sieur setzte sich. Legte bedächtig eine Rosenschere auf das Tischtuch, was bei Madame ein Stirnrunzeln verursachte.

"Sie ist an die Cote Azur gereist. Irgendwo zwischen Aix, Cannes, Nizza, Frejus."

"Ja …?"

"Wir wissen nicht, ob es richtig ist, Ihnen ihre Adresse zu nennen. Verstehen Sie?"

"Ja, klar. Verstehe", sagte René mit belegter Stimme. "Ich danke Ihnen für Ihre Ehrlichkeit. M'dame, M'sieur Schulz." Er erhob sich. War enttäuscht.

"Würden Sie Clarisse bitte grüßen, wenn sie sich meldet?"

"Immer wieder gerne, Sohn", sagte der alte Herr ohne jeden Hintergedanken.

"Danke."

"Ist das alles?"

"Weiß nicht." Er dachte eine Sekunde nach. "Es wäre nett, wenn Sie erwähnen würden, dass ich sie liebe?"

"Ich wünsche Ihnen Glück." Madame stellte sich auf die Zehenspitzen und hauchte ihm unerwartet einen Kuss auf die Wange. Sie mochten ihn. Na, das war doch ein Anfang!

Im Auto entschloss er sich, an die Cote zu fahren. Er musste Clarisse finden! Er bremste scharf, wendete und bog auf die Autobahn ab.

"Ich bin eben mal weg. Wenn ich was habe, schicke ich Ihnen das Zeug per Mail", teilte er lakonisch M'sieur Simon mit.

"Wo fahren sie hin? Sagen Sie …"

Doch er hatte schon unterbrochen.

Die Straße zog sich hin. Bei hundertzwanzig aktivierte er den Tempomaten und konnte in Ruhe zurückdenken. Clarisses Eltern. Herzliche Menschen. Dabei fielen ihm seine Eltern ein. Bevor er in den Süden fahren würde, musste er sie unbedingt noch sprechen.

Er bog auf die Departementstraße ein. Rundherum Felder, in der Ferne kleine Waldstückchen. Eine sanfte, ruhige, leicht wellige Landschaft. Die Straße führte am Grundstück vorbei, dass von einem hohen alten schmiedeeisernen Zaun umgeben war. Viel Verkehr herrschte hier nicht. Er bog auf die Zufahrt ein und drückte den Türöffner.

Das Haus seiner Eltern war im englischen Landhausstil errichtet, gemischt mit normannischen Elementen, wie sie an der Kanalküste üblich waren. Eine halbrunde Auffahrt.

Mama stand an der Tür und erwartete ihn. Papa arbeitete bestimmt noch. Er war schwer vom Zeichenbrett weg zu bekommen. Das ist ernsthafte Arbeit, wie er immer betonte. Und tatsächlich arbeitete er hin und wieder für sein altes Büro, dass er vor Jahren an seinen Sozius verkauft hatte, da ja sein Sohn die Firma nicht erben wollte. Er erhielt einen sehr guten Preis dafür.

René drückte seine Mutter. "He, Vorsicht. Ich bin nicht Deine Geliebte!", rief sie dumpf aus seiner Umarmung. Er ließ sie los, hielt sie mit weit vorgestreckten Armen von sich. "Aber ich liebe Dich doch!", rief er, angeblich enttäuscht.

"Bah!"

Sie lachten.

"Papa?"

"Oben, Du kennst ihn doch. Willst Du Kaffee?"

"Gerne. Ich komme dann in den Garten."

René stürmte die weitläufige Treppe nach oben. Papa stand vor seinem geliebten Zeichenbrett, dem man die Jahre deutlich ansah. Und auch seinem Papa. Seine Schultern waren noch gebeugter als bei Renés letztem Besuch. *Ich sollte öfter hierherkommen.*

"René. Schön, dass Du es mal wieder geschafft hast. Ich musste mir Fotos von Dir ansehen, um mich zu erinnern, wie Du aussiehst."

"Und ich von Dir", konterte René.

Papa legte den Skribent auf die Ablage. "Bleibst Du länger?"

"Bis morgen, wenn ich darf. Dann fahre ich an die Cote."

"Schöne Landschaft, gut gegen Rheuma."

"Ich habe kein Rheuma."

"Aber etwas ähnliches. Etwas sehr Schmerzhaftes. Ich sehe es Dir an."

"Ach ja. Was denn?"

"Liebeskummer."

René wurde rot. "Gehen wir lieber nach unten. Mutter wartet mit dem Kaffee."

"Gute Idee. Ich kann jetzt auch einen gebrauchen."

Sie gingen in den Garten. Mama hatte bereits gedeckt. Die Kaffeemaschine arbeitete, deutlich hörbar, in der nahen Küche.

Sie setzten sich. "Und nun, erzähl, Sohn."

René hasste Autobahnen. Er benutzte sie nur, wenn es unumgänglich war. Bis kurz vor Nizza raste er über diese ungeliebte Straße. Mautstellen hielten ihn auf und zweimal die Polizei. Er zahlte brav, diskutierte nicht. Einer der Polizisten grinste anzüglich: "Verliebt, wie?" René schwieg lieber, der Preis für zu schnelles Fahren wäre sonst gestiegen. Außerdem, das ging *den* einen Dreck an! Natürlich verliebt. Was sonst!

In Nizza bekam er im "Le Royal" an der *Promenade de Anglaise* nur noch eine Suite.

Er schnaufte. "Aber wenn ein Zimmer mit Meerblick frei geworden ist, buchen sie bitte um." Fünfzig Euro wechselten die Tresenseite. Die Dame an der Rezeption strahlte ihn an. "Natürlich, M'sieur René, gern."

Im Zimmer warf er seine Reisetasche in den Schrank, ging zur Minibar, holte sich eine Büchse Bier aus dem Kühlteil und hing dann mit lang ausgesteckten Beinen im Sessel. Da war er. Und nun? Was jetzt?

SIEBEN

Fréjus ist eine gemütliche Stadt an der Cote Azur. An der Küste, in Frejus-Plage jedoch, tobt der Touristenverkehr. Und nicht nur das. Es wird gebaut, gebaut und gebaut. Nicht nur an der Küste, sondern immer mehr ins freie Land. Doch die meisten fahren durch. Nach Osten, nach Cannes oder Nizza. Und in die andere Richtung, nach Saint Tropez, Toulon und weiter nach Marseille. Fast immer an der Küste entlang. Wer es eilig hat, benutzt die Autobahn. Weiter im Hinterland liegt die eigentliche Stadt. Zentrum ist der *Place Fevrier* vor der *Kathedrale du Ste-Leonce.*

Clarisse fand eine preiswerte Wohnung im Nordwesten, am Ausgang der Stadt, an der *Avenue du Verdun.* Zu jeder vollen Stunde rauschte ein TGV dicht am Haus vorbei, nachts seltener. Das machte die Wohnung preiswerter als anderswo. Weiter oben an den Hängen der Ausläufer der *Alpes maritime*, lagen die teuren Anwesen der Sommergäste und der reichen Ausländer.

Hier saß sie abends im Gärtchen des Vermieters, durchsuchte die Zeitungen nach einem Job, trank billigen Rotwein aus dem Super Marchè. In der Nähe gab es ein altes Theater, noch aus der Römerzeit, in dem Konzerte stattfanden, die gut besucht waren. Nebenan, die Boulangerie brühte einen schmackhaften Espresso. Es gab krosse, ganz frische Croissants mit Butter oder Hanuta. Und es war warm hier, ihre Nachbarn nett und wahrscheinlich nicht neugierig.

In Cannes zu wohnen, war eine nette Idee, jedoch hätte sie sich dort nichts leisten können. In Grasse war es zwar schöner, aber finanziell genauso wenig zu schaffen. Irgendjemand hatte ihr Frejus empfohlen.

Frejus hatte sogar einen Sandstrand, *Frejus Plage*, und eine Marina in der Motorschiffchen und Segelyachten an den Stegen dümpelten. Sie freute sich schon auf ein erfrischendes Bad im Mittelmeer. Und erinnerte sich an René und die Yacht und das Baden in der Seine. Da gab es einen Stich ins Herz, und der Magen drückte, und sie hatte wieder Schmetterlinge im Bauch. Aber sie wollte ihn doch vergessen!

Ihren Eltern hatte sie kurz mitgeteilt, wo sie jetzt lebte, dass es ihr gaaanz toll gefiele, es ihr gut gehe und so weiter. Und keiner solle wissen, wo sie sei und was sie tue. Bitte!

Clarisse erstieg die enge Stiege hinauf in den ersten Stock. Es war dämmrig und roch nach altem Haus; Jahrhunderte alter Staub, schalem Wein und dem Duft des Südens. Unter dem Arm trug sie ein Notebook, dass sie sich in einem kleinen Laden für IT-Technik gekauft hatte. Es war gebraucht. Windows lief darauf und Word und noch ein paar Programme, die sie brauchte. Und das reichte. Es war leichter als der schwere Laptop. Den gab sie dem Verkäufer in Zahlung und hatte nebst einer Tastatur und einem externem HD-Laufwerk zusammen fünfzig Euro ausgegeben. Dafür spielte der Gute auch noch alle Daten und Programme auf.

"Weil Sie so schöne Augen haben, Mademoiselle."

Affe! So schön war er nun gerade nicht. Nicht so schön wie René.

Sie hatte das erste Stockwerk erreicht. Clarisses Herz klopfte heftig und sie glaubte, über und über rot zu sein. Schnell prüfte sie ihr Outfit, dann klopfte sie an die betagte Tür.

"Herein!"

Quietschend öffnete sich die Tür. Sie machte einen Schritt. Blieb stehen. Musste sich erst an das dämmrige Licht gewöhnen.

Der Raum war viereckig. Mittendrin ein Block aus drei Schreibtischen, die aus den fünfziger Jahren stammen mussten. Vielleicht waren sie auch älter? Holzregale an den Wänden voller Ordner. Bücher- und Zeitschriftenstapel lehnten an den Wänden. Zwei hohe Fenster gingen zur Hauptstraße hinaus. Dunkle Vorhänge hingen traurig von hölzernen Gardinenstangen, aber sie verhinderten, dass die grelle Mittagssonne in den Raum schien. Und die Fensterläden waren so weit geschlossen, dass nur feine Lichtstreifen in den Raum geisterten. Die Bahnhofsuhr an der Gegenseite, die über einen Aktenschrank hing, tackte lautstark die Sekunden herunter. Eine Dame mittleren Alters saß in der Nähe des Fensters, ein ebenso alter Mann erhob sich hinter einem der Schreibtische. Er war groß, hager und sah in der Dämmerung aus, wie De Gaulle. Er reichte ihr seine große Hand. "Mademoiselle Clarisse, nehme ich an?" Seine Hand war weich, warm und gepflegt. Ihre versank darin wie in einem dicken Sofa. Dennoch war es angenehm.

"Ja, M'sieur Perrieur? Ich freue mich."

"Ha, die Freude ist ganz auf meiner Seite. Schön." Er legte den Kopf schief, musterte sie freundlich. "Schön", sagte er noch einmal und schien in Gedanken zu versinken. Clarisse fragte sich was er mit 'schön' meinen konnte. Die Madame räusperte sich energisch.

Dann, als wäre er aufgewacht: "Oh, Pardon. Meine Frau, M'dame Perrieur. Meine rechte Hand. Ohne sie …", er machte eine Geste, wie wenn ihm eine Hand fehlen würde, "… ginge hier gar nichts." Clarisse sah, wie er seine Frau liebevoll ansah und sie zurücklächelte.

Ach, wie hübsch! Und sie dachte schmerzhaft an René. Madame übernahm: "Setzen Sie sich, Clarisse", sagte sie schlicht. Sie erklärte Clarisse, dass sie nur eine ganz kleine Provinzzeitung wären und dennoch dringend ihre Hilfe benötigten. Ihr Vorgänger sei ein Windhund gewesen und habe nach Höherem gestrebt. Es wurde still.

"Ja, wenn sie denn wollen?", Perrieur hob die Schultern. *Dazu bin ich hier.* "Gerne. Was bekäme ich denn ..."

Sie würde zum Anfang ... Clarisse nickte. Tausendfünfhundert auf die Hand genügten erst einmal. Hauptsache sie war weg von diesem René-Andrea-Grimaude-Schreiberling und jener Stadt bei Paris. "Einverstanden! Darf ich mein Notebook heute hier lassen? Ich würde mich gerne in der Stadt und der Umgebung umsehen."

"Aber natürlich! Dann bis morgen gegen neun! Sehen sie sich ruhig um. Frejus ist wunderschön, wissen Sie."

Heute konnte sie ihren Eltern sagen, dass sie Arbeit hatte und ein Fahrrad!

Von ihrem Arbeitgeber, dem "Le Courier de Sud, Ausgabe Frejus", war es nicht weit bis zum Strand. Sie entdeckte ein entzückendes kleines Restaurant, dessen Terrasse auf der Meerseite lag. Über die Straße und die Marina hinweg sah sie das Mittelmeer. Segler und dicke Yachten glitten lautlos über die Wellen. Die Sonne schien auf die Menschen, die ruhig ihrer Arbeit nachgingen oder hier Urlaub machten. Weiße Wolken zogen dick und behäbig über den azurblauen Himmel. Clarisse atmete tief ein.

Sie pikte mit der Gabel in einem Salade Niçoise herum. Der Rotwein indess wurde warm. Doch das war ihr gleich. Sie kam langsam mit sich ins Reine. Sie hatte Arbeit, eine Wohnung, ihre Ruhe und war an einem Ort, von dem sie schon immer geträumt hatte: an der Cote Azur.

Schläfrig lehnte sie im Stuhl. Ein netter Kellner trat an ihren Tisch. Ein Deutscher wohl. "Hat es ihnen nicht geschmeckt?", fragte er in seinem harten Akzent. Sie schrak auf.

"Nein, alles okay. Lassen sie ruhig stehen." Sie sah, wie es in ihm arbeitete. Dann hatte er begriffen. Er verneigte sich höflich, fast altmodisch.

"Möchten Sie noch Wasser oder Wein?"

Wein war ihr recht. Er brachte eine neue Karaffe.

Feierabendzeit. Die Restaurants füllten sich. Die Strandbesucher gingen zurück in ihre Hotels. Sie hatte die Beine ausgestreckt und beobachtete die Leute. Der Verkehr rollte jetzt hektischer, wie überall im schönen Frankreich. Man verständigte sich, in dem man notfalls mit den Händen winkte oder durch Hupen. Die Gendarmen beobachteten das Gewusel. Ihre Hände lagen auf dem Rücken. Sie würden nur eingreifen, wenn es absolut nicht mehr weiterging. Doch es funktionierte irgendwie und als der Verkehr nachließ und die Sonne bald hinter den Bergen verschwinden würde, verzogen sie sich auch. Madame wartete schließlich mit dem Abendbrot und einem Gläschen Wein auf den Gatten.

Clarisse fragte sich, womit man hier die Zeitungen füllte. Und ob sie es endlich schaffte, an ihrem Buch weiterzuarbeiten? Sie war gespannt auf morgen, ihrem ersten Arbeitstag.

M'sieur Perrieur gab ihr den Hörer in die Hand. "Der Präfekt", flüsterte er.

"Ja?", fragte sie.

"Mademoiselle Clarisse?" Eine warme Stimme. Voll und kräftig.

"Am Apparat. Monsieur …?"

"Tribaud, Gerard Tribaud. Ich bin der …"

Perrieur blinzelte vielsagend mit den Augen.

"Ah ja, ich weiß. M'sieur Tribaud. Was kann ich für sie tun?"

"Das ist so …"

Sie radelte eine sachte Steigung den Berg hoch. Hätte sie doch Perrieurs Angebot angenommen und deren alte Ente genommen. Jetzt quälte sie sich schwitzend die Straße aufwärts. Autos überholten sie hupend. *Ja, ja, ich mach ja schon!* Doch es waren Männer, die hupten. Und da wusste sie es. Sie sahen ihren Po und das verschwitzte Shirt … Männer sind eben Schweine!

Sie zeigte den Mittelfinger.

Huup!

An der *rue borbonne* bog sie scharf rechts ab. Es ging in das Viertel der Reichen und Schönen. In Wahrheit der nicht so ganz Schönen und Reichen, aber der Wohlhabenden. Hier war es nicht so mondän wie in Nizza, Tropez oder Cannes. Aber die Mauern um die Anwesen waren höher als weiter unten. Videokameras beobachteten die Fußwege, Straßen und Clarisses Anstrengungen den Berg zu erklimmen. Sie nahmen sie beim Vorbeifahren auf. *Ist das eigentlich erlaubt?* Die Straße endete an einer Wendestelle. Und weiter geradezu verlief eine Privatstraße zum Anwesen der Familie Tribaud. Die doppelflügelige Tür zur Villa der Tribauds stand weit offen. Sie stieg ab, klingelte am Tor. Die Sprechanlage hatte eine Videokamera. "Kommen Sie herein, Mademoiselle", sagte die Videoanlage mit der Stimme von Monsieur.

Ein Diener oder Angestellter oder was auch immer, nahm sie in Empfang. "Die Herrschaften befinden sich im Garten", näselte er. "Ich darf vorgehen?" Was sonst, fragte sie sich und tappte hinterher. Ihr lief immer noch der Schweiß über die Stirn und unangenehm kribbelnd über das Rückgrat. Hier oben war es angenehm kühler. Das trocknete wenigstens die Stirn. Im Rücken ging es nicht ganz so schnell und zwischen den Brüsten schon gar nicht. Sie brauchte unbedingt eine Waschgelegenheit.

"Ah, Mademoiselle!"

Tribaud! Ein breitschultriger Südfranzose in legerer Kleidung. Irgendwie war vieles an ihm dunkel: Die dunkelbraunen Haare, die Augen, der Bartschatten um seinen Mund. Es könnte sein, dass das schwarze Shirt dazu beitrug und seine ebenfalls schwarzen Hosen. Was Clarisse aber am meisten erstaunte, war, dass er barfuß ging. Sie sah Tribaud über die Schulter. Eine Party war im Gange. Uniformierte und Männer in legerem Zivil standen herum, schlürften Cocktails und schwatzten mit schönen Frauen in schönen, knappen Kleidern. Clarisse glaubte nicht so recht daran, dass die Damen die Gattinnen der Herren waren.

"Oh", hauchte sie. "Wenn ich gewusst hätte …"

"Aber, aber", rief Tribaud. "Kein Problem. Sie sehen entzückend aus. Kommen sie." Er nahm ihre Hand, gab ihr einen flüchtigen Handkuss und zog sie zu einer Gruppe von Männern, die angeregt miteinander sprachen. Gerade hatte einer einen Witz gemacht und alle lachten schallend.

"Messieurs! Mademoiselle Clarisse von der hiesigen Zeitung." Die Männer drehten sich zu ihr. Maßen sie von oben bis unten, blieben mit ihren Blicken an ihrem Busen, wo sonst(!), hängen. Küssten ihr die Hand. Oha! Da hatten sich wohl alle Honoratioren der Stadt versammelt! Was, noch einmal, sollte sie hier? Warum ist Perrier nicht selbst …?

"Äh, ja", sagte einer, ein Dicker mit gemütlichen Hängebacken. "Gestatten Sie?" Er nahm sie in den Arm, hielt sie fest und schnippte mit den Fingern. Ein hübscher Südfranzose kam mit einem Tablett voller Sektgläser. "Champagner?"

"Gern."

Er reichte ihr ein Sektglas. Dann flüsterte sie dem Dicken ins Ohr: "Ich müsste mal ..." Und er flüsterte zurück: "Dort, die Treppe rauf. Soll ich sie begleiten?" Doch Clarisse lehnte höflich, aber bestimmt ab.

Wieder zurück, erfrischt und auch wieder gut riechend, stellte sich Clarisse zu dem Dicken. Sie sperrte die Ohren und Augen auf. Smalltalk überall. Höflichkeiten. Einige der Frauen lachten kreischend. Die Gruppe hatte sich um den Dicken und um sie versammelt. Man sprach von der Börse – oh je – und wahnsinnig hohen Zinserträgen (Ohlala!) und noch höheren Steuern, und Geld und wieder Geld. Als sie einwarf, dass am Wochenende ein Konzert im alten Theater stattfände, wurden die Augen der Männer stumpf. Ah, jahhh.

Kultur scheint nicht die Stärke der Herren zu sein. Clarisse konzentrierte sich wieder auf das, was geschwätzt wurde.

Dann sprach man über Grundstücke und die "Russen". Ah, dachte sie, es geht los. Einer machte einen Witz über einen Geiger und einen Trompeter. Ein Russenwitz. Doch die Pointe war ihr zu schweinisch. Deutlich angewidert verzog sie das Gesicht und wollte gehen. Doch der Dicke hielt sie auf. Sie sah auf ihn herab, denn er war mindestens um einen halben Kopf kleiner.

"Verzeihen sie den Kerlen, Mademoiselle. Die Ärmsten müssen den ganzen Tag Unternehmer spielen. Da flippen sie abends manchmal aus. Dafür gibt's in der Psychologie auch ein Wort." Er lachte leise. "Wissen Sie. So etwas wie Kultur finden Sie hier in der Provinz seltener als in Paris. Wobei – es gibt doch eine ganze Menge." Er drückte seinen Bauch gegen den ihren. Sicher aus Versehen, entschuldigte sie den Dicken. Sie nickte höflich.

"Ich will damit sagen, dass mir Ihre Anwesenheit äußerst angenehm ist, Clarisse. Jemanden, wie Sie, aus der Hauptstadt, sieht man selten in diesen Kreisen." Er sah sich

vieldeutig zu den Damen am Pool um. "Was haben Sie
bisher gemacht? Was trieb Sie in unsere schöne Provence?"

Sie log ihm eine harmlose Kurzgeschichte vor: dass sie
schon immer an die Cote wollte. Ja, und dass sie als
Reporterin die Menschen im Süden studieren wolle, denn
ihr schwebe ein Roman vor. Denn eigentlich sei sie ja eher
eine Schriftstellerin.

"Sie schreiben? Entzückend! Sie müssen unbedingt meine
Frau kennenlernen", rief er. "*Die* wird sich freuen, sich mit
Ihnen über Literatur auszutauschen!" Er stand jetzt dicht vor
ihr, so dass er sie berührte und Clarisse hoffte, dass es sein
Schlüsselbund wäre. Unauffällig trat sie einen Schritt
zurück.

Mit Verschwörermine beugte sie sich zu dem Dicken.
Ließ ihn tief in den Ausschnitt sehen. Er roch nach Eau de
Parfum und Schweiß. "Über Grundstücke und die Russen
sollten wir uns unbedingt unterhalten, M'sieur."

Er sah sie fragend an.

"Nun ja. Sie sprachen über Grundstücke und viel Geld.
Und ich glaube, in ihnen einen Experten zu wissen, der mir
mehr erzählen kann. Das ist doch ein aufregendes und
interessantes Thema, meinen sie nicht?"

"Oh ja. An der ganzen Cote gibt es keinen größeren
Aufreger. Wann kommen Sie uns besuchen?"

Sie verabredeten sich auf den übernächsten Tag bei ihm.
"Apropos, kennen sie die Romane der Grimaude? Meine
Frau verschlingt dieses Zeug, pardon, die Bücher nahezu.
Was halten sie von dem neuen, 'Sommertime'? Er war hier
sofort ausverkauft und ich musste ein Exemplar über das
Internet bestellen."

Sie gab eine unbestimmte Antwort, dass es sie freuen
würde, dann, nächstens, seine Frau kennenzulernen. Nach
und nach langweilte sie sich an der Seite des Dicken, der
weiter krampfhaft ihren Arm festhielt und über

Landverbrauch und Ökologie parlierte. "Nächstens stehen hier bald diese Windmühlen."

Sie nickte wortlos und konnte sich endlich unauffällig von ihm lösen, indem sie vorgab auf die Toilette zu müssen. Clarisse suchte M'sieur Tribaud, trank noch zwei Gläser Champagner mit ihm. "Das ist die Gelegenheit, noch ein paar Leute kennenzulernen." Er stellte ihr weitere Gäste vor, immer verbunden mit einer witzigen Anekdote.

Am späten Abend, die Dämmerung war schnell hereingebrochen, wurde es immer schlüpfriger. Die Frauen fingen an, kreischend zu lachen. Einige zogen sich aus und sprangen lachend in den Swimmingpool. Auch Tribaud beobachtete das beginnende Spektakel mit zusammengezogenen Augenbrauen. "Wird Zeit, die Party zu beenden", knurrte er durch die Zähne." Clarisse schlich sich unter einem Vorwand davon. Erfahren hatte sie nichts, wie sie glaubte. Dazu war sie zu neu.

Müde ließ sie das Rad den Berg hinunter rollen. Sie schlief die ganze Nacht tief und fest und erwachte erst mit dem vierten TGV.

M'dame Perrieur schimpfte mit ihrem Mann, als Clarisse vom gestrigen Abend erzählte. Doch der lachte nur. "Da muss sie durch, meine Gute. Alle mussten da durch. Du auch."

"Das ist es ja!" Sie kreuzte empört die Arme unter ihrem Busen und sah ganz so aus wie eine Matrone aus dem Bild eines Impressionisten. Clarisse musste schmunzeln. Sie wusste nicht mehr, wer der Maler gewesen war. Aber dieses Bild hatte sie bei René gesehen. Wieder gab es ihr einen Stich.

"Mädchen, schreibe was über Grundstücksverkäufe und die Russen. Monsieur Maron oder auch der Präfekt sind gute Quellen. Doch zuvor fahr' nach Cannes. Das Filmfestival wird in wenigen Tagen eröffnet. Krieg mal was anderes raus als das Übliche. Irgendwas, das die anderen nicht haben. Und nimm die Ente!"

ACHT

Renè bummelte über die Croisette. Rechts erhoben sich die vornehmsten Hotels der Cote Azur. Das "*Majestique*", das "*Carlton*", die Restaurants mit ihren breiten und tiefen Terrassen, die teuren Läden. Der Verkehr war hier wie jeden Tag: Alle Welt schien unbedingt hier lang fahren zu müssen. Links der breite Sandstrand mit den abgesperrten Bereichen der großen Hotels. Das breite Trottoir war voller Müßiggänger.

Er hatte es aufgegeben, Clarisse zu finden. Ihre Spur hatte sich hier unten im Süden verloren. Er war zutiefst enttäuscht. Zwar hatte er seine Schreibblockade überwinden können, er schrieb wieder, doch was er auch schrieb, es ging nicht so recht vorwärts. M'sieur Simon schickte seine Manuskripte mit dem Vermerk zurück, er solle endlich seine persönlichen Dinge klären. Die hätten offenbar Einfluss auf seine Arbeit. Klar doch. Und schönen Dank auch für den Tipp!

Am Palais du Festival blieb er stehen. Der Strom der Bummler floss an ihm vorbei. Roller quetschen sich durch den Verkehr und rasten mit abenteuerlichen Schwüngen knapp an den wartenden Autos vorbei. Ein Pärchen blieb in seiner Nähe stehen. Eng umschlungen küssten sie sich inniglich. Etwas stach in sein Herz. Neid kam in ihm auf, als er die beiden so sah. Clarisse, poch, poch!

Wie das zusammenhängt, er wusste es nicht. Man kann sein Herz nicht überlisten. Nicht mit dem Verstand. Der winkt ab, sagt: "Lass es. Hat keinen Sinn. Fahr nach Hause."

Aber das Herz! Das Herz flüstert, "Es ist Hoffnung. So ein ganz klitzekleines bisschen. Gib nicht auf. Sie ist hier, im Süden! Such!" Poch, poch! Und wenn der Verstand meint, Überhand zu haben, meldet sich schnell das Herz, piekt und wieder ist die Hoffnung da. Clarisse! Schöne Clarisse mit den grünen Augen. Poch.

Auf dem roten Teppich vor dem Palais stand ganz alleine eine Frau. Weiße Hosen, ein knappes Top. Sie sieht zu dem imposanten Bau auf. Plötzlich breitet sie die Arme aus, als wolle sie es umarmen. Die späte Nachmittagssonne scheint durch ihr Haar. Es leuchtet rot wie Feuer.

René kann sich nicht mehr bewegen. Er will etwas rufen, doch seine Stimme versagt. Ein klägliches, "Clar…" kommt trocken aus seiner Kehle. Er ist wie erstarrt. Die Passanten sehen ihn. Ein Verrückter? Sie beschleunigen ihre Schritte, machen lieber einen großen Bogen.

Der rote Teppich! Dieser berühmte, über dem Stars und Sternchen der Filmindustrie gegangen sind. Hier haben sie sich den Fotografen gestellt und den Reportern. Clarisse fühlt sich ganz allein. Jetzt ist sie der Star, sie breitet die Arme aus, genießt diesen winzigen Moment. Ich war in Cannes und habe auf dem Teppich der Stars gestanden! Die Leute um sie herum gehen in das Palais, oder an ihr vorbei. Niemand interessiert sich für sie.

Das Gefühl wird gestört. Sie fühlt sich beobachtet, dreht sich um. Dort, auf der anderen Straßenseite. René?

Sie läuft schnell in das Palais, sucht eine Toilette, setzt sich auf den Deckel des Beckens und stützt den Kopf in die Hände. René. Sie wollte ihn vergessen. Und jetzt war er hier aufgetaucht! Sie schüttelt den Kopf. Das kann nicht sein, eine Verwechselung. Doch ihr Herz pocht und im Bauch fliegen die Schmetterlinge. René!

Clarisse erhebt sich, richtet Kleidung und Frisur, strafft sich und geht auf die Straße. Die Hitze des Tages hat sie wieder und die Unruhe des Boulevards und das Rauschen des Mittelmeeres. Sie holt tief Luft, und geht entschlossen in die Richtung der Altstadt von Cannes.

Autos müssen mit quietschenden Bremsen halten, Passanten springen zur Seite. Der Verrückte hat seinen Schock überwunden. Er rennt quer über die Fahrbahnen, springt über Grünanlagen. Ein älteres Ehepaar sieht hinter ihm her. Sie kommen aus der Normandie. Er sagt: "Sieh nur, so rennt ein verliebter Gockel." Und sie lacht, denkt an damals, drückt ihren Arm gegen den seinen. Und er sieht sie verliebt an. Damals schien die Mittelmeersonne ebenso.

René hatte die Treppen erreicht, er stürmte über den roten Teppich, reißt die Schwingtür auf und steht drinnen.

Touristen! Keine Clarisse! Aber er hat sie doch gesehen! Das war sie! Die Figur, die Haare, die Haltung.

"Clarisse!!" Alle drehen sich um, starren ihn an. Er ruft noch einmal. Nichts. Mit hängendem Kopf geht er nach draußen in die spät nachmittägliche Hitze.

Die *Rue Antibes* glänzt mit ihren schönen Geschäften und den Straßencafés. Roller fahren hier und Autos, brav hintereinander und in eine Richtung, denn man hatte die Fahrstraße zu einer Einbahnstraße verengt, zu Gunsten der Flaneure. Er kannte sie noch von früher, lange her. Er war unentschlossen, ob sie ihm heute besser gefiel.

René war von Nizza nach Cannes, ins *Eden Hotel*, gezogen.

Als er es erreichte, war es dunkel. An der Rezeption drückte ihm der schwule Concierge einen Zettel in die Hand. "Ist vorhin per Fax gekommen, M'sieur", flüsterte er mit spitzen Lippen und Verschwörermine. René griff nach dem Zettel. Ihm taten die Füße weh, er hatte Durst und er wollte seine Ruhe. Wenn ihm sein Verleger auf den Geist gehen wollte, dann … ruckelnd hielt der Aufzug an, die Türen gingen auf. Er hatte versucht, den Zettel zu lesen. Deshalb stieß er mit einer Frau zusammen. Mit dem Arm stieß er an ihren Busen, der weich nachgab. Er erschrak. "Verzeihung, Madame, wie peinlich", stotterte er. Doch die Gute nahm es nicht so übel. Sie lachte, "Für sie, Monsieur?" und stieg in den Aufzug. Zischend schlossen sich die Türen.

Vor der Zimmertür fummelte René die Karte aus der Hinterntasche. Das Schloss knackte. Ein Hotelzimmer, wie überall auf der Welt. Er hatte preiswerter gebucht. Aber die Küche war ausgezeichnet. Wellness, Swimmingpool inklusive, in der Nachtbar kostete es extra.

Der Zettel war der Ausdruck eines Fax von Clarisses Eltern. Immer wieder hatte er dort angerufen, gefragt, gebettelt. Doch sie hatten sich nicht erweichen lassen. Bis jetzt. Es stand nur ein Satz drauf: Suchen Sie in Frejus.

Sein Herz machte einen Hüpfer.

Er bestellte einen Tisch im Restaurant für sich allein (diskretes Staunen am anderen Ende der Leitung) und ließ die Zimmerrechnung für morgen fertigmachen.

Unter der Dusche pfiff er völlig falsch, aber laut, "I Want To Hold Your Hand". Nackt und noch feucht warf er sich aufs Bett, und wartete auf die achte Stunde. Abendmahl! Sekt! Ach was! Champagner!

N E U N

Der Artikel über die Bebauung eines Hanges sollte sachlich die Fakten wiedergeben. Clarisse redigierte und kürzte. Nahm Attribute weg, strich Wertungen heraus. Die

Stimmung war eh schon aufgeheizt. Es ging darum, dass sich einige reiche Russen Grundstücke von den dortigen Bauern gekauft hatten und nun ihre Villen auf dieses Land bauen wollten. Es wurde viel zu viel Land verbaut. Weshalb die Stadtverwaltung und auch der Kreis ihr Veto eingelegt hatten. Das waren die Russen nicht gewöhnt. Sie drangen, sechs Mann hoch, in die *Mairie* ein und veranstalteten einen Tumult, der bis in die Präfektur schallte. Mit gezogenen Pistolen stürmten die Gendarmen in das Büro des Bürgermeisters, der seinerseits laut geworden war. Ein großes Gebrüll hub an und besorgte Nachbarn riefen die Polizei. Die Russen wurden verhafteten, ihre Bodyguards, die auch noch ihre Pistolen gezogen hatten, gleich mit. Peinlich! Nach einer Stunde ließ man sie frei. Die Russen, nicht die Leibwächter.

Clarisse und ihre Arbeitgeber hatten herzlich gelacht. Der Bürgermeister erzählte ihr, mit Lachtränen in den Augen, die Story. Die Russen waren an der Cote nicht sehr beliebt. Sie waren laut, soffen wie die Löcher, schleppten Nutten in die feinen Hotels und warfen mit ihrem Geld nur so um sich. So sagte man. Clarisse hatte ihre eigene Betrachtungsweise und Pauschal-Ver- und -Beurteilungen lehnte sie rigoros ab. Nicht alle Italiener lieben ihre Familie, die Spanier sind nicht alle Machos, die Russen saufen auch nicht immer und schon gar nicht ist es ständig Winter und nicht alle Franzosen sind untreu und haben eine Affäre. Und die Deutschen? Von ihrem Studium kannte sie einige, die nicht immer fleißig waren und pünktlich und pingelig genau und Sauerkraut gegessen haben. Es musste ja nicht stimmen, obwohl immer ein Körnchen Wahrheit …

Clarisse schob, den Gedanken beiseite. Sie war fertig. Besah sich mit schräg gelegtem Kopf ihr Werk. Kann ´raus, dachte sie. Per Mail ging der Text an Monsieur Perrieur, der heute in der Zentrale weilte. Seine Frau hatte frei genommen. Friseurtermin, Pediküre. Äußerst wichtig!

Heute wollte Clarisse früh Feierabend machen. Eine Gewitterfront näherte sich schnell aus dem Westen, sie kroch finster und drohend über die Berge. Riesige Wolken türmten sich am Horizont auf, und das ferne Wetterleuchten verhieß nichts Gutes. Sie wollte zu Hause sein, bevor das Unwetter losbrach. Noch war es windstill und schwül. Sie beeilte sich, radelte schwitzend die leichte Steigung zu ihrer Wohnung hinauf.

Die Wohnung bestand aus zwei kleinen Zimmern, einer winzigen Küche und einem großen Bad mit einer großen, breiten Dusche.

Sie warf ihre Sachen auf das Sofa, das sie, neben den anderen Möbeln, mitgemietet hatte. Da lag dann alles bunt übereinander auf der Rückenlehne. Langsam zog sie sich aus, ging dabei noch einmal den Text durch. Ihr Tanga war das letzte Kleidungsstück. Er rutschte ihr aus der Hand. Sie war zu faul ihn aufzufangen. Er landete auf den Teppich, und blieb leblos als winziges Stoffhäufchen liegen.

Die Dusche munterte sie wieder auf. Leider musste sie sich beeilen. Der Eigentümer hatte irgendeinen Trick, um Wasser zu sparen eingebaut. Wenn sie zuviel Zeit verbrauchte, stand sie von oben bis unten in Schaum gehüllt und es floss in der nächsten halben Stunde kein Tropfen mehr.

Draußen tobte jetzt der Sturm. Er riss an den Bäumen und Fensterläden. Irgendetwas im Garten fiel polternd um. Bestimmt ein Stuhl, vermutete sie. Die Fensterläden klapperten oder schlugen knallend gegen die Wände. Rauschend schoss ein TGV am Fenster vorbei.

Der erste Blitz und das kühler werdende Wasser trieben sie aus dem Bad. Der Donner folgte unmittelbar, und ließ die Wände vibrieren. Mit etwas Angst im Bauch lief sie ins Wohnzimmer und trocknete sich oberflächlich ab. Dann, so wie sie war, nackt und mit feuchter Haut, ließ sie sich aufs Sofa fallen.

Clarissa starrte an die Decke mit den Mückenleichen und den Rissen in der Farbe. Sie spürte, wie sie abkühlte und gleichsam mehr und mehr entspannte. Bis zum Abendessen ruhe ich noch ein wenig, dachte sie.

Kühl! Sie fröstelte, war wohl doch eingeschlafen. Gänsehaut überzog ihren ganzen Körper. Sie hatte sich im Schlaf zusammengekauert. Das Gewitter hatte sich grummelnd verzogen, sie hatte es verschlafen. Draußen war es inzwischen dunkel.

Clarisse ging zum offenen Fenster. Der nächste TGV raste vorbei, die Scheiben vibrierten. Sie öffnete die Läden. Frisch gewaschene Luft drang ins Zimmer. Sie atmete tief ein, reckte die Arme in die Höhe. Es roch intensiv nach feuchter Erde und Elektrizität. Die kühle Luft umschmeichelte ihre Haut. Unten pfiff jemand. Sie suchte nach dem Pfeiffer. Ah, der! Hab's mir doch gedacht! Nachbars Rotzlöffel. Ein fünfzehnjähriger Halbstarker, der ständig versuchte in ihr Fenster zu spannen. Ja, sie war immer noch nackt! Guck doch, Du Spanner! Sie tat, als hätte sie den Knaben nicht bemerkt, drehte sich langsam um. Richtete umständlich ihr Haar. Sie schloss die Fensterläden wieder und ging ins Schlafzimmer, zog sich an: das Kleid, das sie sich in dem Nest an der Seine gekauft hatte. Und da war er wieder und sie, die Schmetterlinge.

Mit leeren Augen starrte sie auf den toten Fernseher. Ihre wurden die Augen feucht. Das Herz pochte stärker. Die Hände verkrampften sich in den Stoff ihres Kleides.

Nein, ich will nicht an ihn denken! Nein, verdammt! Doch es ging nicht anders. Wie jeden Abend, wenn sie allein war.

Wie ein Schmerz, der einen immer wieder befällt, wenn man allein ist und nicht abgelenkt. Den ganzen Tag tut man etwas und dann, abends oder nachts kommt der Schmerz. Wenn sie jetzt versuchen würde, zu arbeiten, kam eh' nichts dabei heraus: weil sie die Wand anstarren würde und vielleicht Renés Rücken sah, wie er am Steuerrad stand oder neben ihr auf dem Polster seiner Yacht lag und er sie anstarrte.

Sie riss sich die Sachen vom Leib, schloss das Fenster, zog die Vorhänge zu und trabte ins Bett. Nichts mit Abendessen! Sie würde sowieso keinen Bissen herunter kriegen. Sie knipste die Nachttischlampe aus, zog die Decke bis zur Nase hoch, schniefte, rollte sich zusammen wie ein Baby und kniff die Augen ganz fest zusammen.

René.

René, du Schuft!

Tränen. Nun doch!

Schlaf, Erlösung.

ZEHN

Das Haus der Perrieurs lag weiter oben in den Bergen an einem sanften Hang. Pappeln, Pinien, sogar Olivenbäume wuchsen verstreut auf den Feldern und Wiesen oder in den Gärten der Bewohner. Wenn man die Stadt verlässt, am alten Theater vorbei, immer nach Nordwesten, hinter Frejus, dort lebte das Paar. M'dame Perrieur gab ihr noch die Schlüssel für die Ente. Im Weggehen sagte sie, "Um acht, Kindchen. Wenn Sie mit ihrer Arbeit nicht fertig werden, lassen Sie den Rest bis morgen liegen."

Kindchen! Schon wieder!

Clarisse war aber fertig. Sie hatte noch die letzten Fehler ausgemerzt, die die Rechtschreibprüfung ignoriert hatte.

Mit einem stolzen Fingertipp auf die ENTER-Taste schloss sie den Artikel ab. *So*, dachte sie, *noch speichern und dann ab zu den Perrieurs*.

Die Einladung war überraschend, freute sie aber sehr. Und so war es nicht verwunderlich, dass sie sofort zusagte. "Morgen ist Samstag. Da werden wir faulenzen. Das ist beschlossen! Sie können bei uns übernachten, Clarisse", schlug M'sieur Perrieur vor. Sie stimmte zu. Herrlich! Zwei Tage frei!

Die Ente stöhnte die Straße bergauf. Hinter ihr fuhr ein Holländer mit Wohnwagen und dahinter folgte eine lange Schlange Autos. In sich hineinschmunzelnd fragte sie sich, wer wohl Schuld an der Schlange hätte. Sie oder der Holländer? Beinahe hätte sie den Abzweig verpasst.

Die Perrieurs besaßen ein Grundstück in einem neuen Quartier. Ein entzückendes Häuschen reckte sich über eine hohe Hecke. Clarisse parkte die Ente vor dem Grundstück. Umständlich quälte sie sich aus dem engen Autochen. M'dame Perrieur hatte sie kommen gehört. Vor dem Tor zum Grundstück erwartete sie Clarisse.

"Schön, Clarisse. Und so pünktlich!" Clarisse wusste nicht, ob es eine Spitze war, denn immerhin hatte sie eine halbe Stunde länger gebraucht und war weit später nach den obligatorischen fünfzehn Minuten eingetroffen. Sie grinste also nichtssagend und ließ sich auf das Grundstück ziehen.

"Hier leben sie also. Schön."

"Ja." Madame Perrieur hatte die Hände vor ihren Schoß gefaltet. "Der Garten ist das Werk des Meisters. Ich bin für das Innere zuständig." Dennoch sah sie stolz auf den Garten, der das Haus umgab. Eine Unmenge Blumen blühten in allen Farben der Natur und dufteten gegeneinander um die Wette. Der Rasen war kurz geschnitten und satt grün. Um diese Zeit und in dieser Gegend eine Rarität! Woher nahm ihr Chef die Zeit für diesen Garten? M'dame sah den Blick Clarisses. "Oh!", rief sie, "Paul! Hast Du die Beregnungsanlage abgestellt?"

"Qui! Mon chère!" kam es aus einer Ecke. Ein schattiges Plätzchen unter einer breit ausladenden Pinie. Sie gingen auf die Sitzgruppe aus Rattanmöbeln zu. Perrieur war aufgestanden.

"Clarisse, ich freue mich, dass Sie gekommen sind. Setzen Sie sich, erholen Sie sich erst einmal."

Clarisse tat wie geheißen. Im Sessel atmete sie tief durch. Jetzt hatte sie mehr Zeit, sich umzusehen.

Das Haus der Perrieurs war ein Zweistöcker in weitaus traditioneller provençalischer Bauart. Neben dem Haus eine Garage. M'sieur hatte die Beleuchtung eingeschaltet. Insekten flogen gegen die Lampen und verbrannten sich knisternd die Flügel. Die armen Tiere taumelten zu Boden und verendeten.

Sie tranken Rotwein. Madame hatte den Tisch mit Tellern, Schüsseln, Schüsselchen, Bechern und Tabletts voller Speisen bedeckt, die für eine ganze Horde Teutonen ausgereicht hätte.

"Erzählen Sie von sich, Clarisse. Was haben Sie studiert. Französische Sprache, Journalismus?"

"Nein, Madame, Literatur, Schriftstellerei. Ich möchte Schriftstellerin werden."

"Oh, wie schön. Haben Sie denn ein Thema? Einen Liebesroman? So richtig mit Herz, Schmerz und Tränen?"

"Ich weiß noch nicht. Momentan eher mit Tränen."

"E ça!, Sie?"

Ein wenig bekam Clarisse feuchte Augen. Madame strich ihr über den Handrücken und sah sie an, als wäre sie ihre Mutter. "Unsere Clarisse hat Liebeskummer! Wie niedlich!"

"Nein, nein. Sie verstehen das falsch", wollte sich Clarisse rechtfertigen. Doch die Perrieurs hatten ihre feste Meinung.

"Das Kind müssen wir schonen", flüsterte M'sieur seiner Frau verschwörerisch ins Ohr, aber so, dass Clarisse es hören musste. Sie wurde rot und nur die immer tiefere Dunkelheit verhinderte, dass sie sich deswegen schämte.

"Erzählen sie!" Madame war ganz Ohr und gespannt wie ein offener Regenschirm. Und so kam es, aus einer Anwandlung heraus oder weil sie den Perrieurs vertraute, dass Clarisse über ihren Kummer erzählte. Und je mehr sie berichtete, desto leichter wurde es ihr und desto mehr Abstand glaubte sie zu bekommen, von *diesem* René.

Danach war Stille. Nur die Zikaden begannen ihren Gesang, immer lauter. Und immer mehr Zikaden setzten ein, bis sie alle im gleichen Rhythmus sangen und auf einen Schlag aufhörten. Erleichtert nippte Clarisse an ihrem Weinglas. Madame hatte feuchte Augen und der Blick von M'sieur Perrieur war ganz weich.

"Was soll man da sagen?", rief M'dame, "Typisch Mann!"

"Na, na", brummte Monsieur. "Alle sind nicht SO!"

"Ach komm! Auch Du warst ein Windhund!" Das klang eher stolz als beleidigt. "Vor Dir war doch keine sicher!"

"Und, was hat das damit zu tun? Nichts. Ich habe Dir immer alles erzählt, was auch immer es war."

"Ha! Das glaube ich Dir erst, wenn Du es mir auf dem Sterbebett beichtest!"

Perrieur lachte. "Das kann lange dauern, meine Ärmste." Jetzt lachten sie und Clarisse war erleichtert, weil sie einen Moment geglaubt hatte, die Perrieurs würden sich streiten.

Madame legte ihre warme, weiche Hand auf Clariss' Unterarm. "So ist das, Clarisse. Da hat jeder seine Geheimnisse. Und ich möchte auch nicht alles wissen, was Dieser", sie sah streng auf ihren Gemahl, "so alles verbrochen hat."

"Aber sollte man nicht immer offen und ehrlich zueinander sein?"

"Schon, meine Liebe. Aber es gibt Dinge, die will, oder sollte man nicht wissen. Bestimmte Geheimnisse, die man nicht oder noch nicht miteinander teilen kann, Ereignisse, wenn sie bereits lange in der Vergangenheit liegen und abgeschlossen sind."

"Wie fremdgehen?", fragte Clarisse.

"Auch. Was ich nicht weiß …" Monsieur lächelte versonnen in sein Weinglas. "Sehen Sie sich diesen Kerl an. An was mag er sich jetzt nur erinnern?" flüsterte die Madame.

Am andern Morgen erwachte Clarisse nicht durch einen TGV. Ein Hahn, irgendwo in der Nähe, krähte. Das tat er nicht nur laut, sondern auch ausgiebig. Wenig später antwortete die Konkurrenz in der Umgebung. Clarisse drehte sich faul auf die Seite. Dann duftete es nach frischem Kaffee!

Vorsichtig öffnete sie die Augen. Bitte, lass es keinen Traum sein, bat sie. Es war keiner!

Das Porträt eines alten Mannes, das gleich gegenüber dem Bett hing, sah sie streng an. "Jaja, ich stehe ja auf, Opa", sagte sie dem Bild. Sie fröstelte, denn es war wirklich noch sehr früh.

Erst konnte sie nicht einschlafen. Wahrscheinlich der Wein, vermutete sie. Dann, mitten in der Nacht kamen die Träume. Irgendein Nonsens, der aber, Gott sei Dank, nichts mit René zu tun hatte, sondern mit M'sieur, den sie bei seiner Geliebten erwischt und dies brühwarm M'dame Perrier erzählt hatte. Es war schwül, wie vor einem Gewitter. Sie schwitzte unter der dünnen Decke. Ihr Schlafshirt musste sie ausziehen und auch das Höschen, das am Bauch drückte, denn sie hatte vor Hitze gebrannt und geschwitzt. Sie schlief auch sonst nackt, aber hier zu Besuch … Du heiliger Bimbam! Und René war überhaupt nicht darin vorgekommen. So, da hat er's! Und war wieder eingeschlafen.

Nun stand sie nackt im Zimmer und sah sich um. Das Fenster stand weit offen. Insektengitter verhinderten, dass die Mücken die Schläfer in der Nacht aussaugten. Einige besonders gierige saßen immer noch auf dem Gewebe. Das Fenster war auf der Südseite und die Sonne konnte jetzt ihre Strahlen schräg ins Zimmer schicken. Sie hielt einen Zeh in einen Sonnenstrahl. Warm!

Ein Stuhl, auf dem ihre Sachen lagen, stand neben dem Bett. Er war neu, wie alles im Haus (Sie hatten sich gestern, kurz vor dem Schlafengehen noch einen Rundgang durchs Haus erlaubt). Der Kleiderschrank stand bescheiden an der Wand neben der Eingangstür. Noch mehr Bilder hingen an den Wänden, alles Expressionisten. Ob er oder sie so etwas sammelten? Sie sollte Perrieur danach fragen. Unten hörte sie M'dame in der Küche wirtschaften und Perrieur brummend etwas sagen.

Sie schlich zur Tür. Öffnete sie ein Stück und schmulte durch die Spalte. Alles frei. Schnell hüpfte sie, so wie sie war, zum Bad.

Frisch geduscht, duftend und in einem leichten Kleid ging sie hinunter in die Küche.

"Guten Morgen, Clarisse", sagten die Perrieurs im Chor. Clarisse dankte und setzte sich in den Korbsessel, der ihr angeboten wurde. Er knarrte anheimelnd. Frische Croissants, Baguette, Butter, Käse, Eier und Marmeladen standen auf dem Tisch. Frisch gebrühter Kaffee verströmte einen betörenden Duft. Den Vormittag verbrachten sie faul in Relaxliegen. Sie tratschten über die Leute der Stadt, unterhielten sich über Kunst und Literatur, Clarisses Pläne. Tatsächlich liebten die Perrieurs Impressionisten und Expressionisten, besonders die des ausgehenden

Neunzehnten Jahrhunderts. Nach dem Mittag verabschiedete sich Clarisse.

Jetzt, auf der Rückfahrt, dachte sie über ihren Besuch nach. Diese Perrieurs! Nette Leute. Ob sie immer so sind, oder dräut ab und zu auch ein Gewitter? Bestimmt. Wer gibt dann nach? Sie, er? Beide? Auf jeden Fall gibt keiner *nicht* nach. Dann wären sie längst geschieden!

Sie musste scharf bremsen um einen Radfahrer, der plötzlich aus der Seitenstraße geschossen kam, nicht zu überfahren. Die alte Ente quietschte mit den Bremsen und kam gefährlich ins Schaukeln. Doch war zum Glück nichts geschehen, außer dass ihr der Schreck in die Glieder gefahren war. Ihr zitterten die Knie. Und sie sah, wie der Kerl den Mittelfinger hochstreckte. "Selber!", rief sie ihm hinterher.

Wie ist das, wenn man den ganzen Tag zusammen ist? Morgens zu Hause, dann acht bis zehn Stunden in der Redaktion und abends wieder?

Der Verkehr wurde jetzt dichter. Sie musste sich konzentrieren, mit der Ente im Verkehr mitzuhalten.

Ich fahre nach Cannes, dachte sie. Ein bisschen angeben, mit meinem Straßenkreuzer. Sie lächelte jetzt. Und ich denke noch über die Perrieurs nach. Das tue ich! Wirklich!

E L F

Der Dicke hatte angerufen. "Haben sie Zeit?"

"Warum?"

"Ich wollte mich mit Ihnen unterhalten. Über Ihren Artikel und den Tratsch in der Stadt – Sie wissen schon."

Stille.

"Wann?" Clarisse raschelte mit Papier, damit es klang, als habe sie einen Terminkalender vor sich.

"Freitag. Gegen achtzehn Uhr?"

"Weiß nicht, mal nachsehen." Rascheln.   "Passt. Ich komme dann."

"Fein!"

Er war Bauunternehmer und nicht da. Ihm gehörte ein Werk für Fertigteilhäuser, mehrere Bauunternehmen in der Umgebung, eine Sanitärinstallationsfirma. Seine Frau, Madame Luise, eine entzückende, schöne Frau von fünfzig, war höchst erfreut, eine junge Frau aus der Stadt zu empfangen. Sie hatte elegante Hauskleidung angelegt und sah sehr sportlich aus.

"Mein Mann lässt sich entschuldigen. Ein dringender Termin."

Sooo?

"Wie sieht Paris aus? Erzählen Sie! Bitte!" Schwätzte die Frau, während sie zu einer bequemen Sitzgruppe gingen. "Ich war seit Jahren nicht mehr dort. Wissen Sie, Clarisse, ich verzehre mich regelrecht nach dieser Stadt", sie verdrehte schwärmerisch die Augen. "Aber setzen Sie sich doch!"

Sie unterhielten sich über Pariser Theater, die Galerien und die großen Konsumtempel, wie das La Fayette.

Natürlich über den neuesten Klatsch und die Affären des Präsidenten mit seiner … Tststs. Was für ein Glück, dass sie mit Jean-Pierre befreundet war, der jeden Klatsch aus dem Pariser Leben kannte! Auf Clarisses Frage nach Luises fantastischer Figur, war die Gute ganz geschmeichelt. "Ich mache viel Sport, schwimme. Esse italienisch." Das sei schwer, vor allem hier unten im Süden, da die Gefahren der Verführungen durch die provenzalische Küche gefährlich hoch seien.

"Sind Sie denn keine Proenzale?"

"I, bewahre. Ich bin Pariserin. Was mich geritten hatte, diesen Mann zu heiraten und in die Provence zu ziehen, verstehe ich bis heute nicht." Ihr Blick wurde trübe.

Clarisse war erschüttert. "Lieben Sie Ihren Mann nicht mehr?"

"Doch, liebste Clarisse, doch. Nicht mehr und nicht weniger. Nur anders, nach fast dreißig Jahren."

"Wie das?"

Die Dame lachte herzlich. "Sie sind süß, Clarisse. Lesen Sie keine Liebesromane?"

"Doch, schon …" Sie dachte an *Sommertime* von René. Der war ihr wirklich nahe gegangen.

"Sehen Sie, das ist so. Wie soll ich sagen?" Sie sah Clarisse schräg an. Madame Luise hatte mandelförmige Augen, die mit ihrer Kopfform und dem dunklen Teint, auf algerische Vorfahren schließen ließ. Dunkel waren jetzt ihre Augen. "Mein Mann war ein schöner Kerl. Kräftig, selbstbewusst, schlank, sportlich. Ich hatte den Kampf gegen die anderen Weiber gewonnen. Fürs Erste", sie hob theatralisch die Hände, "Honeymoon!" Sie schien in den Erinnerungen versunken. "Dann kommt der Alltag. Er ging arbeiten, in der Firma seines Vaters. Der starb an Herzinfarkt. Mathèo, mein Mann, erweiterte das Unternehmen. Er zog an die Cote, mit allem, was er hatte.

Es war die Zeit des Baubooms, wie jetzt wieder. Ich zog hinterher. Und erst war es schön, doch dann fehlte mir Paris."

Sie wurde unzufrieden, mit allem, dachte Clarisse. Und er? Stürzte sich in die Arbeit und aufs Essen. Reden sie noch miteinander?

"Was haben Sie getan, in Paris? Was tun sie hier?"

"In Paris? Ich war in einem Architektenbüro. Da hatten wir uns auch kennen gelernt. Ich bin Architektin. Und jetzt? Hausfrau. Ich male zum Ersatz. Wollen Sie sehen?"

"Gerne." Sie gingen ins sogenannte Atelier, einem Flachbau mit großen Fenstern nach Norden. "Wie die alten Meister!", rief Clarisse. Wo sind Kinder. "Haben sie keine Kinder."

Madame überhörte die Frage. Clarisse sah sich weiter die Bilder an, während M'dame erzählte. Es waren Landschaften und Stadtansichten. Menschen und Porträts. Madame arbeitete viel. Wo war das Problem? Sie müsste doch zufrieden sein?

"Dann kamen die Affären. Man ist ja gewillt, zu verzeihen. Aber muss es die Sekretärin sein?"

Wie im schlechten Roman. Oder auch im Guten. Clarisse dachte wieder an 'Sommertime' von René.

Sie malte schöne Bilder. Expressiv, farbig, nicht bunt. Doch Luise war bereits weiter. "Sehen Sie, das ist auch meine große Liebe. Kommen Sie." Sie gingen in die Bibliothek. Clarisse zog die Luft durch die Zähne. Rundherum nur Bücher. Sie lief die Front der Regale ab. Klassische, moderne Literatur, alte Bücher, neue, Paperbacks, dicke Bände, kostbare Antiquitäten. Natürlich Fachbücher und Abhandlungen über Architektur – mindestens fünf Meter Buch! Und was musste sie sehen? Madame Andrea Grimaude! Roman für Roman dicht aneinander gedrängt. "Die Nacht, der Nächte". Das

Erstlingswerk. Auflage drei Millionen! "Ich und der Zugführer von Verdun". Eine Million! "Berta" eins bis drei, je eine Million. "Die Glastür". Milliarden Tränen, zu traurig! Sie lächelte, als sie daran dachte, wie schwer es ihr gefallen war, einen Verriss darüber zu schreiben. "Sieben Monate", "Das Schloss an der Klippe", "Claras Ängste." Einer der Schönsten aus der Clara-Reihe, neben "Claras Hoffnung". Fünf Romane über Clara und ihre unsterbliche Liebe. Und dann das Highlight: "Sommertime"! Und das alles geschrieben von einem Mann. Das geht doch nicht! Sie spürte, wie Tränen in die Augen traten.

"Was haben Sie denn, Kindchen? Sie haben ja ganz nasse Augen."

Kindchen! Sie hasste es, wenn sie jemand Kindchen nannte, obwohl das bestimmt nur gut gemeint war. "Schon gut. Nur Erinnerungen, Madame Luise."

"Ach bitte, tun Sie mir den Gefallen und nennen Sie mich nicht Madame."

"Gern, Luise."

Sie saßen jetzt auf der Terrasse. Die heiße Mittagsonne hatte sich hinter den Bergen verzogen. Die Luft war immer noch warm und mild. Stille. Nur hier und da piepste ein Vogel. Eine Eidechse huschte an der Mauer entlang und verschwand in einer Spalte. Der sanfte Wind bewegte die Pappeln an der nahen Straße und strich leise über die Haut.

Luise sah jetzt zufrieden aus wie eine Katze auf dem Fensterbrett. Sie würde sich jetzt wochenlang damit schmücken können, das Neueste aus Paris erfahren zu haben. Ach, und kennen Sie Clarisse? Nicht? Die aus Paris? Sie wohnt jetzt hier. Wie, ich soll sie Ihnen vorstellen? Gerne doch, Madame …

Sie hatten noch schön geschwiegen. Ihren Wein genippt und sich angelächelt. Clarisse hatte keine Lust zu reden. Und Luise? Clarisse sah, dass da etwas in ihrem Kopf vorging. Dass sie bereit war, eine Entscheidung zu treffen. Welche? Schade, sie würde es wohl nie erfahren.

"Grüßen Sie ihren Mann, Luise." Clarisse war aufgestanden. "Schade, dass er nicht zugegen war." Nicht gut, dachte sie sofort, aber es war nun einmal passiert. Sie drückte ein Küsschen auf die erstarrte Wange ihrer Gastgeberin.

Als sie sich am Tor noch einmal umdrehte, stand Luise immer noch an der Tür und sah ihr nach. Sie hatte die Hände vor der Brust gefaltet, als würde sie beten, aber es sah eher nach Weinen aus.

Hupend kam Monsieur angerauscht. Er bremste seinen Sechshunderter Mercedes scharf ab. "Hallo, Clarisse. Wollen sie denn schon nach Hause?"

"Ja, Monsieur. Es war sehr schön mit Ihrer Frau. Entzückend. Vielleicht ein anderes Mal? Geben Sie Luise noch einen Kuss von mir." Keine Reaktion. Doch dann rief er, "Mach ich." Das Seitenfenster schloss sich und er rauschte in einer Staubwolke davon, zum Haus.

Clarisse zwängte sich in die Ente. Das war die andere Seite, dachte sie. Eine ganz, ganz andere. Ob er seiner Frau den Kuss gab?

ZWÖLF

Und nun? René stand auf dem Platz vor der *Kathedrale du Ste-Leonce*. Sonntag. Die Kirchgänger traten eben aus dem Kirchenportal. Blinzelten in die Sonne. Er machte einen langen Hals. War sie dabei? Der Pater kam heraus. Blinzelte ebenfalls in die Sonne. René sah ihm an, dass er sich auf ein Gläschen Rotwein freute.

"Vater?", sprach er ihn an. Der zog erstaunt die Augenbrauen hoch.

"Mein Sohn?"

"Verzeihung. Ich wollte Sie etwas fragen." Er kramte sein Handy aus der Seitentasche des Jacketts. Suchte nach dem Bild von *ihr*. "Hier, Vater. Habt Ihr diese Frau schon einmal gesehen?"

Der schwieg, sah René streng an. Seine Rotweinnase leuchtete. "Warum, mein Sohn?"

René druckste ein wenig herum. "Meine, nun sagen wir mal, Geliebte. Wir haben uns – aus den Augen verloren."

Der Pater wurde misstrauisch. Er runzelte die Stirn, öffnete den Mund. Dem wollte René zuvorkommen, denn er ahnte, was der Pfaffe sagen würde. "Es ist nicht so, wie Sie denken. Ich liebe sie. Liebe sie wirklich und durch ein Missverständnis …"

"Du willst also beichten, mein Sohn", sprach der Schwarze salbungs- und hoffnungsvoll.

"Nein, Pater, tut mir leid. Ich will sie finden!"

"Tja, mein Sohn. Ich habe sie noch nie gesehen." Die Augen des Paters wurden kalt. Ungehalten wandte er sich ab und ging seines Weges, dem Glas Rotwein entgegen, das ihm seine Haushälterin inzwischen wohl bereitgestellt hatte. Nebelkrähe, fluchte René leise hinterher.

Da war eine Bank auf dem *Place Paul-Albert Fevrier*. Er setzte sich. Sie kann ja nicht mondän wohnen, wenn sie hierher in die Provinz der Provinz gezogen ist. Vorausgesetzt, ihre Eltern haben ihn nicht nach weißen Sand geschickt. Nein, das glaubte er nicht. So waren sie nicht.

Was würde sie hier machen? In einem der Supermärkte arbeiten? Irgendwo in einer Bar jobben? Oder bei der Presse arbeiten? Natürlich! Presse, Zeitung, irgend so was!

Er sah sich um. Suchte eine Touristeninformation. Einen Passanten, der aussah, als würde er hier leben und arbeiten fragte er danach. Der kratzte sich am Bauch, schob die Unterlippe vor. Lange dachte er nach, René wurde unruhig.

"Nee, weiß ich nich. Vielleicht da hinden?" Nein, der war nicht von hier. Das war ein weicher Dialekt.

Handy! Holte die *App* auf den Schirm. Er tippte auf Suchen. Frejus. Warten. Touristeninfo. Warten. Ah dort. Nicht mal zweihundert Meter entfernt.

In dem klimatisierten Raum stand eine Frau hinter dem Tresen. Es war leer. Sie hatte ihm den Rücken zugedreht. Rote Haare! Er holte Luft, da drehte sie sich um. Und er bekam einen roten Kopf, wie er da stand, mit aufgerissenem Maul. *Sie* war es nicht!

"Was kann ich für Sie tun?" Lächeln.

René hatte sich wieder gefangen. "Viel, Madame. Bitte helfen sie mir." Und er schilderte ihr die Situation. Und weil er Schriftsteller war, konnte er das besonders theatralisch. Sein Gegenüber hatte bereits feuchte Augen. Und Sommersprossen! Und eine lustige Nase die zum Himmel zeigte.

Die Nase hochziehend blätterte das Mädchen aufgeregt in einem Branchenbuch. Befeuchtete bei jeder Seite ihren Zeigefinger. Das Papier raschelte.

"Madelaine!", rief sie durch die Tür, die ins Office führte. "Madelaine, komm doch mal!"

Die beiden Frauen palaverten, diskutierten, hatten eine Idee, verwarfen sie wieder. Dann ein Gedankenblitz. "Gehen Sie zum *Courier de Sud*. Der Redakteur hatte doch einen Mitarbeiter gesucht. Vielleicht ist sie dort?"

René stöhnte innerlich. Warum dauerte es denn so lange. Das lag doch auf der Hand. Er bedankte sich trotzdem mit aller gebotenen Höflichkeit, entschuldigte sich auch bei den zehn Leuten in der Warteschlange. Er hörte noch, wie die eine, war es Madelaine(?), sagte, "Der ist aber sowas von verliebt! Bis über beide Ohren ..." Und in der Schlange nickten sie verstehend und raunten miteinander und sahen hinter ihm her, als hätten sie nie einen Verliebten je gesehen.

Er ging erst dreimal an dem Haus vorbei, bis er das Schild sah. "Le Courier de Sud", Rédaction Provençale de Frejus. Msr. Perrieur, Mdm. Perrieur.

Er erkletterte die Stiegen, klopfte an die Tür. "Entree!"

Eine ältere Dame sah ihn erwartungsvoll an. "M'dame Perrieur?"

"Oui. Eh?"

"Ich suche eine gewisse Clarisse ..."

"Wer will das wissen?", fauchte die Matrone.

"Ich, ihr Geliebter!", rief er, wie ein Ritter - allerdings von der traurigen Gestalt.

Das Gesicht der Matrone wurde weich. "Ich habe es geahnt. Von wegen Studien. Liebeskummer!"

Rene sah konsterniert auf die Frau.

"Hallo, ich bin Frau genug, um das zu ahnen. Ich war nur gespannt, wer ihr Schmerzensbringer ist. Ha, Sie also! So sieht er aus." Sie sah ihn aber mütterlich an. "Wie heißen Sie, junger Mann?"

"René."

"Also, René, Ihre Freundin hat sich gestern verabschiedet. Gekündigt." Sie schnippte mit den Fingern. "Eh voila!"

"Wo ist sie hin."

Die Frau verschränkte ihre Arme unter dem Busen, der aufgeregt wogte. "Das hat sie uns nicht wissen lassen. Irgendwas mit Amerika."

"Amerika?"

Sie Frau nickte. Ihr Doppelkinn wippte. Ihr Busen wippte mit.

René war noch mehr deprimiert. Amerika. Geht's denn noch?

"Vielen Dank, M'dame. Au revoir."

René hatte keine Ahnung, wie er zurückgefunden hatte. Das Auto stellte er einfach irgendwo ab und schlich in das Hotel. Telefonisch bestellte er zwei Flaschen Rotwein. Ja, bitte schnell. Dann hangelte er nach der Fernbedienung, suchte einen Sender mit irgendeinem sinnlosen Film. Fernandel. Die Flaschen wurden gebracht. "Brauchen sie sonst noch was, M'sieur?" Die Kellnerin war eine Hübsche. Klare blaue Augen (warum sah er immer erst in die Augen?), blond, nette Stimme. "Nein, danke. Jetzt nicht."
  "Wenn es noch etwas sein soll, rufen Sie ruhig an." Sie verschwand.
  Er konnte nicht lachen. Fernandel gab sich alle Mühe, fletsche die Zähne, grinste. Nix! Die zweite Flasche war noch halbvoll, als er einschlief. Das Licht brannte noch, der Fernseher lief. Ein Moderator langweilte sein Publikum mit einem Quiz. Einmal sah man einen Schilderträger. "Applause" stand auf seiner Tafel. Er verschwand schnell wieder vom Bild.
  Mit dicker, belegter Zunge wachte er gegen Morgengrauen auf. Das Fenster war noch geschlossen, die Luft im Zimmer dick und klebrig. Er rollte vom Bett. Schlich an das Fenster, riss beinahe den Vorhang herunter und öffnete einen Fensterflügel. Frische Morgenluft drang herein. Er atmete tief ein und aus, bis ihm fast schwarz vor Augen wurde.
  Die Kleidung landete auf dem Boden, blieb dort liegen, wo er auf dem Weg zur Dusche entlang gekommen war. Unter der Dusche versuchte er es mit kaltem Wasser. Buah! Nicht doch! Wer tut denn sowas? Unter dem warmen Strahl aus dem verkalkten Duschkopf wurde ihm besser. Was war das denn für ein Wein gewesen? Winzige Teufel schlugen mit riesigen Hämmern feixend auf seine Schläfen ein. Poch,

poch, poch. Im Bademantel ging er an den Kühlschrank. Klaubte eine Flasche Perrier heraus. Das Gesöff sprudelte in der Kehle und war kalt wie flüssiger Stickstoff. Aber der Kopfschmerz ließ nach.

Im Frühstücksraum, der gleichzeitig zu Mittag Restaurant war, kaute er lustlos an einem Croissant. Der Kaffee war alles andere als Kaffee. Heute würde er abreisen. Nach Hause. Es reichte.

Beim Bezahlen dachte er, Clarisse. Ein tiefer Seufzer erfasste ihn, die Concierge sah ihn mitfühlend an. Wer weiß, was sie dachte.

DREIZEHN

Die Nachmittagssonne wärmte ihr Gesicht. In einer Papeterie am Wege kaufte sie sich ein Notizbuch. Sie würde es heute Abend vorbereiten. Die Altstadt von Cannes nahm sie auf; Jetzt ging sie die schmale *rue Georges Clemenceau* aufwärts, denn sie wollte noch zum *Musée de la Castre,* in dem gerade alte Impressionisten ausgestellt wurden. *Invitation sur la Côte d'Azur*, hieß die Ausstellung. Es war seltsam still. In der Ferne hörte sie das moderne Cannes brummen. Ein Mädchen auf einem Roller zog trötend vorbei, dann war wieder Ruhe. Sie hörte ihre einsamen Schritte. Bog rechts in eine Gasse, Treppen verliefen steil nach oben zum Kastell und zum Museum.

Die Ausstellung war interessant. Man hatte überwiegend weniger bekannte Künstler des späten neunzehnten Jahrhunderts ausgestellt. Clarisse war über die Farben und die Pracht der Kompositionen begeistert.

In der beginnenden Dunkelheit lief sie in die Rue Antibes, sah sich die Ladengeschäfte an. Sie ignorierte tapfer die Auslagen und Preisschilder und erfreute sich an den schönen Dingen in den Schaufenstern. Das Straßenlicht ging an.

Und mit einem Mal: René.

Den ganzen Tag hatte sie nicht an René denken müssen. Warum jetzt auf einmal? Und nur, weil einer der Verkäufer eine verblüffende Ähnlichkeit mit René hatte. Es gab ihr einen Stich ins Herz. Schnell lief sie zur Tiefgarage und holte ihre Ente aus der Kühle. Zum Ärger vieler Autofahrer bummelte sie nach Frejus. Morgen war Montag und sie hatte eine Entscheidung zu treffen.

Der Morgen in dem winzig kleinen Hotel in Frejus, in dem sie sich für die Nacht eingemietet hatte, begann angenehm still und ruhig. Es lag in einer Nebenstraße, weit entfernt von allem Verkehr. Sie hatte tief und traumlos geschlafen. Alles war im Lot. Kein Gedanke an René ... Merde, da war er wieder! Jetzt ging er ihr nicht mehr aus dem Kopf. Wie eine Melodie, die man stundenlang vor sich her sang und wiederholte.

Enttäuscht von sich selbst, schlich sie ins Bad.

Clarisse komponierte eine alberne Melodie auf den Namen. René, René. Bla, bla, bla, täterä. Es half nichts. Immer waren diese Stiche im Herzen und das komische Bauchgefühl.

Sie putzte die Zähne, bis es blutete. René. Wusch sich gründlich. Gründlicher als sonst. René.

Sie holte ihre letzte Wechselwäsche aus dem Koffer. Kritisch sah sie sich die Sachen an. Was würde René …?

Verdammt, ja, René. Geht ihn nix an!

Sie stieg in ihren Slip, zog ein dunkelbraunes Shirt mit einer albernen Ami-Werbung über den Kopf; Ein grinsender Burger. Die Jeans mit den altmodischen Löchern am Oberschenkel tauschte sie gegen leichte, weiße

Leinenhosen. Barfuß stieg sie in die schwarzen high heels. Lange kämmte sie sich die Haare. Bei jedem Strich: René.

Kritisch betrachtete sie sich im Spiegel. In Ordnung. Für die Provinz reicht es, für Paris allemal und in V. fiel sie damit nicht auf. Hatte sie einen dickeren Hintern bekommen? Sie zog den Bauch ein. Nein, nur schlechte Körperhaltung! Aber die Hose war sehr eng. Sie hatte sie lange nicht mehr angehabt. Das sah man an den Liegefalten. Sie zog die Schultern nach hinten, drückte den Rücken durch. Na also!

Gestern hatte sie dem Vermieter gekündigt. Der war sauer, obwohl Clarisse ihm versprach, bis zum Monatsende zu zahlen. Er steckte sich eine Kippe zwischen die Lippen, brummte etwas, was sie nicht verstand. Als er abzog, winkte er resigniert mit der Hand ab. Na und? Sie kam sowieso nie wieder hierher.

Renés Verleger, Monsieur Simon, hatte ihr nämlich eine Mail geschickt: "Liebe Clarisse. Ich habe von Ihrem Ärger vernommen. J.-P., sie wissen, wen ich meine?"

Ja klar, Jean-Pierre!

"Er hatte mich vor kurzem aufgesucht. Er erzählte mir von der Auseinandersetzung mit Ferrauld."

Er kommt immer gleich zur Sache.

"J.-P. ist ein wirklicher Freund, nur etwas ängstlich."

Nicht jeder ist Superman.

"Was soll's. Ferrauld war mir schon immer unsympathisch. Hat seine beste Frau verloren. Haha. Können Sie sehen, wie ich mir die Hände reibe?"

Witzbold.

"Wie Sie sicher noch nicht wissen, muss ich meinen Verlag personell aufstocken. Wie wäre es? Da sind noch drei Stellen vakant, die ich Ihnen frei halte. Darf ich? Sie wissen, ich schätze sie sehr."

Und zahle gut?

"Kommen Sie bald, damit wir uns darüber unterhalten können. Darüber und über noch ein wenig mehr. Ich muss nicht erwähnen, dass ich mir um meine 'Lieblingsschriftstellerin‘, einer gewissen A.G.-R., Sorgen mache?"

Und ich? Was ist mit mir?

"Sie ist seit einigen Wochen spurlos verschwunden. Reden wir gar nicht von dem, was sich die 'Dame' zurzeit erlaubt abzuliefern! Ist das nicht merkwürdig?

Also, nicht vergessen sich bei mir zu melden! Ich freue mich, liebe Clarisse. Ihr Ihnen immer sehr verbundener S. P. S. Schreiben Sie mir, wann Sie kommen, doch warten Sie bitte nicht zu lange. S."

Ich liebe ihn!

"P. S. P. S. Wissen Sie, wo der Kerl steckt?"

Nein, will ich auch gar nicht!

"Rufen Sie mir ein Taxi", bat sie die Concierge. Von Cannes aus fuhr ein Zug direkt nach Paris. Dann war es nicht mehr weit bis nach Hause.

Der Taxifahrer schwatzte die ganze Zeit. Lang und breit erläuterte er seine Familienverhältnisse. Fluchte über die Araber (aha, ein Rassist). Ein paar Mal wäre er auf einen Vorausfahrenden aufgefahren, was er mit endlosen Tiraden gegen Touries und "Unfähige" kommentierte. Sie schwieg, hörte nicht mehr zu und dachte einmal nicht an René. Sie betrachtete lieber die Autobahn und die Gegend.

In Cannes musste sie noch drei Stunden verbummeln, bis ihr Zug fuhr. Sie fuhr in die Stadt und ging zur Rue Antibes. *Witzig*, dachte sie. René wohnt auch in einer Rue Antibes. Sie spazierte an den Schaufenstern entlang, konnte sich gerade noch beherrschen, ein Kleid zu kaufen. Ein Traum in schwarz und weiß, wie ihre gegenwärtige Stimmung. Dann musste sie sich doch noch beeilen.

Der Zug fuhr an ihrer ehemaligen Wohnung in Frejus vorbei (die sie ja noch bezahlte), bevor er sich in einem großen Bogen über Brignoles und Aix-en-Provence nach Norden wandte. Die Alpen zogen an Ihr vorbei. *Ade Abenteuer Provence*, dachte sie als sie an Sisteron vorbeirasten.

Sie schlief den Schlaf der Gerechten.

"Aufwachen, Demoiselle. Wir sind kurz vor Paris." *Demoiselle? Sehe ich so aus?* Schläfrig öffnete sie die Augen. Tatsache! Sie suchte ihre Tasche, zog eine Wasserflasche hervor. Durstig trank sie die warme Flüssigkeit. Der taube Geschmack im Mund ließ nach.

Um Paris regnete es. Tief hängende dunkelgraue Wolken begrüßten ihre Wiederkehr. Wenn das ein Omen ist - Dann schönen Dank! Ausgerechnet. Sie wird ihre Regenjacke hervorkramen müssen, die ganz, ganz sicher ganz, ganz unten im Koffer lag.

Die grauen Wolken waren schneller weggezogen, als sie befürchtet hatte. Das Taxi brachte sie zum Haus ihrer Eltern. Die waren ganz aus dem Häuschen. Ihre Mutter wuselte durch die Zimmer, wollte alles gleichzeitig tun. Und wischte sich immer wieder verstohlen Tränen aus den Augen. Papon saß ruhig in seinem Sessel und lächelte sie still an.

"Groß bist Du geworden, Clarisse", sagte er plötzlich. Sie sah ihn konsterniert an.

"Keine Angst, das ist nicht Alzheimer. Ich meine es im übertragenem Sinne."

"??"

"Ernster, gesetzter. Du bewegst Dich anders."

René?? Ach, bitte nicht!

Sie zuckte mit den Schultern. "Die Provence. Alle großen Künstler waren in der Provence, um zu lernen. Vielleicht habe ich gelernt."

"Sicher. Große Künstlerin. Wann kommt Dein erster Roman heraus?"

"Noch nicht. Ich brauche erst einmal Geld. M'sieur Simon hat mir ein Angebot gemacht. Eine Stelle ist bei ihm frei."

"Schön. Das hört man heutzutage selten."

"Morgen fahre ich in den Verlag. Mich vorstellen, aushandeln, was auch immer." Clarisses Herz begann mit einem Mal heftiger zu schlagen. Wenn sie dort – René – traf. Was dann?

Papon nickte.

"Was hast Du gelernt, dort in der Provence?"

Sie dachte lange nach. "Es ist schön dort. Warm, die Menschen freundlich, fast immer scheint die Sonne. Aber ich gehöre hierher."

Papon und Mamon nickten jetzt gemeinsam.

"Das ist gut", sagte Mamon.

Schweigen.

"Ich geh' dann mal zu Bett. Bin furchtbar müde, obwohl ich fast die ganze Fahrt verschlafen habe."

Sie nickte ihren Eltern zu. Wie schön, das Pärchen. Filimon und Baucis. Ich liebe euch!

Sie winkte noch einmal müde und verschwand nach oben, in ihr ehemaliges Mädchenzimmer. Sie blickte noch einmal aus der Tür zurück. Sah ihre Eltern, die dicht nebeneinander saßen und sich an den Händen hielten. Es wurde ihr warm ums Herz.

VIERZEHN

Die Rückfahrt war chaotisch. Zu viele Unfälle hielten ihn immer wieder auf. Was war denn heute los? Hätte er bloß den Flieger genommen. Aber er war zu faul gewesen, die schwere Reisetasche über Flughafenwege, Bahnhöfe und zu Taxistationen zu schleppen.

Kurz entschlossen fuhr er runter von der Autobahn und fuhr einen Umweg, der eher ein Abweg war. *Brauche Zeit zum Nachdenken.* In *Bourg en Bresse* fand er ein angenehmes Hotel. Er hatte genug vom Fahren. Vielleicht würde es morgen besser gehen. Es gab halt solche Tage …

Das Abendessen nahm er in dem Restaurant ein, dass ihm der Concierge empfohlen hatte. Sehr gut! Musste er sich merken, wenn es ihn wieder einmal hierher spülte.

René blätterte in seinem Notizbuch. Irgendwann musste er wieder zu sich kommen. Musste in den Alltag zurückfinden. *Das ist doch krank! Man muss doch mal so ein Mädchen, wie Clarisse aus dem Kopf bekommen!* Da, hier steht es. Das dritte Kapitel. Er las: "An einem Sonntagmorgen …"

"An einem Sonntagmorgen im April lief M'sieur Gerald am Strand von Luc-sur-Mer entlang. Er tat es regelmäßig, jeden Tag und jeden Morgen."

Sein neuer Roman. Wieder aus der Sicht einer Frau, deren große Liebe zu diesem Mann sie fast vernichtet hätte. Eine Tragödie.

"Gerald schwitzte heute stärker als sonst. Er fühlte sich nicht gut, trotz der klaren, frischen Luft, die ein Wind vom Kanal ..."

Ein guter Anfang. René blätterte um. Die Gedanken schweiften ab …

"Frau, rotes Kleid, high heels, rote Haare (?)– wunderschöne Augen!!!" Wieder zurück, wieder vor. Hier fehlte was!

Rotes Kleid – Clarisse!

… und gingen zurück. Zur Seine, zur Yacht, zu Clarisse.

Sie saßen auf dem Washboard. Er hatte den Arm um sie gelegt. Blickte ihr lange und tief in die Augen, sie in seine. Ein leiser warmer Wind zog über das Land. Er roch nach Fisch und Wasser. Ihr Körper fühlte sich kühl an. Sie zitterte leicht. "Ist Dir kalt?", fragte er und sie schüttelte stumm den Kopf. Sie streichelte seine Wange.

"Was ist das, mit uns?", fragte sie leise. Ihr Busen wogte, streichelte seine Brust. Jetzt konnte er den Blick nicht davon lassen.

"Weiß nicht. Was Schönes, Einmaliges?"

"Das ist mir noch nie passiert, weißt Du? Dass ein Mann mich sofort einnimmt."

"Einmal passiert's. Das ist dann eben so."

"Und Du?"

"Mir nicht", versuchte er zu scherzen.

"Nein, im Ernst."

Er überlegte. Er überlegte, ob es gut ist, zu überlegen und damit eine Pause entstehen zu lassen. Schnell musste er etwas sagen, irgendetwas, das Richtige.

"Ja. Es ist passiert. Es hat 'KLICK' gemacht."

"Wie Magneten?" sie lächelte.

"Ja, wie Magneten. Zwei ganz Starke!" Er konnte endlich seinen Blick von ihrem Busen lösen.

Sie küssten sich. Lange ...

René fühlte wieder Schmetterlinge im Bauch. Er hatte doch schon öfter ein Mädchen geküsst. Ja, aber er hatte sich nicht jeden gemerkt. Warum aber erinnerte er sich an jeden Kuss von Clarisse? An jeden! Die anderen Frauen hatte er längst vergessen.

Er erinnerte sich genau an ihre Lippen. Feucht, weich, warm, nachgiebig. Es schmeckte einfach – gut! Er fühlte sie immer noch! Unwillkürlich berührte er seine Lippen. Er konnte ihren Duft riechen. Er spürte ihre Haut. Ihre zärtlichen Berührungen. Und wie sie ins Wasser fielen, weil er sich zurücklehnte!

Zum Glück hatten sie nichts an! Mein Gott, hatten sie gelacht. Lange noch danach. Und, 'danach'. Aber sie waren dadurch wieder warm geworden.

Der Kellner holte ihn in die Wirklichkeit. Ob er noch Wein wolle? Klar wollte er.

Der andere Morgen. Sie lag wieder an der Bordwand. Es war warm in der Kabine. Er sah ihre Haare, die über die Matratze flossen. Er roch den Duft ihrer Haut. Dann hatte sie sich umgedreht und gelächelt und ihm hatte es einen Stich ins Herz gegeben. So schön war sie! Dann kuschelten sie noch, bis es Mittag geworden war und sie den Hunger nicht mehr aushielten.

Beim 'Henker' gab es diesmal gefüllte Schweinsfüßchen. Köstlich! Clarisse hatte erst 'Iii!' gerufen, vorsichtig gekostet und dann reingehauen, dass der Wirt kam und zusehen musste. Er bekam für das Essen einen dicken Kuss von Clarisse. Dieser Kuss sei mehr wert als jeder Stern, den er bisher erkocht hatte, meinte der Wirt. Seine Frau zog ihn aus dem Gastraum. Sicher ist sicher! Clarisse und er lachten.

Rene nippte am Weinglas.

"Ist hier noch frei?" Verwirrt sah er auf. Eine junge Frau um die Dreißig. Dunkel, südlicher Typ. Er erhob sich. "Bitte, ja."

Sie setzte sich seufzend.

René schlug sein Notizheft zu. Gedankenverloren sah er auf sein Gegenüber, ohne sie wahrzunehmen.

Auf dem Markt hatte er doch den Sekretär erstanden. Lange hatten er und der Verkäufer verhandelt, so gehörte es sich. Clarisse trippelte um die beiden herum und machte Fratzen. Kichernd schleppten sie das Möbel aufs Schiff. Irgendwie gelang es ihm den Sekretär sicher unterzubringen, indem er vorsichtig die Füße abmontierte. Dabei entdeckte er ein Geheimfach, in dem noch Briefe steckten. Alte, vergilbte. Er klaubte sie aus dem Fach.

Als er mit seiner Beute bei Clarisse erschien, griff sie aufgeregt danach. "Liebesbriefe!", rief sie und roch daran. "Muffig", stellte sie fest. Sie drehte die Papiere in den Händen, versuchte die alte, verschnörkelte Schrift zu entziffern. "Liebesbriefe, ganz klar!" legte sie fest. "Ob wir die lesen dürfen?"

"Ich habe sie mitgekauft. Sie gehören jetzt mir", behauptete er, obwohl er sich nicht so sicher war. Sie sah ihn mit schräg gelegtem Kopf an. "Wollen wir?"

Durch die Erinnerungen hindurch sah er, wie sich die Lippen seines Gegenübers bewegten.

"Sie haben etwas gesagt?"

"Ja, waren sie schön öfter hier?"

"Ich?", fragte er blöd, "Nein, das erste Mal. Sehr guter Laden." Der Wein, den die Frau trank, sah aus wie seiner. "Haben sie auch …?" Sie nickte. "Vom Kellner empfohlen. Schmeckt nach Süden, Provence, Camargue."

"Ich sehe direkt die Schimmel vor mir, wie sie durch die Sümpfe stürmen …"

"Galoppieren, sagt man."

"Sie sind Reiterin?"

"Aus der Camargue."

Clarisse öffnete vorsichtig den ersten Brief. "Siebter Mai achtzehnhundertachtundneunzig", entzifferte sie. "So alt schon!" Sie war begeistert. "Mein lieber Marc. Wie lange willst Du mich noch warten lassen? Mein Herz verzehrt sich nach Dir – Oh wie süß! – Keine Nacht kann ich schlafen. Immer drehen sich meine Gedanken um Dich. Was tust Du, wo bist Du, woran denkst Du ..." "Typisch Frau", stellte er fest und erhielt einen warnenden Blick aus dunkelgrünen Augen. "Ist doch so", rechtfertigte er sich. "Das ist so. Als Frau will man eben wissen was ... alles wissen, weißt Du?" Er hätte gewarnt sein sollen.

Sie las weiter. "Die Tage vergehen wie Jahre. Die Wochen wie Jahrzehnte! Wann bist Du wieder bei mir? Gestern war ich bei Tante Louise. Die Gute ist so nett zu mir ... bla, bla. Nichts Wichtiges mehr", meinte Clarisse enttäuscht. "Wer ist denn der Empfänger?"

"Ein Gewisser..."

Die Frau gegenüber hatte etwas zu ihm gesagt. Was nur? Er wollte nicht unhöflich sein. "Pardon?"

"Darf man fragen, was Sie hier in Bourg machen? Sind Sie dienstlich hier?"

"Nein, privat. Ich war auf der - Suche. Ja, auf der Suche", wiederholte er nachdenklich noch einmal.

"Sie haben Liebeskummer!", rief die Frau erfreut. "Stimmt's?"

Was gibt es sich da zu freuen? Er wiegte unbestimmt mit dem Kopf.

"Entschuldigung. Das war nicht schön von mir."

"Okay. Wie sollten sie auch wissen?"

"Ich habe gefragt. Schon unanständig!"

Die Gute ist witzig, dachte René.

"Sie müssen wissen, ich bin Schriftstellerin. Bin ständig auf der Suche nach Anregungen." René verdrehte innerlich die Augen. Soso, Anregungen. Noch eine. "Aha", sagte er lustlos.

"Und was machen Sie?"

"Was?" er hatte nicht zugehört.

Sie blieb hartnäckig. "Was SIE machen. Handelsreisender? Rentier?"

"Sie werden es nicht fassen", er sah sie jetzt genauer an, "Ich bin auch …"

"Nein!" Jetzt hatte sie große Augen. Sehr große! Und ein hübsches Gesicht und sinnliche Lippen und einen hübschen Busen und mehr sah er nicht. Da war der Tisch. Doch, die glatten weichen Hände. Lange Finger. "Was für ein Zufall!"

"Nicht war."

Er schwieg.

Der zweite Brief war noch viel drängender. "Mein Liebster, mein Allerliebster! Was soll ich thun? – Tun mit t-h, sieh mal an - Ich komme hier nicht weg. Alle passen auf mich auf, beobachten mich! Sie wollen nicht, dass wir zusammenkommen können. Wissen sie denn nicht, was wahre Liebe ist? Wie kann man so gemein und gefühllos sein?

Tante Louise nahm mich gestern zur Seite. Wir sind durch die Stadt spaziert. Vor der Kirche haben wir lange auf der Bank gesessen. Haben über Dich gesprochen. Sie ist die Einzige, die mich versteht, ... bla, bla.

Clarisses Augen flitzen über das Schreiben - Ah hier! - Ich habe mich entschlossen! Wenn ich noch länger auf Dich warten muss, gehe ich ins Wasser oder springe von der Brücke. Oder ich mache es wie Cleopatra und lasse eine Giftschlange in meinen zarten Busen beißen!"

"Oh! Ist das romantisch!"

"Was? Schlangenbiss in den Busen? Schrecklich! Wenn ich Dir nun in den Busen …"

"Was ist schrecklich?", fragte die Frau. Er schrak hoch.

"Ich habe nichts gesagt."

Sie runzelte die Augenbrauen. Das sah süß aus. Es gab ihm einen Stich ins Herz. Defätistisch fragte er sich, für eine Nacht?

"Das sieht süß aus", er zeigte auf ihre Stirn.

"Was?"

"Wenn Sie die Augenbrauen zusammenziehen. Süß."

Sie zog sie noch mehr zusammen. "Süß? Das sollte nicht süß aussehen, Sie Banause."

"Wie dann?"

"Keine Ahnung. Ich weiß ja nicht einmal, wie es ausgesehen hatte."

"Süß."

Er bestellte noch eine Karaffe von dem Roten und eine für sein Gegenüber.

Sie witzelten miteinander. Ob oder was und warum wer süß aussieht. Leicht angeheitert sagte sie plötzlich, "Du ssiehst auch süsss aus, siehst Du."

Er lachte. "Ich glaube, ich bringe Sie nach Hause."

"Gerne."

Sie gingen Arm in Arm durch Bourg. Keine große Stadt, jedenfalls was das alte Burgh betrifft. Und sie wohnte nicht weit weg. Ein paar Mal um die Ecken, in einem Haus aus der Zeit Napoleons III. Als er sich vor der Haustür verabschieden wollte, sagte sie: "Nix da. Wir trinken noch einen Kaffee! Sonst habe ich morgen wieder Kopfweh. Und Du", sie tippte mit ihrem Zeigefinger auf seine Brust, "auch! Also, keine Widerrede!"

Es war dann gegen zwei Uhr, als er wieder in seinem Hotelzimmer war. Ja, stellte er fest, süß. Nette Person. Er

warf sich auf das Bett, löschte das Licht und dachte an –
Clarisse.

*Sie las den dritten Brief. Ihre Hände zitterten leicht. 'Oh
Gott, ist das traurig', rief sie mit feuchten Augen. 'Hör nur:'
"Schuft! Betrüger! Was musste ich von Dir hören? Du bist
verheiratet? Mein einsames Herz ist gebrochen. Ich bin
zutiefst beleidigt! Gestern kam Tante Louise – die scheint
recht rührig zu sein – zu mir. Unter dem Siegel strengster
Verschwiegenheit offenbarte sie mir Deine Schuld, Deinen
Verrat. Ich hasse Dich! Ich werde mir nicht das Leben
nehmen, Du hast es nicht verdient! M." Sie sah ihn an. 'Mon
dieu! Was hat man der Guten nur angetan? Aber wie stark!
Sie wird es überwunden haben.'*

Clarisse war empört. Ernsthaft empört. René musste
Lächeln. Sie hockte auf dem Bett, vor sich die Briefe und
merkte nicht, dass er sie fasziniert beobachtete.
Der vierte Brief trug einen Trauerrand. Vorsichtig drehte
Clarisse den Umschlag um, las die Anschrift, den Absender.

*"Bitte nicht", sagte sie traurig. Vorsichtig, mit zwei
Fingern zog sie das Blatt aus dem Umschlag, faltete es auf.
Sie sah René an und drückte das Blatt Papier gegen die
Brust. Dann las sie: "Mein lieber Monsieur C. Leider muss
ich Ihnen mitteilen, dass unsere geliebte Tochter, Claudette,
einem tragischen Unfall zum Opfer gefallen ist. Wir wissen,
dass Sie unserer Tochter ein guter Lehrer waren, - Ein
Lehrer?? - weshalb wir Sie von dem Unglück, das uns
betroffen hat in Kenntnis setzen wollten ..."
Clarisse sah empört auf. "Da stimmt was nicht! Die lügen
doch!"
"Stoff für nen Roman. Direkt aus der Realität entnommen!
Wenn auch etwas angestaubt."*

"Du bist unromantisch, wie kannst Du jetzt an sowas denken?" Und ihr Busen bebte vor Empörung. Er fand, sie könnte noch empörter sein. Er nahm sie in den Arm, küsste sie einfach und Clarisse hatte sich beruhigt. Warm und weich klammerte sie sich an ihn. Nur, leider bebte ihr Busen nun nicht mehr.

Von Bourg nach V. kam er ungestört durch den Verkehr. Es war, als wäre gestern nichts gewesen. Zwischendurch, als er an einer Tankstelle einen dünnen Espresso schlürfte, fiel ihm ein, dass er die Frau nicht einmal nach ihren Namen gefragt hatte. Oder doch? Manuelle, Emanuelle. Quatsch, das verwechselte er. Sie waren schnell zur Sache gekommen. Und wenn er es recht überlegte, war sie es, die schnell zur Sache gekommen war. Sie hatte sich regelrecht an ihn geklammert. Wer weiß, vielleicht hatte sie auch Liebeskummer? Sie sah süß aus dabei.

Später sagte Clarisse, "Dann schreib doch einen Roman. Vielleicht wirst Du berühmt?" Er hatte über einen Titel nachgedacht. Komisch! In einem Nebenstübchen seines Gehirns hatte jemand gesagt; 'Unter deinem richtigen Namen, Alter'. Und er hatte im Stillen genickt.
"Siehst Du, das meinst Du auch." Sie hatte ihn nur nicken gesehen. Schade, dass er ihr nicht die Wahrheit sagen konnte ...

FÜNFZEHN

Der Verlag lag im fünfzehnten Stockwerk des einzigen Hochhauses in der parkähnlichen Büroviertel in V. Eines der x-beliebig austauschbaren Glas-Beton-Aluminium-Monster der siebziger und achtziger Jahre. Man findet sie in ganz Europa und dieses eine hier in V.

Langweilige Klötze, die sich arrogant über die Städte erheben. Seht, hier bin ich! In mir herrscht der Kapitalismus! Hier ist Reichtum, hier handelt das Geld und mehrt das Kapital! Das einzig Schöne dieses Hauses, ist die Aussicht bis nach Paris, dachte Clarisse, als sie im Büro von M'sieur Simon stand.

"Von hier oben kann man davon träumen, mit seinem Verlag in Paris zu sitzen. Aber denken Sie nur an die Preise! Kann sich doch keiner leisten!" Simon lachte dennoch. Er lachte gern. Er hatte die Arme hinter dem Kopf verschränkt, drehte den Sessel hin und her und sah versonnen aus dem Fenster.

"Ich bin ein verkappter Schriftsteller", hatte er ihr einmal bei einer Tasse Kaffee gestanden. "Nur wollte keiner meine Bücher lesen. Da bin ich auf die Idee gekommen, Bücher zu verlegen, statt zu schreiben. Haha." Es hatte ja auch geklappt. Er war ein erfolgreicher Verleger.

Er schwenkte seinen Cognac im Glas, schnupperte misstrauisch daran, zog die Augenbrauen hoch und kippte sich den Inhalt in den Mund, schmeckte ihn schmatzend. Das muss ein scharfes Zeug sein, dachte sie, wenn ihm dabei Tränen in die Augen steigen. Wie gut, dass sie höflich abgelehnt hatte, zumal sie so früh am Tage alles zu sich nehmen konnte, ausgenommen Alkohol. Er hüstelte.

"Hmjah. Sie sind ja nicht hier, um mich beim Cognactrinken zu beobachten."

Er kramte auf seinem breiten Schreibtisch herum. Warum haben kleine Männer immer die größten Autos, Häuser, Frauen und Schreibtische, fragte sie sich.

"Da ist es! Eine schöne Stelle als Lektorin. Suchen Sie sich das Genre aus. Wie sieht's aus?" Simon schob ihr ein Blatt Papier über den Tisch. Sie las: Stellenbeschreibung. Er sah sie gespannt aus seinen mausgrauen Augen an. "Übrigens, sie haben wunderschöne grüne Augen, Tschuldigung, aber das musste raus."

Ich weiß, und es gibt Spiegel, dachte sie. Und, *das hatte ich doch schon ein paar Mal gehört.*

René. Schmetterlinge.

"Wir haben noch nicht über die Bezahlung gesprochen, M'sieur Simon"

Seine Gesichtszüge entgleisten, wurden ernst. Typisch Kaufmann, dachte sie.

"Nun", er stützte sein Kinn in die Hände. "Ich dachte an", er wiegte mit dem Kopf, als würde er erst jetzt entscheiden, wieviel. Seine Augenbrauen flogen wieder nach oben. "Dreitausend? Zum Einstieg? Für ein Jahr? Dann sehen wir weiter."

Erleichtert lehnte er sich in seinem Sessel zurück, als hätte er eine schwere Entscheidung getroffen. Jetzt sah er schlau und zufrieden aus.

Soviel hatte sie gerade in zwei Monaten in der Redaktion bekommen, nicht zu reden von dem Hungerlohn in Frejus! Aber es waren wirklich nette Leute gewesen, die Perrieurs. Ehrlich, sauber, gerade zu. Provençale eben. Was zahlte denn eigentlich seinen alteingesessenen Lektoren?

Nichts anmerken lassen! Sie tat, als müsse sie überlegen. Ihr Gesicht drückte aus: eine schwere Entscheidung!

Erwartungsvoll zog Simon die Augenbrauen noch höher.
"Nun?"

"Bon! Und vierzig Tage Urlaub. Und ich arbeite
überwiegend zu Hause."

"Sie wissen aber, dass Sie soundso viel Seiten pro Tag
bearbeiten müssen?" Er tippte auf die Stellenbeschreibung.

"Ich habe es gelesen."

"Und?"

"Geht klar. Messbar."

Er sprang von seinem Sessel auf, kam um das Riesending
von Schreibtisch gelaufen, beide Arme vorgereckt.

"Très Bon! Alles wie Sie wollen. Aber einmal in der
Woche sollten Sie hier sein."

"Natürlich. Jeden Dienstag ab zehn?"

Sie war aufgestanden. Dachte immer noch über die Frage
nach. Was zahlt er seinen Alteingesessenen? Simon ergriff
ihre Hände, schüttelte sie. Clarisse sah von oben herab auf
Monsieur Simon. Er ließ sie los. Ging zur Bürotür, einem
wahren Mahagoniungetüm, zum sogenannten Sekretariat
und riss sie auf. "Therese, den Vertrag für Madame
Clarisse!"

Clarisse saß wieder auf dem Stuhl, hatte ihre langen Beine
übereinandergelegt. Sie sah mit ihrem lässigen Shirt und den
weißen Hosen nicht unbedingt wie eine Bewerberin aus.
Musste sie auch nicht.

Er flitzte hinter seinen Schreibtisch, legte die Hände
erwartungsvoll auf die Platte. Trommelte mit den Fingern
einen Rhythmus.

Clarisse hörte es: René, René, trommelte er. Mit
fröhlichem Gesicht sah er Clarisse an, nickte. *Der Mann
freut sich!*

Seine Sekretärin trippelte herein. Ohlala! Wo hatte Simon
denn *die* aufgegabelt. Blond (natürlich, alle Sekretärinnen
müssen blond sein), lang, schlank, hübsches Näschen. Diese

Sekretärin kam auf meterhohen high heeles, in einer hautengen Bluse mit tiefem Ausschnitt und einem noch hautengeren Rock ins Büro. Die Gute konnte nur trippeln. Ihr Po wurde durch den engen Rock extra betont, der Busen unter der Bluse wogte vor ihr her. Clarisse fand, dass es von Simon nicht nett war, die Ärmste eine solch lange Strecke auf diesen Schuhen laufen zu lassen. Sie griente schadenfroh, was auch als Freude über den geschlossenen Vertrag gelten konnte. Das Mädchen vollführte eine Drehung, sah kalt auf Clarisse herunter. Gekonnt warf sie ihre blonden Haare über die Schulter und trippelte hinternschwingend aus dem Zimmer.

Simon zeigte mit dem Ende seines Kugelschreibers auf die Tür. "Nicht meine Wahl. Nicht mein Typ. Die Tochter eines Freundes, der leider verstorben ist. Aber egal. Manchmal ist sie ganz brauchbar."

Er las den Text, wobei sich seine Lippen mitbewegten. "Ich trage hier noch Ihr Gehalt ein und den Urlaub", murmelte er. "Urlaub mit 'B', nicht mit 'P'!" Er sah auf die Tür, seufzte. Dann konzentrierte sich Simon wieder auf die Papiere. Er kritzelte und strich uns schrieb, dann drehte er das Werk um. "Wenn Sie bitte unterschreiben wollen?"

Sie erhob sich aus dem Sessel. Schwebte zum Schreibtisch, beugte sich vor und nahm ihm den Kugelschreiber aus der Hand. Er sah ihr in den Ausschnitt, solange sie unterschrieb. Es kribbelte auf ihrer Haut. Und in einem Nebengedanken: *Ist er eigentlich verheiratet? Ich werde ihn bei Gelegenheit fragen.*

"Sind Sie verheiratet, M'sieur Simon?", fragte sie ihn dann doch. Es war eben jetzt Gelegenheit.

Sie hüpfte die Stufen vor dem Hochhaus abwärts bis aufs Trottoir. M'sieur Simon war nicht böse. Er lächelte sie an und – schwieg. Ein Mann der Straßenreinigung ging mit einem Müllsack an ihr vorbei. Auch er lächelte sie an, sie lächelte zurück. Ein schöner Tag! Sie drehte sich um, sah an dem Hochhaus hoch, suchte die Etage des Verlages.

René, dachte sie. Die Sonne verursachte einen blendenden Fleck auf der Glasfassade. Nach ein paar Schritten war sie in der U-Bahn. Sie hatte ihre Tasche auf dem Schoß, in einem Umschlag befanden sich der USB-Stick und ein ausgedrucktes Exemplar des Romans von einem Neuling der Branche. Sie sollte den Text streng durcharbeiten. "Etwas altmodisch geschrieben, das", sagte M'sieur Simon mit müder Stimme. Sie freute sich darauf, am Computer zu sitzen. Aber nicht heute! Morgen, in aller Frühe würde sie mit dem Lesen des Manuskriptes beginnen.

Sie trat aus der Kühle der U-Bahn-Station auf die Straße. Wärme! Hochsommer. Die Sonne stand im Zenit und brannte unbarmherzig. *Eigentlich sollte ich baden gehen.*

Ein paar Meter weiter war das Café, wo ER immer saß. Sie ging mit verhaltenen Schritten vorbei, schielte vorsichtig zur Seite. Wenn er jetzt dort saß? Was tun? Würde er sie ansprechen? Sie erwartete jeden Moment, angerufen zu werden. Drückte beim Gehen den Rücken durch. Doch nichts geschah, niemand nahm Notiz von ihr.

Die alte Concierge freute sich, sie zu sehen. "Wieder da, Mademoiselle? Wie schön. Ihre Koffer sind schon hier."

"Die hole ich nachher. Ist Post für mich da?"

Sie bekam einen Riesenstapel Briefe, Zeitschriften und Werbung in die Arme gedrückt. Im Fahrstuhl begann sie eine Vorauswahl. Doch dann rutschte ihr ein Umschlag aus der Hand. Sie versuchte ihn zu fangen, doch der Stapel fiel ihr aus dem Arm und verteilte sich auf dem Teppich des Aufzuges. "Verdammt", fluchte sie. In dem Moment hielt der Aufzug ruckend. Sie versuchte immer noch, die verstreuten Papiere aufzusammeln. Als sie es endlich geschafft hatte, setzte sich der Aufzug in Bewegung und bummelte wieder nach unten. Sie sah ergeben zum nicht vorhandenen Himmel auf. "Mon dieu. Warum immer ich?"

Mit den Papieren im Arm drückte sie auf den Knopf ihrer Etage. Doch der Aufzug blieb stehen. Wartete. Niemand kam. Wieder eines der Rotzgören aus der ersten Etage?

Doch dann öffnete sich die Tür. Oh je! Ihr dicker Nachbar! Er riss das Gitter zur Seite. Dann zwängte er sich hinein. "Tach", schnaufte er. Dann sah er sie erwartungsvoll an. "Schon gedrückt?", fragte er sie, indem er ihr unverwandt in den Ausschnitt guckte. Sie nickte, drückte die Papiere stärker gegen die Brust, was sie noch mehr hob. Dann soll er auch was davon haben! Oben zog er das Gitter auf, trat aus dem Aufzug und trampelte zu seiner Wohnungstür. *Der Ärmste,* dachte sie*, immer allein. Jetzt muss er sich wieder den Porno auflegen.* Es war immer derselbe, den sie anfangs, nachdem sie hier eingezogen war, immer mithören musste. Jetzt setzte sie sich Kopfhörer auf und hörte klassische Musik. Ob er inzwischen einen anderen gekauft hatte?

An der Wohnungstür klebte ein Zettel.

René?

Sie ignorierte ihn. Clarisse warf den Papierstapel auf den Boden, schielte aber immer wieder aus dem Augenwinkel auf das Zettelchen. Lange suchte sie im Beutel nach ihrem Schlüssel. Natürlich steckte der ganz unten!

In ihrer Wohnung roch es abgestanden und muffig. Sie sammelte die Post ein, knallte mit dem Fuß die Tür zu, trabte, den Poststapel unter dem Arm, ins Wohnzimmer und warf ihn aufs Sofa. Clarisse lief zum Fenster, riss es weit auf, atmete tief ein und schwang sich anschließend neben den Poststapel, der gefährlich wankte und dabei drohte auf den Boden zu fallen. Ihre Taschen und Koffer musste sie ja auch noch holen. Aber die Concierge passt ja darauf auf. Also hatte sie noch etwas Zeit, die Post zu sichten. Sie rückte sich bequem zurecht und öffnete den ersten Brief. Werbung!

Die Post brachte nichts Wichtiges und die Schlepperei der Taschen und Koffer hatte sie schwitzen gemacht. Es war immer noch warm in V. und Umgebung. Ein entspannendes Gewitter war nicht zu erwarten. Also ging Clarisse unter die Dusche.

Nach dem Duschen saß sie, noch im Bademantel, im Sessel. Ihr Blick ging durch das immer noch offene Fenster von hier aus auf die Platane vor dem Haus. Kein Blatt regte sich, auf der Straße war es ungewöhnlich still. Die Haare ließ sie durch die Luft trocknen. Und auf dem Tisch stand ein kleiner Imbiss, ein Glas Weißwein von der Mosel und die Flasche dazu. Moselwein ist schweineteuer, aber sie hatte sich schon vor langer Zeit eine solche gegönnt. Und die wollte sie leeren, wenn es einen guten Grund dafür gab. Dass sie jetzt einen Job hatte, einen gut bezahlten dazu, war ein guter Grund.

Was würde René dazu sagen? Und sofort ärgerte sie sich über diesen Gedanken. Das ging den Kerl gar nichts an, so!

Sie griff sich den Stapel Manuskriptseiten und begann zu lesen, obwohl sie den Job eigentlich auf morgen verschoben hatte. Was sie lesen musste, war nach ihrer Ansicht das Gegenteil von Literatur. Nach der dritten Seite gähnte sie ausgiebig und blinzelte Tränen aus den Augen. *Meine Güte!* Der Autor verbreitete sich in schwülstigen Sätzen und in einer altmodischen verdrehten Sprache über das Verhältnis einer Gräfin zu einem armen, armen Stallknecht, in den sie furchtbar verliebt war. Clarisse stöhnte bei jedem zweiten Satz. Ab dem zweiten Kapitel hatte sie Lachtränen in den Augen.

Sie legte das Machwerk zur Seite. Als sie aufstand, ließ sie den Bademantel von den Schultern rutschen. Sie brachte ihn ins Bad, schlüpfe dann ins Schlafzimmer, wo sie sich einen Hausanzug aus dem Schrank holte. Zuvor drehte sie sich kritisch vor dem Spiegel und war zufrieden.

Beim Anziehen kam ihr ein Verdacht. Irgendetwas stimmte nicht mit dem Text. Sie hielt an, zog noch schnell die Hosen hoch und rannte barfußig ins Wohnzimmer. Der Schuft, der raffinierte Schuft, dachte sie. Monsieur Simon! Sie suchte im Bücherregal. Da fand sie es! Ein schmales Büchlein mit dunkelbraunem Rücken. Ihr Exemplar war uralt. Theodore Laudair. "Die Gräfin und der Stallknecht". Gottchen, wollte Simon sie hereinlegen oder prüfen? Oder war der Autor des Textes ein raffinierter Schwindler. Sie drückte das Büchlein vor die Brust. Ging zum Sessel.

Rechts las sie aus dem Manuskript, links verglich sie mit dem Büchlein.

Es gab Abwandlungen. Aber Satzbau, Sprache, Aufbau der Story, alles war genauso wie im Original. Triumphierend sah sie sich um. Seht ihr? Doch die Bilder sahen gleichgültig auf sie herab.

Sie klappte das Buch zu. Legte den Ausdruck zusammen. Morgen bin ich bei Simon!

Der Zettel!

Sie öffnete die Wohnungstür, klaubte ihn vom Holz. Auf dem Weg zum Sofa las sie: *Warum? R.*

Darum! Die Hände im Schoß, den Zettel noch zwischen den Fingern saß sie so da. Starrte geistesverloren auf die Wand. Der Wein duftete. Er wurde warm. Sie fühlte, wie ihr Busen sich hob und senkte. Die Herzstiche setzten wieder ein und die Schmetterlinge im Bauch erhoben ihre Flügel.

Warum?

René.

SECHZEHN

Das Orchester gab sich alle erdenkliche Mühe, den Weisungen des Dirigenten zu folgen. Der wedelte mit seinen Armen, drohte mit seinem Taktstock, winkte ab, streichelte. Und die Musiker gehorchten - nicht. Jedenfalls war das sein Eindruck. Man gab einen Zeitgenossen moderner Musik. René verstand nicht viel davon. Jetzt saß er ergeben im Parkett des Konzertsaales im Sessel, ließ das Quietschen, Tröten, Trommeln und Tuten über sich ergehen. Mit dem Fuß wippte er einen anderen Takt und hoffte, die Zeit möge schneller vergehen.

Er hatte das Pech gehabt, einer ehemaligen Studienfreundin nicht ausweichen zu können. Die hatte ihn sofort mit Worten belegt, in den Arm genommen, ins "Chez Charles" gezogen. Wein wurde gebracht und Muscheln und Froschschenkel, die er verabscheute. Sie textete ihn zu. Er nickte gleichmütig und kraftlos. Irgendwo im Hinterkopf flüsterte wer 'Clarisse' und er verglich sie mit der Frau gegenüber.

"Komm, sag es! Wie lange ist es her? Zehn Jahre? Elf oder Neun? Sind wir wirklich schon so alt?"

"Du siehst aber noch so aus wie damals", sagte Renè lustlos, nur um höflich zu sein.

"Schmeichler." Sie strich mit beiden Händen ihre langen, dunklen Haare von der Schulter nach vorn und über die Bluse. Das betonte ihren Busen und das wollte sie auch. Und das wusste auch René. Sie blieb so sitzen, betrachtete ihn - wie er meinte - lauernd. Ihre Augen flitzten auf seinem Gesicht hin und her. René dachte nur: *Ja, hast einen schönen Busen. Aber Clarisse ...* "Und, was machst du so?" Irgendetwas musste er ja sagen.

"Ich bin jetzt auch bei der Bank, wie Papa. Oben im Vorstand."

Oben im Vorstand. Leicht, wenn der Vater auch im Vorstand sitzt. "Fein, dann hast Du ja ausgesorgt."

Sie lachte. "Hast Du 'ne Ahnung. Die Bilanzen … Ach was solls." Sie winkte ab, schlürfte aus dem Weinglas.

Bah, Wein schlürfen!

"Und Du, bist Du verheiratet? Hast Du Kinder? Ich habe zwei. Junge und Mädel im frühpubertären Alter. Mein Gott, was die für Probleme haben! Zum Glück gibt es Gouvernanten." Sie holte kurz Luft. "Mein Mann ist im Verteidigungsministerium. Hohes Tier. Aber wir sehen uns nicht oft. Wie wir das mit den Kindern gemacht haben? Keine Ahnung. Vielleicht Luftbestäubung …" Sie lachte herzlich, sah ihn aber unverwandt an.

Was soll das? Was willst Du? Etwa? Ohne mich!

Clarisse ... Poch, poch.

Er schluckte Speichel herunter. "Ich schreibe …"

"Was? Du bist wirklich Schriftsteller geworden? Naja, Du hattest schon immer so 'ne Ader, wie, wie ... Na, eben - so." Sie wedelte mit der Hand. Kurz Luft holen. "Wie heißen Deine Romane? Modernes Zeug oder Liebeskram? Oder Fachbücher? Reisebeschreibungen?" Sie dämpfte die Stimme, sah ihn verschwörerisch an. "Pornos?"

Er schüttelte den Kopf, wollte etwas einwenden. Doch sie war schneller.

"Wie kommt es, dass ich noch nie was von Dir gelesen habe??"

Er wiegte unbestimmt mit den Kopf.

"Ah! Du schreibst unter Pseudonym!"

Schlaues Mädel.

"Wie lautet es?"

"René…"

"Quatsch, Dein Pseudo. Alberner Kerl. So warst Du immer."

"Darf ich nicht sagen. Sieben heilige Eide!"

"Schön", brummte sie, faltete die Arme vor der Brust und blickte ihn aus gesenkten Augen an. Sie schmollte. Nicht ernsthaft, aber schwieg. "Ich muss mal – Lippenstift nachziehen." Sie stand auf und schwebte zur Toilette.

Schön. Diese Stille. Er nippte an seinem Glas und sah ihr nach, bis sie hinter einer Säule verschwunden war. *Nun ja. Schlecht sieht sie nicht aus. Sehr gepflegt, sehr business-like, aber dennoch fraulich. Französin eben. Und auch ihre Figur, ohlala! Ist ihm bisher nicht aufgefallen. Wo siehst du denn hin, Alter? Aber schwatzhaft ist sie. Das war sie früher schon so, ist sie immer noch!*

Es schnattert schon wieder. Sie ist aber schnell zurück!

Er sah, dass sich ihre Lippen bewegten, nickte zustimmend. Wozu, wofür, wogegen, er hatte keine Ahnung.

Clarisse?

"Schön, dann sehen wir uns heute Abend. Ich hole Dich um acht ab. Und zieh Dir was Ordentliches an. Wie Du aussiehst." Sie rümpfte ihr Näschen.

Worum geht es? Um nicht in Verlegenheit zu geraten, fragte er: "Smoking?"

Ihr Blick war konsterniert. "Nee, für das Konzert reicht nen Anzug." Sie sah auf ihre Armbanduhr. "Also, ich muss los. Geld wartet nicht, Alter." Sie schwebte kopfschüttelnd davon. Die Rechnung bezahlte er.

Zur Strafe für seine Unaufmerksamkeit saß er in der dritten Reihe des Konzerthauses und hatte Schmerzen in den Ohren. Und jetzt auch am Hintern.

Pause. Endlich! Carleen zog ihm am Ärmel zum Buffet.

"Na, was sagst Du?" Sie wedelte gefährlich mit ihrem Sektglas.

Er tat schwerhörig. "Hä?"

"Banause."

"Entschuldige." Aber sie schnatterte schon wieder. Sie kannte den Dirigenten, den Kapellmeister, den Solisten …

"Und, hast Du mit ihnen geschlafen?"

"Mit dem Dirigenten", gab sie locker zu und lachte. "Aber der ist einfach zu alt. Naja, der Kapellmeister …" Sie lachte herzlich, gab ihm eine zarte Schelle. "Du böser, böser René. Eine arme Frau so auszufragen!" Sie drückte ihren Oberkörper gegen seinen Arm. Er musste grinsen. "War nur ein Scherz, Carleen."

"Weiß ich doch. Aber es stimmt. Du warst schon immer so." Und war bereits mit den Gedanken woanders. "Wo gehen wir danach hin?" *Wie schaffte sie es, die alten Männer da 'oben', im Vorstand, nicht zu nerven? Hatte sie ein eigenes Büro? Und wenn ja, im Keller? Ach nein, sie saß ja OBEN im Vorstand.*

"Weiß nicht?"

Sie entschied: "Zu Dir! Ich will wissen, wie Du wohnst." *Auch das noch!*

"Oooch, nur 'ne Mansardenwohnung. Ganz klein, mit dem Klo auf der halben Treppe tiefer."

"Iii! Das muss ich sehen!"

Pech. Aber es wäre sowieso egal gewesen, was er vorgeschlagen hätte. Sie hatte sich schon längst entschieden.

Es klingelte zum dritten Mal. Sie zog ihn in den Saal. Drückte ihn mit beiden Händen in den Sessel. "So, schön hier sitzen bleiben und nicht schwatzen. Fein zuhören, mein Kleiner und an der richtigen Stelle klatschen." Sie drohte spaßhaft mit dem Zeigefinger. *Hübsch.* Wieder war ihr

Vorbau dicht vor seinem Gesicht. Er roch ihr Parfüm und etwas Schweiß, sah die süße Falte zwischen ihren Brüsten.

Der Taxifahrer sah ständig in den Innenspiegel und griente über das ganze Gesicht. Sie hatte sich bei ihm eingehakt und schwatzte, gab ihm Küsschen auf die Wange und schwatzte. Nebenbei lernte Renè einiges über moderne Musik, dass er sich unbedingt merken wollte. Ja, davon schien sie etwas zu verstehen! Sie war damals schon sehr musikalisch und hatte eine schöne, klare Singstimme. Und verstand bestimmt auch was von Geld. Ob er bei ihrer Bank sein Geld anlegen sollte? Stoff für einen Roman.

Mit einem Zwinkern verabschiedete sich der Taxifahrer von ihm. "Bon Chance!" Er griente über das ganze Gesicht und knallte die Tür zu. Quietschend rauschte er um die Ecke.

René atmete tief durch.

"Ne teure Ecke, in der Du wohnst." Sie sah nach oben. "Und dort, unter dem Dach liegt dein Zimmerchen?" Mit gerunzelten Brauen sah sie ihn an.

Beide waren ein wenig beschwipst und gingen Arm in Arm zur Haustür. Der Fahrstuhl brachte sie nach oben. René war erstaunt, dass Carleen diesmal keinen Kommentar dazu hatte. Dafür nutzte Carleen die Situation aus. Sie lehnte sich an ihn und fuhr mit kühlen Händen unter sein Jackett. "Oh, oh", sagte sie und drückte ihren Unterkörper fest gegen seinen, sah ihn von unten mit dunklen Augen an. "Schlüsselbund?".

Als sich die Aufzugtür öffnete, flüsterte sie dicht an seinem Ohr: "Schade, schon oben!"

Er schwieg, schob sie aus der Kabine. Sie rauschte aufgeregt durch seine Wohnung. "Ein Träumchen! Von wegen Mansarde!" Sie schlug sie Hände zusammen. Riss die Tür zum Schlafzimmer auf. "Oh, wie einladend!" Sie sauste durch die Küche, klapperte mit Messern und Töpfen, riss die Kühlschranktür auf. "Sekt! Kochst *Du* hier? Oder lässt Du kochen?" Dann stürmte Carleen nach oben. "Wo ist Dein Klo?" Und war im Bad. "Komme gleich!", rief sie dem Bad zu. "Und wo ist nun das Klo auf halber Treppe?" Weg war sie. Im Arbeitszimmer sah sie sich nur kurz um, "Aha!", entdeckte die Terrasse.

"Whow!", rief sie von draußen. "Was für eine Aussicht!" Das hatte er schon einmal gehört.

Poch, poch, Clarisse.

Inzwischen hatte er es geschafft, sein Jackett auszuziehen. Er warf es auf einen Barhocker, griff sich eine Flasche Sekt und begann, sie zu öffnen. Er schnappte sich zwei Gläser. Dann folgte er Carleen.

Nun stand er im Türrahmen zu Terrasse. Und schluckte. Da stand Carleen. Nackt, wie sie der liebe Gott erschaffen hatte. Ihre Sachen lagen verstreut am Boden. Er hob den Arm mit den Gläsern. "Kannst Du mal …?"

"Nein." Sie zog ihn zur Liege.

Unten klingelte das Telefon.

S I E B Z E H N

Monsieur Simon gab eine Party. Das tat er, wenn einer seiner Romane ein großer Erfolg geworden war. Clarisse war natürlich eingeladen obwohl sie bisher nicht Wesentliches beigetragen hatte.

Sie fuhr mit dem Taxi vor. Als der Fahrer vor der Einfahrt halten wollte, sagte sie ihm, er solle bis vor die Eingangstür fahren. Der zuckte die Schultern und fuhr los. Clarisse stieg aus, ganz Dame! Simon kam aus dem Haus gestürmt.

"Clarisse!" War er immer so? "Schön, dass sie gekommen sind. Wir sind bereits mittendrin!" War das ein Vorwurf?

Wo ist seine Frau. "Sie sehen wunderbar aus!" Küsschen auf die Wange.

Sie gingen am Haus vorbei in den Garten. Simon stellte sie allen möglichen Leuten vor. Welche aus dem Verlag, dem Prokuristen, den Lektoren, Korrektoren, Angestellten. Da waren Nachbarn, Geschäftsleute, Druckereichefs. Aha und auch der Präfekt war zugegen und noch ein paar Flics in Uniform. Als sie durch war, hatte sie wieder die Namen vergessen. Nicht schlimm, denn die, die wichtig waren, würde sie sich im Laufe des Abends merken. Therese, die Sekretärin war zugegen und die Gattinnen einiger wichtiger Gäste. Sie schnappte sich ein Sektglas vom Tablett, dass ihr ein süßer Junge in Schwarz hinhielt. Ein Student im Nebenjob. Das kannte sie, hatte sie auch gemacht; Ertrug die Blicke der Männer und ihre Anzüglichkeiten, wenn sie mit einem Tablett durch die Reihen geschoben ist. Zu solchen Anlässen trug sie immer eine hochgeschlossene Bluse.

Simon nahm sie beim Arm. Mit Verschwörermine flüsterte er ihr ins Ohr, "Sie sind mein Lieblingsgast, Clarisse. Glauben Sie mir." Es kitzelte und sie musste den Kopf schief legen. Er zog sie zu einer Gruppe Männer, die angeregt in ein Gespräch vertieft waren. "Ich sollte es eigentlich nicht tun", murmelte er. Clarisse machte sich Gedanken. Warum nicht?

Als sie vor der Gruppe standen, drehten sich alle wie auf ein Zeichen um. Clarisse verstand jetzt. "Das ist M'sieur Maron." Der Mann war zwei Meter groß. Unter seinem blanken Schädel lächelte ein fröhliches Kindergesicht. Sein Revers hatte Flecken, der Schlips saß schief. "Mein ärgster Konkurrent und irgendwie doch ein Freund." Maron reichte Clarisse die Hand. Sie versank darin. Er hob ihre Hand an seine Lippen. *Wie schön altmodisch*, dachte Clarisse und ein leiser, angenehmer Schauer lief über ihren Rücken. Doch es freute sie.

"Meine Empfehlung für die Zukunft, lieber Maron. Das ist Clarisse! Nicht nur bezaubernd, sondern verdammt klug. Ich bin sicher, sie weiß mehr als sie zeigt. Aus ihr wird einmal eine große Schriftstellerin." Clarisse war beschämt und auch ein wenig stolz. Aber was soll das? Er führt sie vor, wie ein Ausstellungsstück, wie ein Bild von Renoire – und war das alles echt?

"Eine Ehre, Sie kennen zu lernen, Clarisse." Maron verbeugte sich. "Wenn Sie es einmal nicht mehr mit dem Kerl aushalten, und das wird bald sein", alle lachten, "kommen Sie zu mir. Unbedingt!" Sie versprach, daran zu denken. Was doch Beziehungen ausmachen! Noch vor Kurzem war sie eine Redakteurin in einer Provinzzeitung. Und nun wurde sie herumgereicht, als wäre sie ein Star. Das kann ja heiter werden. Da war noch ein Monsieur Leblanc, Chef der Druckerei Leblanc & Leblanc. Völlig farb- und humorlos. Wer weiß, wie seine Bilanzen aussehen, dachte sie. Ein Uniformierter, der sich als Major Mueller vorstellte, einer der Lektoren, M'sieur Trueville. Nett, höflich. Er sah ihr nachdenklich in die Augen, wie: Na? Wie werden wir zusammenarbeiten? *Gut, denke ich.* "Sehen wir uns bald?", fragte er stattdessen.

"Ja, nächsten Dienstag."

Therese kam angeschwebt. Sie war heute nicht so extrem geschminkt, wie sonst im Büro. Heute Abend schien sie ein nettes Mädchen, das jeder gern sah. Auch die Herren reagierten entsprechend, und waren erstaunlich höflich zu der Kleinen. *Hat sie sich einen Stilberater genommen?*

"Clarisse", rief sie, schon von Weitem.

"Sie sehen heute wunderschön aus", entfuhr es Clarisse.

"Oh, danke, wie lieb." Sie beugte sich zu Clarisses Ohr.

"Ich dachte, sie können mich nicht leiden."

"Warum sollte ich? Ich kenne Sie ja noch nicht einmal richtig?" Therese strich sich ständig das Kleid glatt, das über ihre Hüften hochrutschte. Sie hätte auf Stretch verzichten sollen, dachte Clarisse, die in ihrem luftigen Sommerkleid nicht solche Probleme hatte. Thereses Figur war aber doch zu schön, um sie nicht zu betonen. Therese gab ihr zwei Küsschen auf die Wangen. "Danke." Ihre Hand berührte Clarisse leicht an der Schulter und sie spürte einen angenehmen Schauer. *Hey! Nicht doch*, rief sie sich zurecht.

"Ich möchte auch gerne eine Schriftstellerin werden. Wie macht man das?"

Du heilige Einfalt! "Kommen Sie, gehen wir ein wenig beiseite und lassen die Herren mit ihren Dingen allein." Sie nahm Therese beim Arm und zog sie einige Meter weiter zu einer Mauer. Clarisse lehnte sich dagegen. "Kommen Sie." Sie zeigte neben sich. "Das heißt Studieren, Lernen, Lesen, Lesen und nochmals Lesen."

"Ich dachte, dass man was erlebt haben muss, bevor man darüber schreiben kann?" Clarisse sah Therese von der Seite an. Was war an dem Mädchen, das es sie … so anmachte?

"Süße Therese", sprach Clarisse mütterlich, "Drei Dinge muss man haben: Talent, Fantasie und Wissen. Man muss das Lernen oder man hat es von Natur aus. Ich denke da an einen …" Sie stockte. *René.* "Was haben Sie gelernt? Haben Sie schon einmal geschrieben?"

Therese schwieg mit gesenktem Kopf. Clarisse spürte, dass Sie einen wunden Punkt getroffen hatte. "Nicht viel?", fragte sie leise, fast verschworen.

Therese nickte. "Zehnte Klasse. Dann bin ich 'raus. Wollte was erleben."

"Und?"

"Papa hat mich zurückgeholt. War nicht leicht für ihn und für mich. Er hat mich zu M'sieur Simon geschickt."

"Therese?"

"Ja?"

"Machen Sie ihren Job gut. M'sieur Simon ist eine Perle. Und wenn Sie das, was Sie mir gesagt haben, ernst meinen, dann gehen sie abends zu Schule. Machen Sie ihr Abitur …"

"Ich habe mich vor einer Woche angemeldet. Simon hatte gesagt, ich solle Sie fragen, ob sie mir helfen wollen …"

"Gerne."

"Ich hatte da auch mal was versucht."

"Bring es Dienstag mit, ja? Ach, und, Therese, wir müssen noch über etwas Anderes reden …"

Irgendwie war sie gut drauf. Der Abend verlief mit Lachen und Scherzen. Sie merkte sich viele Namen und die Gesichter dazu. Dann war sie mit Simon und Therese allein.

"Alle gegangen", rief Simon. Er sah auf die Uhr. "Gerade mal halb drei Uhr. Noch ein Glas Wein?"

"Ich habe Ihre Frau nicht gesehen, M'sieur Simon"

Simon wurde ernst. "Sie ist nicht da. Sie wird auch nicht hierher zurückkommen." *Oh jeh,* dachte Clarisse. *Jetzt kommt's. Der unverstandene, verlassene Ehemann, und das Paar, das sich auseinandergelebt hat...*

"Sie liegt seit Monaten auf der Intensivstation. Krebs im letzten Stadium."

"Oh, verzeihen Sie. Ich wusste ja nicht …"

Simon hatte jetzt feuchte Augen. Sie nahm Simon in die Arme. "Tut mir so leid."

Therese war dazu getreten.

"Schon gut. Mein Frauchen würde jetzt schimpfen."

"??"

"Nun, sie würde sagen: Was denn, Pierre, du bist mit den schönsten Mädchen der Stadt zusammen und amüsierst Dich nicht?" Er lachte wieder sein fröhliches Lachen. Nur die Augen sagten etwas anderes. "Morgen bin ich wieder bei ihr. Wenn Sie munter ist, muss ich ihr immer alles erzählen. Alles, verstehen Sie?"

"Eine tapfere Frau. Und sie?"

"Oh ja! Sie ist sehr tapfer! Sie freut sich mit mir. Sie will, dass ich lebe." Und jetzt brach es aus ihm heraus. "Sie weiß nichts." Er klopfte sich auf die Brust. "Hier ist alles voller Schmerzen. Es tut so weh, es pocht und pocht. Der Verstand will etwas Anderes, aber das Herz! Manchmal ist es, als wolle es aussetzen und man wünscht … Lassen wir das! Nein, ich bin kerngesund!" Dann fasste er sich. "Verzeihen Sie." Er wischte entschlossen die Tränen aus den Augen. "Clarisse, bitte schenken Sie uns noch ein Glas ein."

Der Taxifahrer schwatzte und schwatzte. Nicht lange, dann schwieg er betroffen, als er im Innenspiegel Clarisses Gesicht sah. Sie war mit Simon im Krankenhaus gewesen, hatten seine Frau besucht. Clarisse hatte darauf bestanden, obwohl Simon Bedenken hatte.

"Ich weiß nicht, ob das für Sie gut ist, Clarisse."

Doch sie blieb bei ihrem Entschluß. Nicht weil sie neugierig war. Sie wollte sich damit auch ein wenig bei Simon bedanken. Sie ahnte ja nicht, dass sie über etwas lernen würde, von dem sie überhaupt keine Vorstellung gehabt hatte.

Sie stand neben dem Bett. Es roch nach Krankheit, Technik und Desinfektionsmitteln. Clarisse hörte die Maschinen ticken und leise piepen. Eine Pumpe arbeitete. Schläuche und Kabel verbanden die Geräte mit der Kranken. Simon saß auf der Bettkante, die schmale Hand seiner Frau in der seinen, wartete geduldig. Das Deckbett war bis zum Kinn hochgezogen. Ein Gesicht, blass, nahezu weiß, spitze Nase, hager, trockene Haut, lange, schneeweiße Haare, die sich über dem Kopfkissen verteilten. Simon beugte sich zu dem Gesicht herunter. "Süße? Bist Du munter?" Clarisse konnte sich kaum der Tränen enthalten. "Ich habe jemanden mitgebracht."

Unendlich langsam drehte die Frau den Kopf zu Simon. Ihr immer noch schönes Gesicht verzog sich zu einem Lächeln.

"Lieber", flüsterte sie, "dass Du da bist. Du hast doch so viel Arbeit." Sie entdeckte Clarisse. "Wer ist das?"

"Clarisse, meine neue Lektorin. Sie wollte Dich kennenlernen."

"Clarisse." Sie ließ Simon los und reichte Clariss ihre Hand. Clarisse nahm sie vorsichtig entgegen. Papierne Haut, blaue Adern, die deutlich hervortraten. Aus einer Anwandlung heraus gab sie dieser Hand einen Kuss und dachte dabei an ihre Eltern.

"Behandle sie gut, Pierre. Sie ist eine schöne Frau."

"Und leider schon vergeben, meine Liebe." Er zuckte komisch mit den Schultern. Dann begann er, über den gestrigen Abend in allen Einzelheiten zu berichten. Seine Frau lag mit glücklichen, entspannten Gesichtszügen, durch die ab und zu ein schmerzhaftes Zucken ging, im weichen Kopfkissen. Eine Schwester schlich still herein, kontrollierte die Instrumente, nickte und verschwand geräuschlos. Clarisse hatte bis jetzt nicht ihre Hand losgelassen. Sie spürte einen sanften Druck. Und ihr liefen die Tränen über das Gesicht. Sie verschmierten die Schminke, rollten nass und salzig über die Wangen, tropften auf ihre Brust und hinterließen dort dunkle Flecken auf dem Stoff. Aber es war ihr egal.

Dann war Stille. Sie stutzte. Warum ist es so ruhig? Menschen waren im Raum. Weiße Kittel huschten hin und her. Sie spürte Simons Hand, wie er sie vom Stuhl zog, wie er sie aus dem Zimmer schob. Er flüsterte, "Sie hat es überstanden. Danke, Clarisse. Das werde ich Ihnen nie vergessen. Sie hat gelächelt."

Zum ersten Mal in ihrem Leben hatte sie geheult wie ein Schlosshund. Irgendjemand in einem weißen Kittel hatte sie in den Arm genommen, ihren Kopf gestreichelt, als wäre sie ein Kind. "Eine Verwandte?"

Sie hatte einen Moment gezögert und dann genickt. "Mein Beileid." Dann war der Kittel verschwunden. Simon kam aus dem Zimmer. Er lächelte sie an, wie immer. Reichte Clarisse ein Taschentuch. "Alles wird gut", sagte er und schien auch erleichtert.

Erst im Taxi war sie zu sich gekommen. Sie versuchte, das Erlebte einzuordnen. Es ging nicht. Die Gedanken kreisten, keine Ordnung. Zu Hause trank sie einen starken Kaffee mit viel Milch. Bitter und mild. So war ihr auch!

Sie setzte sich vor den Computer, begann zu schreiben. Der erste Satz: "*Es war noch nicht zu Ende ...*" Das war der Satz, der Anfang, nach dem sie so lange gesucht hatte. Es soll ihr erster großer Roman werden.

Erst spät in der Nacht kroch sie müde, aber zufrieden ins Bett. *René,* dachte sie, und die Schmetterlinge im Bauch flogen unruhig hin und her, bis sie eingeschlafen war.

ACHTZEHN

Clarisse ließ es klingeln bis sich die Mailbox meldete. "Hallo hier ist die Mailbox von Re…" sie legte auf. Ist wohl unterwegs, dachte sie.

Schmetterlinge.

Dienstag morgens war sie in Simons Büro gestürmt. "Wissen Sie, was das ist?"

Er sah sie erstaunt an. "Nein? Clarisse?"

Sie zeigte auf den Papierstapel dieses unbekannten Autoren. "Ein Plagiat. Ein ganz dummes Plagiat dazu!" Klatschend flogen das Büchlein des Herrn Laudair auf den Stapel, dem folgte der USB-Stick. "Hier das Original, M'sieur."

"Ist es wahr?" Simon sah Clarisse an. Er blätterte mit dem Daumen durch die Blätter. Las im Buch, las im Manuskript. "So ein, so ein …" Er sprang auf, rannte um den Tisch herum, riss Clarisse mit beiden Händen den Kopf herum und gab ihr einen satten Schmatz auf die Lippen. Verstohlen wischte sie sie mit dem Handrücken ab.

"Komm!" Er schob sie zur Sitzecke. "Setz Dich."

Simon setzte sich Clarisse gegenüber. "Therese!!" Clarisse zuckte zusammen.

Therese stöckelte ins Büro. "M'sieur?"

Oh mein Gott. Jetzt hatte sie auch noch ihr Gesicht bemalt! Mit dicken schwarzen Strichen um die Augen! Sie benötigt unbedingt Hilfe!

Sie nickte Therese freundlich zu. "Therese."

"Clarisse."

"Cognac!" Simon tätschelte Clarisse väterlich den Oberschenkel. Sie ließ es zu, obwohl eine Gänsehaut über ihren Rücken strich. "Und keine Widerrede. Diesmal musst Du mit." Plötzlich duzte er sie.

"M'sieur Simon ich …"

"Papperlapapp! Ich heiße Pierre!" *Bitte nicht wieder so einen nassen Kuss!*

Es kam nicht dazu. Therese hatte es geschafft, zwei wohlgefüllte Cognacgläser auf den Tisch zu stellen. Das Top bot Durchblick bis zum Bauchnabel. Was sie offensichtlich genoss, denn sie brauchte lange, sich von Simon zu lösen und wieder aufzurichten. Auch Clarisse hatte genug gesehen. *Einen verdammt schönen Busen hat dieses Mädchen*, dachte sie. *Neidisch?*

"A Santé!", rief Simon. Sie tranken, Therese stöckelte in ihr Büro. Clarisse sah ihr verstohlen hinterher. *Was für ein schöner runder Hintern! Ist doch so, oder?*

Sie machten noch etwas Smalltalk, über Plagiate, Zitate, Gestohlene Themen und so weiter. Dann schickte Simon Clarisse nach Hause. "Vielen lieben Dank. Sie, Du hast meinen Verlag gerettet!" Und sie würde heute noch eine neue Arbeit per Mail bekommen. "Bis zum nächsten Dienstag!"

"Bis Dienstag."

"Und danke, dass Sie mitgekommen waren …"

Natürlich. Und sie würde zur Beerdigung kommen.

Therese drückte ihr noch einen Hefter in die Hand. "Ah, ja! Ich lese es mir gleich durch." Handschriftlich stand darauf: *Mein Leben, von Therese.* Sie wedelte mit dem Hefter, "Ich rufe Dich an, dann werden wir uns irgendwo treffen!" Sie beugte sich zu Therese. "Und bitte, nimm die Hände vom Tuschkasten", flüsterte sie. "Wenn Du Hilfe benötigst, ruf mich einfach an." Sie roch Thereses Parfüm und den Duft ihrer Haare. *Angenehm!*

Zu Hause wurde sie erwartet. Die Concierge hielt sie auf und blinzelte mit einem Auge. "Da wartet ein schöner, junger Mann auf sie." Sofort schlug ihr Herz bis zum Hals.

René!

Ups! Nur Jean-Pierre.

Sie konnte ihre Enttäuschung kaum verbergen. Er umarmte sie, gab ihr das obligate Redaktions-Guten-Morgen-und-Tschüss Küsschen. Sie schnupperte an seinem Hals. Er hatte ein süßes Parfüm, mit der Tendenz zu einem etwas herberen Duft im Hintergrund, aufgelegt. "Komm", sagte sie schlicht. Sie fuhren mit dem Aufzug. "Poah, der hat Geduld", rief Jean-Pierre. "Wie hältst Du das aus?"

"Ich bin schließlich nicht auf der Flucht."

"Stimmt", gab er zu. Höflich riss er das Gitter auf. "Madame?"

Sie schloss auf. Durch den Spion der Nachbartür lugte ein Auge. Ihr Nachbar. "Los, 'rein mit Dir." Sie klopfte Jean-Pierre auf den Po. *Ooops.* Er hüpfte über die Schwelle.

"Wollte nur sehen, wie es Dir geht. Du warst lange verschwunden."

Will er sich jetzt ein Lob abholen oder ist das ehrlich Sorge?

Sie saßen sich auf dem Sofa gegenüber. "Willst Du drüber reden?"

Sie zählte auf: "Ich war in der Provinz. Nizza, Cannes, Frejus. In Frejus…" Sie berichtete in Kurzform. Von der Cote Azure, von der Redaktion und den Perrieurs und von der schönen Gegend.

"Und was machst du jetzt wieder in V. ?"

"Ich habe Arbeit, wenn Du das meinst. Dank Deiner Intervention. Danke nochmal."

"Quatsch, dafür braucht es keinen Dank. Das war selbstverständlich, nachdem ich so feige …"

"Lass mal. Ich verstehe das jetzt. Zu Anfang war ich noch sauer. Aber da hängt ja auch Dein Job dran."

"Danke Dir", sagte er.

Schweigen.

"Du warst also auch bei Simon gewesen?"

Sie nickte. "Er hatte mich gebeten, ihn zu besuchen."

"Passabler Mann. Sehr ordentlich."

"Bin jetzt Lektorin bei ihm."

"Nein! Ja? Fein." Sein Blick wurde stumpf. "Ich schreibe immer noch über Lokales …"

Sie schwiegen.

"Hör mal. Trinken wir ein Gläschen?" Sie holte eine Flasche Sekt, die letzte stellte sie fest, drückte sie ihm in die Hand. "Da, mach mal auf."

Während er an den Drähten hantierte und mit einem Knall den Korken aus der Flasche schießen ließ, holte sie Gläser.

Sie prosteten sich zu.

"Sag mal, was sind das für Geräusche!"

"Von nebenan?"

"Ja."

"Mein Nachbar guckt wohl wieder einen Porno …"

"Ach ja?", fragte er. "Wie hältst Du das aus?"

"Kopfhörer."

Jean-Pierre schien sich ein Herz zu fassen. Er nahm ihre Hand und küsste ihre Finger. Es durchfuhr sie wie ein Blitz. Doch, ja, Jean-Pierre war ein attraktiver Bursche. Sie schürzte sie Lippen. Zwei Jahre jünger als sie. Ein hübscher Südländertyp, der in Paris aufgewachsen war. Ein echter Pariser. Clarisse bekam mit einem Mal Lust, diesen Jungen 'auszuprobieren'. Sie nahm seine Hand, führte sie an ihren Busen. Er wurde rot. Dann nahm er sie in seine Arme. Seine Lippen suchten erst ungeschickt, dann sicherer ihre und sie ließ es geschehen. Seine Hände streichelten ihre Brüste, und sie ließ es geschehen. Clarisse wurde ganz weich und hob die Arme. Er zog ihr das Top über den Kopf. Und sie ließ noch mehr geschehen …

Danach war sie wieder bei sich. Sie hatte einfach nicht gedacht, nur gefühlt, ES gewollt. Und nun: *René,* pochte es in den Schläfen.

Sie war vom Sofa aufgestanden und ins Bad gegangen. Als sie zurück war, lag er immer noch so da. Da hatte sie Jean-Pierres Kopf gestreichelt und ihm dann unmissverständlich klar gemacht, dass sie das beide gebraucht hatten, mehr nicht. Er hatte genickt, einen Finger auf die Lippen gelegt, mit dem Auge verschwörerisch gezwinkert. "Geht klar", sagte er rau. Er gab ihr einen Kuss auf die Stirn, streichelte ihr die Wange. Sie hielt noch einen Moment seine Hand fest. Dann entzog er sich ihr, zog sich umständlich an, drehte sich um und ging ohne ein weiteres Wort. *Armer Jean-Pierre.*

Luise hatte angerufen. Nicht aus Frejus, sondern aus Paris. Das erkannte sie an der Nummer auf dem Display.

"Clarisse?"

Clarisse war baff. "Ja?"

"Ich habe mich entschieden."

"Wozu, Luise?"

"Ich gehe wieder arbeiten. Als Architektin!"

"Schön. Gratulation. Und was sagt Ihr Mann?"

"Wohnt jetzt woanders, wissen Sie …"

Clarisse stand im Bad vor dem Spiegel, bleckte die Zunge heraus. Nein, alles gesund. Sie fühlte sich heute nur so leer und schwer. Ob das der Cognac Abend gewesen war? Oder Jean-Pierre davor? Nein, so hatte sich danach ungewöhnlich gut gefühlt. Also doch der Cognac! Sie sollte sich an Louise ein Beispiel nehmen. Einen Entschluß fassen. Konkreter: Ihrem Herz folgen.

Vom Computer her klang ein Gong. Eine Mail!

Aha. Das neue Manuskript. Es dauerte, bis sie es heruntergeladen hatte.

Alles?

Ja.

Thereses Mappe lag noch ungelesen auf dem Couchtisch. Sie nahm sie hoch, und legte sie wieder hin. Es gibt Dinge, die sofort erledigt werden müssen. Noch ein wenig leicht im Kopf, setzte sich Clarisse an den Computer. Sie hatte einen Entschluss gefasst. Unwiderruflich würde sie jetzt klar Schiff machen. *Poch, poch.*

'Neue Mail', ENTER. *Wie war das nochmal. René, ät? ät? Was hing da hinter dem 'ät' dran?* Sie suchte in einem Stapel Notizzettel nach einem bestimmten. Da! *Gott sei Dank. Nicht weggeworfen!* Sie tippte die Adresse ein. ENTER.

Pling. Neue Mail. *Muss warten. Erst bin ich dran!*

"Ich bin's, Clarisse", schrieb sie dann.

"Lieber René. Ich bin eine Idiotin". Schreibt man Idiotin oder Idiot? Frauen sind Idiotinnen! Und Männer? Schweine!" *Die Zeit in der Provence ..."*

NEUNZEHN

"Bilde Dir bloß nichts darauf ein!" Carleen sammelte ihre Sachen zusammen. Doch sie lächelte zufrieden. *Jetzt sieht sie aus, wie eine Katze nach einem Schälchen Milch.* René sah ihr zu. Wenn sie sich bückte, sah er ihre Brüste, rund, straff und fest. Er fühlte sie noch in seinen Händen - ihre festen Brüste. Silikon? Silikon! Was ging ihn das an?

Worauf sollte er sich was einbilden? René zuckte mit den Schultern. Warum?

Sie war entspannt. Das merkte er daran, dass sie nicht so viel schwatzte, wie sonst. Aber er hatte ein schlechtes Gewissen. Warum eigentlich? Er war frei wie ein Vögelchen. Nun, gewissermaßen, was seine Beziehungen betraf.

Carleen marschierte an ihm vorbei. Ihr Hintern wackelte vor seinem Gesicht. Sie hatte da einen kleinen Pickel - Sie war schön und begehrenswert. Und reich!

"Wie sieht's aus, mit 'ner Kahnfahrt?" Er wollte mal wieder aufs Wasser. Den Kopf frei bekommen.

"Wann?" Immer noch nackt stand sie wieder vor ihm. Er sah auf ihren Bauch. "Gleich jetzt, am Sonnabend?"

"Geht nicht. Golfen mit wichtigen Leuten." War er *nicht* wichtig? Ach ja, er sollte sich ja nichts *darauf* einbilden. "Ach, weißt Du was", sagte er, wie beiläufig. "Ruf mich an, wenn du Lust hast. Ich kann mir allemal Zeit nehmen." Nichts *darauf* einbilden!

Sie drehte ihm den Hintern zu. Straff wie ihre Brüste. Warum fiel ihm jetzt der Pickel auf. Er klatschte mit der flachen Hand auf eine Hinterbacke. Sie kreischte amüsiert. "Ich bin unter der Dusche!", rief sie, schon auf der Treppe.

Sollte er hinterher? Er sollte sich doch nichts einbilden!

Poch, poch.

Clarisse.

Carleen: "Kommst Du nun?" rief es aus der Dusche. *Kann sie sich nicht mal selber waschen*, dachte er launig. Er stand auf und ging zum Bad. An der Tür blieb er stehen. Alles voller Dampf, darin ein sich wiegender und biegender Körper. Sie sang ein albernes Lied. "Schön!", rief der Schatten. "Hier gefällt es mir."

Poch, poch.

"Wo steckst Du?" Sie versuchte, ihn aus dem Dampf zu entdecken.

Er hatte sich entschieden. Jetzt! "Hier", sagte er mit belegter Stimme. Dann: "Hab noch was zu tun. Dusch' mal schön."

Sie kam aus der Dusche geschossen. "Du hast nichts zu tun!", zischte sie scharf. Jetzt war sie gar nicht mehr die liebe Carleen! "Heute nicht mehr! Komm!" Sie wollte ihn in die Dusche ziehen.

Doch seine Entscheidung stand fest. SIE sollte sich nichts einbilden! "Entschuldige, Carleen." Er zog seine Hand zurück, "Doch, ich *habe* zu tun. Wenn Du fertig bist, sei so lieb und zieh die Tür leise hinter dir zu."

Sie verschwand im Dampf. Stille.

Er ging ins Arbeitszimmer. Sein Herz schlug heftig und er konnte nicht sagen, ob es wegen Carleen so war oder Clarisse Schuld daran hatte. *Egal!* René setzte sich hinter den Schreibtisch. Carleen? Sie wollte ihn auch nicht wirklich. Nicht für immer! Nur so zum Spaß.

Er schrieb, *"Liebe, liebe Clarisse. Ich war ein Idiot. Hätte ich Dir doch gleich gesagt, wer ich bin. Oder, was ich NOCH bin. Doch Du warst so neu für mich. So besonders und gleichzeitig so vertraut. Ich war, bin immer noch verwirrt. Hatte einfach Angst, dass unsere Beziehung, die doch noch so jung und zerbrechlich war, nicht hält. Wie viel Wahrheit vertragen solch zarte Bande? Was darf man sagen? Was sollte man NICHT verschweigen? Was ist wichtig, was nicht. Was befriedigt nur die Neugier, was verursacht Schmerzen oder Zweifel oder Enttäuschung.*

Es hatte gleich von Anfang an zwischen Dir und Mir gepasst. Ich hatte Dich gesehen, bin in Deinen schönen grünen Augen ertrunken. Du hattest mich am Haken und ich komme nicht mehr von Dir los. Die ganze Zeit über machte es in meinem Kopf und Herzen: Poch, poch, Clarisse!

Was kann ich tun, dass Du mir verzeihst, was immer ich auch getan habe?

Rufst Du an? Oder soll ich?

René

P.S. Ich liebe Dich! Ich bin nur halb. Bitte, mach mich ganz."

Enter, senden, pling!

Unten knallte die Tür. Er zuckte zusammen. *Leise, hatte ich gebeten!* Jetzt musste er sich auch noch bei Carleen entschuldigen, der schönen Nervensäge.

Pling! René sah sich suchend um. War das ...Ah, der Computer. Er öffnete die Mail. Clarisse!

Eine Antwort! So schnell?

"Ich bin's, Clarisse."

Sein Herz machte einen Luftsprung. Tatsächlich, Clarisse! Nein es war keine Antwort. Sie hatte zur selben Zeit geschrieben. Er las aufgeregt weiter:

"Ich bin eine Idiotin!

Ist sie nicht!

Die Zeit in der Provence hat mir einiges klar gemacht.

Wo warst Du, süßes Biest?

Wie konnte ich erwarten, dass nach so kurzer Zeit des Zusammenseins keine Geheimnisse mehr zwischen uns stehen könnten. Mit welchem Recht verlangte ich von einem Menschen, den ich doch gerade erst angefangen hatte, kennen zu lernen, dass er sich mir gegenüber völlig öffnet? Was glaubte ich denn, wer ich bin? Wieso musste ich die gekränkte Eitelkeit spielen?

Ja, wieso eigentlich?

Was kann ich tun? Ich kann Dich um Verzeihung bitten und um Geduld, wenn das noch geht, wenn Du Dich darauf noch einlassen kannst.

Alles, was ich mir wünsche ist, mit Dir zusammen zu sein, Dein Leben mit Dir zu teilen, ohne zu tief in Dich einzudringen, und Dir anbieten, mein Leben mit mir zu teilen.

Ich habe dort in der Provence ein Ehepaar kennengelernt. Wunderbare Menschen!

Stimmt? Stimmt! Madame war sehr zurückhaltend. Von wegen Amerika!

Ehrlich, offen, direkt. Sie leben seit dreißig Jahren zusammen, arbeiten zusammen. Man sollte meinen, es gäbe nichts, was der eine nicht vom anderen weiß. Doch weit gefehlt! Sie drängen sich nicht auf, sie ergänzen sich! Das ist ihr *Geheimnis. Den anderen seine süßen Geheimnisse lassen und gespannt sein, was man noch Besonderes an ihm entdecken kann.*

Ist das so?

Und meine Eltern: So ganz anders und leben seit einer Ewigkeit zusammen. Ich hatte sie neulich unbemerkt beobachtet. Und ich habe geweint, vor Liebe und Neid. Haben solch eine ungeduldige Tochter erzogen.

Haben sie das wirklich?

Und von Monsieur Simon muss ich Dir unbedingt erzählen. Ich bin ja so aufgeregt!

Ich küsse Dich!

Darf ich hoffen? C."

René las das Ganze noch einmal. Doch, es ist wahr! *Natürlich darf sie hoffen, was denn sonst? Was tun? Lauf ich sofort zu ihr hin? Hat sie meine Mail schon?* René rannte vor lauter Freude verwirrt im Zimmer herum, tat nutzlose Dinge, legte einen Papierstapel auf den anderen um ihn nachher wieder umzustapeln. Nahm den Hörer ab. Legte ihn wieder auf. Dann rannte er an den Computer. Antwortete: "Ich komme!!!!! Bleib wo du bist! Geh bloß nicht fort!"

* * *

WIDMUNG ZUM ZWEITEN BUCH

Auch diesen Teil der "Grüne Augen"-Reihe widme ich meiner lieben Frau.

Und meinen Eltern, seligen Andenkens, die mir immer erlaubt hatten, meine Luftballons im Kopf fliegen zu lassen, wann immer ich wollte.

Berlin, im Februar 2014/Februar 2022

ZWEITES BUCH
ERFÜLLUNG

Hinfallen
Aufstehen
Krone richten, weitergehen
Spruch, AutorIn unbekannt

EINS

Ein grauer Tag. Das Tief über der Biskaya, das ausgerechnet Clarissa hieß, schleppte ein Gemisch aus nasser Luft, kühlen, widerlich stetigen Wind und Nieselregen mit sich. Hunderte Menschen waren gekommen. Ein Wald von Schirmen! Der Platz auf dem Friedhof von V. hatte nicht ausgereicht, viele warteten auf der Straße auf die Beisetzung.

Eine schwarze Mietlimousine fuhr vor und bis an die Kapelle. Respektvoll bildeten die Trauergäste eine Gasse. René saß mit im Auto, hielt Clarisse am Arm fest. M'sieur Simon stieg aus, winkte Clarisse zu sich. Ein müdes Lächeln, dunkle, braune Augen. "Bleiben Sie an meiner Seite?"

"Gern, Pierre."

Sie gingen langsam in die Kapelle, der verdammte Regen hatte noch zugenommen. "Yesterday" von den Beatles erklang, von einem Streichquartett gespielt. Clarisse bekam eine Gänsehaut, die Härchen am Unterarm richteten sich auf. Vor dem Sarg ein Bild von Madame. Große, leuchtende Augen in einem vor Glück und Freundlichkeit strahlendem Gesicht. Clarisse fand keine Ähnlichkeit zu der Frau, die sie im Krankenhaus angetroffen hatte. *Verdammter Krebs*, dachte sie. Zwischen den Tränen erkannte sie Kränze und Blumengebinde, die sich um das Bild, vor dem Sarg und dem Podest stapelten. Kirchenkerzen flackerten. Es war kalt in der Kapelle. Das Streichquartett hatte das Thema gewechselt. Das D-Dur Quartett, von Joseph Haydn. Man nahm Platz. Als müsse er sich vergewissern, dass sie noch da ist, nahm Simon Clarisses Hand, hielt sie fest. Auf der anderen Seite hielt er Therese. *Wie ein Papa mit seinen Töchtern*. Trotz des traurigen Anlasses lächelte sie Therese zu.

"Wo ist Deine Familie?" fragte sie Pierre flüsternd, sah sich um.

"Du bist da und René, Therese. Das sind alle." Clarisse wurde rot. "Entschuldigung." Simon gab ihr einen Kuss auf die Wange. Sie sah immer noch die kranke Frau, dort im Krankenhaus, hatte den Geruch in der Nase.

Der Pater begann seine Rede…

Die Totenfeier fiel aus. Es war Madames Wunsch. Wenn jedoch genügend Zeit verstrichen wäre, solle Simon eine Party für sie geben. Eine laute, fröhliche!

Sie fuhren zu Simons Haus: Pierre, Clarisse, Therese, René und der Riese Maron, Verleger, alter Kollege, immer noch freundschaftlicher Konkurrent. Still gingen sie in das Wohnzimmer, setzten sich, wie die Orgelpfeifen aufgereiht, auf das Sofa. Simon stand am Fenster, sah den Nieselregen. Er zuckte mit den Schultern. "Tja. Es hätte ja wenigstens die Sonne scheinen können. Das hätte ihr gefallen."

Therese erhob sich. Elegant sah sie aus, in dem schwarzen Kleid, fand Clarisse ohne jeden Neid. Ein schönes Mädchen. Therese flüsterte mit Simon, und ging anschließend in die Küche. Man hörte sie wirtschaften. Clarisse hielt es nicht aus und folgte ihr.

"Machst Du bitte auf?" Therese hielt ihr eine Rotweinflasche hin. Heißer Dampf zischte aus der Espressomaschine. Sie stellte Gläser und Tassen auf ein Tablett. Fand eine Schüssel mit Gebäck.

"Hat Simon eine Haushälterin?" Therese zuckte mit den Schultern. "Wohl nicht. Er ist ein ordentlicher Mann. Sieh Dich nur um."

"Was macht Dein Roman?"

"So lala."

Clarisse selbst kam momentan auch nicht weiter. "Ich stecke irgendwo und -wie fest."

"Ich auch. Was machst Du dann?"

Sie sah Therese an. Hinter der Fassade der Frau (Sie trug jetzt bedeutend weniger Schminke als noch vor einer Woche) steckte in Wahrheit ein kleines blasses Mädchen. Clarisse wollte mehr über sie herausbekommen, denn sie fühlte, dass hinter der Fassade eine gequälte Seele steckte. Der Blick des Mädchens flatterte unstet, wenn man ihr in die Augen sah.

"Nichts", antwortete sie auf Thereses Frage. "Manchmal muss man einfach warten. Ich schreibe dann über ganz andere Dinge."

Therese schnappte sich das Tablett. "Bringst Du den Kaffee?"

"Na klar."

Die Männer blätterten in einem Fotoalbum. Erinnerungen kamen auf. Sie zeigten, lächelten. Erzählten Geschichten zu den Bildern. Maron wies auf ein Foto.

"Hier, das war", er schielte zu Decke, "vor sechzehn, siebzehn Jahren, glaube ich! Bei Calais. Du erinnerst Dich, Pierre? Wenn ihr genau hinseht, könnt ihr die 'Strümpfe' erkennen." Er lachte leise.

"Strümpfe?"

"Ja, aus Öl. Irgendein Frachter hatte wohl seine Bilge gespült und die ganze ölige Brühe ins Meer verteilt und der Wind hatte den Dreck gegen die Küste getrieben. Wir hatten später dann darauf verzichtet, weiterhin dort zu baden." Das Bild zeigte Simon, Madame und Maron die lachend auf ihre Beine zeigten.

Clarisse sah genauer hin. Madame war eine sehr schöne Frau gewesen. Genauso groß wie sie, schlank, gut gebaut. Maron hielt Pierre und Madame rechts und links in den Armen.

Pierre hatte feuchte Augen. Doch er lächelte in der Erinnerung daran. "Wir waren später nur noch in Calais, wenn wir die Fähre benutzen mussten", ergänzte er.

Gemächlich zogen sich die Erinnerungen dahin. Die Reise nach Peru, als sie beinahe von einem Berg gestürzt wären. Die USA, einmal quer durch. Grässliches Essen! Schreckliche Motels. Aber was für eine Landschaft! Über die Rockies nach Kanada. Nach Alaska! "Furchtbar kalt, aber wunderschön."

Clarisse staunte. Damals, als ganz junge Studenten: Vietnam, nach dem Krieg. Singapore, Malaysia.

René flüsterte ihr ins Ohr: "Da fahren wir auch noch hin."

"Mit dem Schiff?"

"Wenn es Dir gefällt?"

"Darf ich meine Eltern mitnehmen?"

"Klar doch. Und ich meine. Das wird lustig." Meinte er das ernst? Sie wollte nur einen Scherz machen.

"Die werden sich prächtig verstehen."

"Und wir haben unsere Ruhe", scherzte sie.

"Genau!"

Sie tranken noch ein Glas Rotwein auf Madame, möge sie selig ruhen, dann fuhren alle nach Hause. Nur Therese blieb, trotz Pierres Protest, noch zum Aufräumen.

Anderentags war Clarisse im Verlag. Pierre hatte ihr ein Büro zu Verfügung gestellt, falls sie mal 'Ruhe' haben wollte. Neben den üblichen Büromöbeln hatte er eine Couch mit zwei Sesseln hineinstellen lassen und einen niedrigen Glastisch. "Die Bilder musst Du Dir selber beschaffen und diesen ganzen Bürokram. Und, ach ja, ein Regal. Frag mal den Hausmeister."

Die Bilder waren schnell beschafft. Da standen ein paar schöne große Kunstdrucke beim Hausmeister herum. "Das Regal bringe ich Ihnen in dieser Woche vorbei", versprach er.

Therese saß in einem Sessel. Sie hatte die Beine übereinander geschlagen, wartete auf Clarisses Urteil. Clarisse sah ihre Oberschenkel unter dem knappen Rock.

"Was macht die Abendschule?", fragte sie, um sich abzulenken von diesen schönen Beinen.

"Das Lernen fällt mir schwer. Ich bin abends müde und unkonzentriert."

"Das kann man lernen, das Lernen", sagte Clarisse. "Wenn ich mir vorstelle, ich müsste jetzt wieder zur Schule gehen - oh Gottogott!"

Therese wartete geduldig. Sie nippte mit spitzen Lippen an einer Cola. Dabei zog sie ihre Augenbrauen zusammen. Bei ihr sah es niedlich aus.

"Nun zu Deinem Roman."

Therese sah sie gespannt an.

"Du hast einen roten Faden. Das merkt man. Dem gehst Du konsequent nach. Sehr schön"

"Aber?"

"Jetzt musst Du der ganzen Geschichte noch etwas mehr Fleisch geben. Die Figuren sind zu blass, haben zu wenig Farbe und Charakter."

"Hm."

"Du beschreibst Äußerlichkeiten. Aber sie haben doch auch ein Innenleben. Stell' Dir jeden einzelnen auf den Schreibtisch. Sieh ihn Dir an und stell Dir vor, was für ein Mensch das ist. Verstehst Du, was ich meine?"

"Ich glaube ja. Wie ein Bild, so in drei-D."

"In Etwa. Das wäre das Äußerliche. Jetzt dringst Du nach Innen. Stell Dir vor, was die Figur fühlt, erfasse die Gedanken, Gefühle und die mögliche Reaktion darauf. Such nach ihrer Geschichte, ihrem Herkommen, ihren Träumen. Jeder Mensch hat eine Geschichte, hat eine Entwicklung vollzogen. Du bist auf einen guten Weg. Mach so weiter. Lies Dir das Manuskript nochmal und nochmal durch, bis Du jede Person, jeden Ort vor Augen hast. In seiner ganzen Komplexheit, so beschreibe ihn. Und achte auf den Kontext."

Therese nippte am Glas. "Kontext?"

Das süße Zeug, dachte Clarisse abgelenkt.

"Ahm, ich sage es einfach: Das, was im Hintergrund abläuft, aber die Handlung braucht oder bedingt."

Das Mädchen sah sie an. "Ich mag Dich sehr", flüsterte sie plötzlich. Sie stand auf und setzte sich neben Clarisse aufs Sofa. Dann legte sie ihre Arme um Clariss' Hals, küsste sie auf dem Mund.

Clarisse saß starr. Was war das denn? In einem ersten Impuls wollte sie Therese wegstoßen, doch dann ließ sie es zu. Es berührte sie tief. Nicht auf mütterliche Art. Anders! Und sie erwiderte den Kuss. Sie schmeckte die Cola auf Thereses Lippen und spürte Theres' Zunge, die sich zwischen ihre Lippen drängte. Die Hände des Mädchens waren neugierig. Zu neugierig als sie Clarisses Brüste berührten. Clarisse schob sie von sich. "Ähm, das ist – nett von Dir", flüsterte sie heiser. Und: "Nicht hier." Das hätte ich nicht sagen sollen, dachte sie sofort.

Therese Augen waren feucht. "Bist Du mir böse?" fragte sie Clarisse.

"Nein, Therese, nein!" Sie hätte sagen sollen, dass sie einen Mann hat, dass sie mit Frauen nichts am Hut hätte. Aber sie wollte dem Mädchen nicht wehtun.

"Komm heute Abend zu mir, dann reden wir entspannter weiter. Ja? Und - darüber." Therese senkte den Kopf und nickte. Und Clarisse pochte das Herz bis in den Hals.

Als sie nach Hause fuhr, hatte sie ein seltsames Gefühl im Bauch und gleichzeitig ein neugieriges Drängen. Ich muss unter die Dusche. Kalt duschen!

ZWEI

Clarisse stieg aus dem Aufzug. Auf dem kurzen Weg vom Verlag bis nach Hause war sie völlig durchgeschwitzt. Gleich am Tag nach der Beisetzung von M'dame hatte sich das Wetter von Frühherbst wieder auf Hochsommer gewandelt. Tagsüber brannte sie Sonne auf die Straßen und heizte sie auf, dass sie glühten, wie ein überheizter Kachelofen. Clarisse war völlig durchgeschwitzt, nicht nur des schnellen Ganges wegen, sondern auch wegen dieser Therese. Unterwegs zum Bad warf sie Tasche und Beutel auf Sofa und die Sachen auf den Boden. Sie wollte so schnell wie möglich unter die Dusche. Doch statt sich abzukühlen, stellte sie den Thermostat auf heiß und blieb lange unter dem Strahl stehen, bis sie glaubte sich beruhigt zu haben.

Sie blieb wie sie war, hatte nur ein Handtuch um den Kopf gewickelt, saß auf dem Sofa und blickte auf die Spitze der Platane vor ihrem Haus. Die Haut trocknete angenehm und die Gedanken ordneten sich wieder, wie gewohnt. René war seit einer Woche in der Normandie unterwegs. Er rief zweimal am Tag an, erzählte, wo er war, was er erlebt hatte. Seine Geschichten waren lustig und blumenreich. Immer brachte er sie zum Lachen.

Vor kurzem waren sie zusammen gezogen, was heißen will: Sie, Clarisse, mit Sack und Pack, zu ihm in die Maisonettwohnung. Tagelang hatten sie geschleppt, sich gestritten, geschoben, verworfen, weggeworfen, neu gekauft. Und hatten es dann doch geschafft. Sie waren, O-Ton René: einigermaßen zufriedenstellend eingerichtet.
Wenn sie arbeiteten, saßen sie sich gegenüber. Er hinter seinem mächtigen, schwarzen Familienerbstück, sie an einem nagelneuen gläsernen, futuristischen Schreibtisch.
In der ersten Zeit unterbrachen sie oft ihre Arbeit, sahen sich verliebt an. "Wasguggstdu?"
"Dich guggen", antwortete René. Und umgekehrt.
"Je t'aime."
"Hm…" Luftküsschen.
Die Tastaturen klapperten. Leise CD-Musik spielte. Klassik. Klavierkonzerte, Symphonien, Quartette, Opernmusik. Wenn René mal etwas zu sagen hatte. Er liebte Chopin, Verdi und Puccini. Sie Wagner, Beethoven, Brahms, Bach. René nannte Wagner immer Bagner, weil das besser zur Reihe ihrer Lieblings B's passte. Clarisse hatte ihr eigenes Regal mit allen Ausgaben einer gewissen Andrea Gérauld, darauf hatte sie bestanden.

Nachdem sie wieder ihre Fassung zurückgewonnen hatte, ging sie auf die Terrasse. Sie trug jetzt einen Kimono und lag auf *der* Liege, auf der sie ihr 'Wiedersehen' gefeiert und sie sich geliebt hatten. Sie glaubte immer noch zu spüren, was da abgegangen war und bekam eine angenehme Gänsehaut.

Heute gab es einen sanften Rosé aus dem Languedoc mit einer Blütennote, wie sie ihn noch nie geschmeckt hatte. Ihre langen Beine hatte sie faul ausgestreckt. Sie sahen aus dem kurzen Kimono heraus. Eigentlich wollte sie mehr anziehen, hatte aber an den Kimono gedacht und sich dafür entschieden. Er war leicht, luftig und bequemer, als die Shorts und das Top, ihr Lieblingsstück, dass so eng saß. Doch sie mochte es, genauso, aber heute war es einfach noch zu warm. Die Haare trug sie nach hinten gesteckt zu einem unordentlichen Knoten.

Es läutete. Sie lief barfuß zum Aufzug. Im Display flimmerte Thereses Gesicht. Ach ja, sie hatte sie ja eingeladen! "Steig in den Aufzug. Einfach nur auf den Namen drücken."

Sie erwartete Therese an der Aufzugtür. Summend öffnete sich die Schiebetür. Therese hatte sich schön gemacht! Ihr Gesicht war dezent geschminkt. Die sonst langen, blonden Haare aufgesteckt. Die Bluse saß so eng, wie sonst nur das Top bei Clarisse, vielleicht sogar noch enger. Sie sahen gleichzeitig kurz auf ihre Oberteile. Sie trug keinen BH. Eine Kette mit einem Kreuz schmückte Thereses Hals und ein schlichtes Armband das linke Handgelenk. Thereses Rock war kurz. Sehr kurz! Sehr eng! Unter dem Arm trug Therese ihr Notebook und eine dünne Mappe wie eine Schülerin. *Wenn ihr nicht alle Männer hinterher pfeifen*, dachte Clarisse, *dann weiß ich auch nicht*. Und: *hoffentlich musste sie sich nicht bücken*.

"Da hinauf", sagte sie zu Therese und wies zur Terrasse. "Magst Du auch ein Glas Rosé?"

"Gern", flötete das Mädchen, als es die Treppe erklomm. Clarisse sah ihr hinterher, konnte Therese unter den Rock sehen: Nackte Pobacken!

"Autsch!" Clarisse hatte sich am Küchenschrank gestoßen und ärgerte sich, dass sie ein Mädchenkörper so ablenken konnte. Sie schnappte sich ungehalten ein Glas für Therese und stieg ihr hinterher.

"Bist du mit der U-Bahn gefahren?"

"Ja?"

"Mon dieu!"

"Warum?"

"Hm. Man kann Deine Pobacken sehen …"

Das Mädchen hob kurz die Schultern, lachte auf und trat auf die Terrasse. Sie sah sich um, ging sofort zur Brüstung. "Schön ist es hier. Welch eine Aussicht auf die Stadt. Und es ist nicht so heiß hier oben, wie auf der Straße."

"Nicht wahr? Wir sitzen oft hier und genießen die Ruhe."

"Ist M'sieur René nicht da?"

"Nein, unterwegs, irgendwo in der Normandie."

"Ah."

Clarisse setzte sich, schenkte ein. "Komm, trink einen Schluck. Möchtest Du Wasser dazu?"

Therese schüttelte den Kopf. Sie stießen an. "A Santé."

"Erzähle mir von Dir, Therese", forderte Clarisse das Mädchen auf.

Dessen Augen wurden hart. "Was soll ich erzählen?" Sie zuckte mit den Schultern. "Da ist nix!"

"Na, zum Beispiel, wer Deine Eltern sind, Deine Freunde und so."

"Warum?"

"Ich will wissen, wer Du bist. Damit ich Dir helfen kann, bei allem … und so."

Therese nahm noch einen Schluck. "Und so?" Sie überlegte, ob sie der fremden Frau einfach so alles erzählen konnte. Was sagte ihr Bauch? Tu es! Gut, sie entschied, dass Clarisse wohl die Frau wäre, der man sich anvertrauen könne.

Erst stockend, dann immer schneller, als hätte sie Angst, etwas zu vergessen, berichtete Therese von sich. Und es war so, wie Clarisse es befürchtet hatte, nein schlimmer.

Ihre Mutter hatte die Familie verlassen, vielleicht hatte der Vater auch die Frau vergrault, denn sie war eine Trinkerin. Eines Tages war sie verschwunden. Auf Thereses Fragen antwortete der Vater, sie sei verreist. Eine lange Reise. Und lange hatte Therese gewartet. Wann kommt Mama wieder?

So wuchs Therese allein mit ihrem Vater auf. Er versuchte alles um ihr eine gute Kindheit zu bieten. Therese war überzeugt, dass er sie abgöttisch geliebt hatte.

"Hatte?"

"Ja, er war vor einem Jahr bei einem Betriebsunfall umgekommen. Eine Mauer war auf ihn gefallen." Und sie hatte ihn noch gesehen, wie er da zerquetscht auf einer Bahre lag. Voller Blut, das sich mit dem Kalk vermischt hatte. Er atmete noch und flüsterte, "Wo ist meine Kleine?" Er konnte sie nicht mehr sehen.

Clarisse hatte Thereses Hand genommen und streichelte ihr den Handrücken. Die zarte Haut war warm und weich. Therese hatte ihre Fingernägel machen lassen: Kleine Flammen, die aus dem Nagelbett schlugen.

Sie tranken sich zu.

Therese erzählte weiter. Sie ging gerne in die Schule. Sie hatte dort viele Freunde.

"Wo sind die jetzt?"

Weg! Therese hob die Schultern. Vielleicht wollten sie nichts mehr mit ihr zu tun haben. Sie hatte sich Vorwürfe gemacht, geglaubt, dass *sie* am Verschwinden ihrer Mutter schuld gewesen wäre. Ihre Leistungen sanken, sie schwänzte. Man drohte, sie aus ihrer kleinen Familie zu reißen.

In ein Heim wollte sie auf keinen Fall! Da war sie nach Paris gegangen. Ausgerissen! Traf dort ähnliche Kinder, Entgleiste, Ausreißer, Vergessene. Kiffen, faulenzen, saufen, bumsen. Tagwerk. Betteln um ein paar Cent. Und dann kam einer, bot einen Job als Model. Taffer Typ, sah schick aus. Anzug und so. War klar, dass sie zugesagt hatte. Vater hatte sie gesucht. Nur nicht dort, wo sie hingeraten war.

"Was war dann?"

Die Polizei hatte das Bordell lange beobachtet. Eine Woche nach ihrer Ankunft: Razzia. Sie war noch in der "Ausbildung". Am ganzen Körper blaue Flecken, denn sie wollte nicht. Aber auch nicht nach Hause. Hatte jedoch noch einen Zettel in der Tasche mit ihrer alten Adresse. Die Polizei ist zu ihrem Vater gefahren. Sie war ja noch Minderjährig. Der kam, holte sie ab. Sagte nichts. Strich ihr über die Haare. Mein armes, armes Kind, sagte er. Und dann hatte er sie in seine starken Arme genommen und sie gestreichelt. Er hatte sich Vorwürfe gemacht, dass er sich keine Frau mehr gesucht hatte. "Ich habe geheult, geheult, geheult, bis es nicht mehr ging. Ich hatte mich so geschämt."

Clarisse streichelte ihr die Wange. "Dann?"

Papa hatte Urlaub genommen. Er sah ganz fertig aus. Wir haben was für mich gesucht, einen Job. Pierre hat mich dann eingestellt. Ein gemeinsamer Freund hatte geholfen. Und kurz danach der Unfall…

Therese war näher an Clarisse herangerückt. Die Tränen in ihren Augen waren echt. "Ich wollte nicht mehr so leben!"

Clarissa nahm Therese fest in den Arm. Sie gab ihr einen Kuss auf die Stirn, spürte, wie das Mädchen erschauderte. Zitternd langte sie nach Clarisses Händen, legte sie sich auf die Brust. So weich! Ihre Augen verlangten nach ihr. Clarisse stand auf. "Komm!"

Therese war gegangen. Sie hatte ganz ruhig ausgesehen. Ihre Augen waren groß, tief und sanft. Nicht mehr diese Härte, die sie sonst immer zur Schau trug. Sie umarmten sich noch lange vor dem Aufzug. Dann löste sich Therese von Clarisse. Das Mädchen sagte nichts, nickte und fuhr nach unten.

Clarisse war immer noch verwirrt. Was war an diesem Mädchen, dass sie alles um sich herum vergessen hatte?

Eine leise Musik hatte im Radio des Schlafzimmers gespielt. Es war nicht hell, aber auch nicht finster. Thereses Kleidung lag verstreut auf dem Boden, es war nicht viel. Im Zwielicht der Dämmerung und der Straßenbeleuchtung sah sie Thereses nackten Körper leuchten. Sie hockte auf dem Laken und wartete auf sie. Etwas zog Clarisse zu diesem Mädchen, das leise atmete und sich ihr anbot.

Sie hatten Zärtlichkeiten ausgetauscht, sich geküsst, an Stellen gestreichelt, die Clarisse bisher noch nicht kannte. Thereses Lippen waren herrlich anzufühlen, ihre Hände spielten eine zarte Melodie auf ihrem Körper. Zitternd hatten sie sich aufeinander zubewegt, sich fest umarmt und lange nicht mehr losgelassen.

Nachdem Therese gegangen war, lag Clarisse noch lange aufgeregt auf dem Rücken in der Finsternis und ließ den Nachmitttag und Abend nachklingen.

Drei Tage danach war Clarisse immer noch verwirrt und unsicher. Zwischendurch schrieb sie an ihrem Roman, arbeitete sich durch Manuskripte und dachte immer wieder an Therese. Dann schlug ihr Herz heftig vor Begehren - nach René!

D R E I

René war wieder da. Endlich! Und er holte sie auf den Boden der Wirklichkeit zurück. *Es war ja nur eine unbedeutende Affäre*, beruhigte sie sich während ihr Bauch etwas anderes meinte.

"Wie war's?", fragte sie mit rauer Stimme. Sie nahm ihm den Koffer ab und rollte ihn ins Schlafzimmer. Da saß er braungebrannt und zufrieden wie ein dicker Kater im Sessel. Er griff nach dem bereitgestelltem Weinglas, begutachtete die Farbe des Weines, nickte und erzählte: "Ja, die Normandie und die Gascogne: Kühl, windig, ungemütlich, sonnig, warm. Stürmisch und nass. Die Normandie und auch die Gascogne. Was für eine Landschaft! Ich habe gelernt, dass man Liebesromane am besten im Süden spielen lässt."

"Da regnet es nicht! Stimmt's?" Sie hatte sich gegenüber auf das Sofa gesetzt und musterte René durch ihr Weinglas.

"Stimmt. Dennoch, ich glaube, in dieser Unbestimmtheit des Wetters liegt eine Menge Dramatik. "

Er erzählte von dem Ferienhaus, dass er in der Bretagne bewohnt hatte. Dem Garten davor, mit Blumen und seltenen Gewächsen und dem herben Menschenschlag an der felsigen Küste, der harten und hohen Steilküste der Normandie und den sandigen Stränden. Vom Kanal mit den riesigen Schiffen. Und einsamen Fischern.

"Wir sollten das nächste Mal zusammen hinfahren. Was meinst Du, mit einem Segelboot an der Küste entlang?" Er sah sie kurz an. "Das wäre doch was."

"Ich bin sowas von müde", meinte er sich streckend und sah dabei auf die Uhr. "Erst zehn?" Doch er stand auf. "Kommst Du mit?"

Mit dem Segelboot oder in die Dusche? Eigentlich fand Clarisse am Segeln nicht viel Freude. Sie war während des Studiums mit einer Clique recht wohlhabender Studenten unterwegs und gingen auch einmal Segeln. Sie war nur einmal dabei gewesen. Später konnte sie sich von dieser Clique trennen, zumal sie sowieso *irgendwie* nicht dazuzugehören schien.

Clarisse lehnte an der Wand, als er endlich unter der Dusche stand und sah René zu.

Ganz langsam, von oben bis unten sah sie ihn an, als er sich die Seife vom Körper abbrauste. *Ich will dich*, dachte sie. *Jetzt!*

"Beeil Dich", sagte sie, als er sich abtrocknete.

Was er verschwieg, war die junge Bäuerin, die mit ihrem Wagen in einen Graben gerutscht war.

Ratternd bremste das ABS seinen Wagen auf der glitschigen Straße ab. Ein paar Meter weiter, hinter dem Auto im Straßengraben. Er stieg aus, ging zurück. Am Straßenrand fand er eine Frau in Männerkleidung mit einem bunten Tuch um den Kopf. Sie saß an der Kante des Grabens und stützte den Kopf auf ihre Hände.

"Alles in Ordnung?", rief er.

"Nichts ist in Ordnung. Das sehen Sie doch!", kam es wütend zurück.

Oh, oh! "Darf ich trotzdem helfen, Madame?"

Inzwischen stand er neben ihr. Ein Mini lag halb auf der Seite, die Fahrertür stand offen. Airbags hingen schlaff aus ihren Behältern. Sie sah auf das Dilemma. "So ein Mist! Wie komme ich da wieder heraus?"

"Ich fragte doch, ob ich Ihnen helfen kann."

Die Frau sah auf. Eine sehr, sehr junge Frau, mit verweinten Augen. Er konnte Tränen nicht sehen. Da wurde er immer weich. Sein Beschützerinstinkt erwachte.

"Können sie aufstehen? Haben Sie sich verletzt?"

"Ja und nein und ja!"

"Was heißt ja, nein, ja?"

"Ja, ich bin in Ordnung. Nein, ich bin nicht verletzt. Ja, mein Selbst ist verletzt." Jetzt konnte sie schon lächeln.

"Ah, verstehe. Konnten sie indessen einen Hilfsdienst anrufen?"

"Nein."

"Nein?"

"Nein!" Mit beiden Händen zeigte sie auf ihren Mini. "Das Handy ist irgendwo in dem Schrott da unten verschwunden."

René suchte nach seinem. Fand es endlich in der Brusttasche seines Jacketts. Wählte die Nummer des ACF. "Sie sind doch im ACF?"

"Ja."

"Wo sind wir hier eigentlich?"

"Irgendwo!", brummte sie ungehalten.

René sah sich um. Aha, da stand das Schildchen. "D512" stand darauf. Er erinnerte sich an der Stadt *Ville sur Mer* vorbeigefahren zu sein.

"In einer halben Stunde", verkündete die sympathische Stimme der Frau vom ACF.

Er setzte sich zu ihr. Mit zusammengezogenen Augenbrauen sah sie ihn von der Seite an. "Danke, aber jetzt müssen Sie nicht noch warten."

"Doch, doch. Ich kann doch eine Frau nicht einsam und verlassen in der Wildnis zurücklassen."

"Doch, das können Sie!"

Mit großen Augen blickte er um sich. "Wie ich hörte, soll es hier Wölfe geben und …"

"Drachen." Sie lächelte ihn jetzt an.

Schöne weiße Zähne.

"Und Wildschweine und Asterix und Obelix …"

Und einen süßen Mund. Am liebsten würde er probieren, wie ihre Lippen schmecken. Er blieb sitzen. Atmete tief ein. Sie hatte den Blick nicht von ihm gelassen. "Sie sind stur", stellte sie fest.

"Alter Pariser Adel. So sind wir."

"Schön. Dann bleiben Sie eben sitzen. Ich kann es ihnen nicht verbieten. Ist ja ein freies Land."

"Richtig."

Sie schwiegen.

Ein Auto raste vorbei. Bremste kurz. René winkte ab, das Auto fuhr weiter.

Stille. Auf den Feldern versammelten sich Zugvögel. *Sehr früh dran, die Biester*, dachte René.

"Und nun?", fragte sie unerwartet.

"Wie, und nun. Ich warte mit Ihnen."

"Ich meine, was erwarten Sie dann von mir?"

"Ich? Erwarten? Was sollte ich erwarten?"

"Na eben…so was!" Sie machte eine Geste.

"Bitte?"

"Na so was." Wieder diese Geste.

Er setzte zu einer längeren Erklärung an. Doch dann sagte er nur, "Keine Angst. Ich will wirklich nur helfen. Mehr nicht."

"Versprochen?"

"Hoch und heilig! Drei Eide auf meine Mutter."

Schweigen. Noch mehr Zugvögel waren eingetroffen.

"Sie sehen ganz nett aus. Wie heißen Sie?"

"René."

"René", wiederholte sie. "Marga."

"Hallo, Marga."

"Sie kommen nicht von hier, nicht wahr?"

"Nein, ich lebe in V. bei Paris."

"Paris! Wunderschön. Da war ich nur kurz, während meines Studiums."

"Ah! Laut, groß, dreckig."

"Sehen sie sich um: Hier ist es still, sauber, aber einsam. Wollen Sie tauschen?"

Er schürzte die Lippen. "Nein, wohl doch nicht."

"Sehen Sie."

Der Abschleppdienst des Clubs näherte sich. Geschäftig wuselte der Fahrer um sein Auto.

"War'n sie dis?" fragte er René.

"Nein, die nasse Straße."

Der Clubfahrer sah sich irritiert um. "Nasse Straße?"

René zuckte mit den Schultern. "War vorhin irgendwie feucht."

"Na gut", gab sich der Fahrer zufrieden.

Nach fünf Minuten war Margas Auto aus dem Graben und schwebte auf die Ladefläche des Abschleppers. Der Mini schaukelte hin und her.

René hatte die Frau in sein Auto verfrachtet und fuhr hinterher.

"Haben Sie denn Zeit?" und "In sowas wollte ich immer mal mitfahren." Sie saß im Beifahrersitz. Das Kopftuch hatte sie abgenommen. Rotes Haar wie Clarisse. Etwas kürzer. Dafür umso mehr Sommersprossen um die gerade Nase. *Wie sehen eigentlich sinnliche Lippen aus? Sinnlich? Dann hatte sie eben sinnliche Lippen, rot, feucht, voll.*

Sie lebt in der Nähe, erzählte sie. Auf einem Bauernhof. Musste sie übernehmen, weil Vater nicht mehr konnte. Ist gestorben, wie die Mutter kurz davor.

"Haben Sie denn keinen Mann?"

Sie lachte sarkastisch auf. "Wer nimmt denn schon eine Bäuerin?!"

"So, wie *Sie* aussehen? Na aber!"

Sie winkte ab. "Keine Zeit." Vor fünf Jahren hatte sie noch studiert, erzählte sie. Agrochemie. Wollte eigentlich in die Forschung. Öko und sowas. "Jetzt betreibe ich Feldforschung im wahrsten Wortsinn", scherzte sie.

Sie lieferten das Auto in der Werkstatt ab. "Ich bringe Sie nach Hause."

"Ich kann auch ein Taxi nehmen."

"Nein, nein. Das ist doch selbstverständlich. In *der* Dunkelheit!"

"Es ist früher Nachmittag!"

"So? Mir kommt es später vor."

"Und nun nach rechts!" rief sie. Sie rumpelten über Kopfsteinpflaster. Der Hof lag hinter einen hohen Tor. Er war von einer hohen Steinmauer umgeben. Das schmiedeeiserne Gittertor stand offen. Er fuhr über einen Sandweg auf das alte Herrenhaus zu.

"Hier wohne ich", sagte sie schlicht. "Links die Ställe für die Tiere, rechts Scheunen, Garagen für die Maschinen und so weiter." Sie stieg aus. "Möchten Sie noch auf einen Kaffee hereinkommen?"

"Und wie!", René brauchte dringend einen.

Sie ging vor, in dem grauen Jackett, das ihre Taille betonte. Die helle, eng sitzende Reithosen und braunen Reitstiefel standen ihr ausnehmend gut. *Ein schöner Hintern*, dachte er, *sehr beweglich. Wie Clarisses, wenn sie unter den Hosen nur einen Tanga trägt. Ob Marga auch ...?* Unter dem Jackett trug sie ein kariertes Männerhemd und eine Weste. Die Kleidung sah sehr maskulin aus. Doch ihr Gang, ihr ganzer Habitus war ausgesprochen weiblich, ganz zu schweigen von dem hübschen Hintern. Die Tür zum Haus war unverschlossen.

"Gehen Sie schon vor", sagte sie im dämmrigen Flur. "Dort geht es in den Salon. Ich ziehe nur etwas anderes an." Und verschwand.

Sie hatte schnell ein duftiges Kleid angezogen, eine Strickjacke übergelegt und trug ein Tablett mit Tassen und einer Kaffeekanne in den Händen. Sie sah seinen Blick. "Tagsüber trage ich lieber die Männerklamotten. Man weiß hier nie, ob das Wetter so bleibt", erklärte Marga. "Heute mache ich nichts mehr! Das war genug für einen Tag."

"Und Ihre Tiere?"

"Darum kümmern sich meine Leute. Ich habe sie schon angewiesen."

Angewiesen! Au weih! Ein straffes Regime, Frau Agrochemikerin. Sie tranken Kaffee, schwiegen. Sie sah ihn über den Rand der Kaffeetasse an.

"Stört Sie doch nicht?"

"?"

"Ich laufe gerne barfuß. Nur wenn ich unterwegs bin, dann …"

"Stört nicht." *Ich würde sie gerne barfußer sehen.*

"Wollen Sie sich auf dem Hof umsehen?"

"Gern. Ich war seit meiner Jugendzeit nicht mehr auf einem Bauernhof. Als ich noch ein Kind war, machten wir öfter Urlaub auf dem Bauernhof. Lange her."

"Nun, es ist weniger ein Hof als ein Gut, "

"Keine Ahnung. Was ist der Unterschied?"

"Austrinken. Kommen Sie."

Sie überquerten den sauber gefegten Hof und liefen direkt auf die Ställe zu. Dabei erklärte sie ihm den Unterschied.

"Alles ökologisch!" Es roch trotzdem nach Schweinen und Rindern. Aber die Tiere waren anders, das sah er sogar als Städter.

"Sie bleiben doch noch zum Abendessen? Ich lasse was Schönes kochen. Bitte", sagte sie. Und sah ihn *so* an, mit schräg gelegtem Kopf und bittend zusammengelegten Händen.

Sie fand ihn wohl jetzt sympathisch? Und er? Er sie auch! "Gern. Ich habe eh' nichts anderes vor. Ich muss nur noch nach einem Hotel suchen."

Das lehnte sie vehement ab. "Sie bleiben! Wir haben hier auch Gästezimmer. Ich kann Sie doch nicht alleine in die Wildnis schicken!"

Das Essen dauerte. Es wurde dunkel. Sie tranken eine Flasche Wein. Er unterhielt sie mit Geschichten. Sie ihn mit ihren Öko-Plänen für das Gut. Sie tranken noch eine Flasche und öffneten die dritte…

Er hätte nicht bleiben sollen. Vor dem offenem Fenster krähte ein Hahn, andere setzten eifersüchtig mit ein. René schlug die Augen auf. Automatisch drehte er sich nach rechts. Clarisse.

Er berührte eine Schulter. Kühl, rund. Die Schulter seufzte. "Morgen."

Oh! Das war nicht Clarisse!!

Jetzt war er putzmunter. Ach du meine Güte! Er hatte mit Marga geschlafen!

"Geht's gut?"

Er schluckte. "Schon. Ja. Und selbst?"

Eine Hand kam unter dem dicken Daunenkissen hervor, streichelte seinen Kopf. "Wunderbar! Schön war's. Bleibst Du noch?"

Er schwieg.

Sie stieg aus dem Bett, sah sich kurz zu ihm um. Stolz stellte er fest, dass er immer noch Frauen kennen lernte, die auch gute, richtig gute Figuren hatten…und schlug sich innerlich auf die Finger.

Ja, war das nötig? Er sah ihr hinterher, wie sie langsam ins Bad ging. Sie schwang mit den Hüften, wie ein Model, ihre Pobacken bewegten sich aufregend. Es rauschte. "Ich bin unter der Dusche!" rief sie.

Das hört man.

"Kommst Du?"

"Ja, ja", rief er und fühlte sich schuldig. *Ich sollte mir meine Junggesselleneinstellung abgewöhnen, dass ich jederzeit mit anderen Frauen...* Das gehört sich eben nicht mehr, seit er mit Clarisse zusammen war.

"Na, komm schon!"

Faul stand er auf. Das Haus schaukelte ein wenig als er in der Senkrechten war. Dann schlurfte er zum Bad, sah ihr beim Duschen zu. Es erregte ihn. Sie sah es, lächelte.

"Marga, ich muss Dir etwas gestehen…" begann er. Sie kam aus der Dusche, stellte sich platschnass, mit in den Hüften gestemmten Fäusten vor ihm auf. Schaum und Wasser liefen über ihre Brüste, den Bauch, sammelten sich zwischen den Oberschenkeln.

"Brauchst Du nicht. Wirklich nicht. Du hast es gestern oft genug gesagt."

"Was gesagt?"

Sie hob theatralisch die Arme. "Was weiß denn ich? Clara, Clarissa!?" Sie sah zu ihm hoch. "Seid ihr verheiratet? Ist sie Deine Geliebte?"

"Nein, noch nicht."

"Was?"

"Verheiratet. Nein."

"Aber Geliebte! Wenn es nicht nur eine Affäre ist, dann ist es ja Okay. Und nun komm, duschen."

"Marga, ich wollte Dir sagen..."

"Das ich ein Kumpel bin?"

"Mehr als das!"

Sie strich ihm über die Wange. "Es hat gut getan, Lieber, weißt Du. Ich war zu lange allein. Da bekommt man Tagträume und solche Wünsche." Mit beiden Händen schob sie ihn in die Dusche. Sie duschten ausgiebig. Sie schnurrte wie eine Katze als er ihren Rücken wusch und sie dann zart von hinten umarmte.

Nach einem ausgiebigen Frühstück verabschiedete er sich von Marga. Beim Abschied küsste sie ihn noch einmal lange. "Zum ewigen Angedenken", sagte sie. Und er wischte ihr mit den Fingern die Tränen von den Wangen.

"Danke", sagte er.

Am nächsten Vormittag saßen Clarisse und René an ihren Schreibtischen. Ab und zu sahen sie sich an. Holten Luft, als wenn sie etwas sagen wollten. Doch dann klapperten die Tastaturen weiter.

"Du…", sagten sie beide gleichzeitig und lachten. "Du zuerst", sagte Clarisse.

"Nein, Du. Ladys first. Ist halt so."

Sie druckste.

"Komm. Gehen wir auf Terrasse und trinken einen Espresso?", schlug er vor.

"*Die* Terrasse", korrigierte sie ihn, "Und ich möchte einen starken Kaffee."

Schweigen.

Dann sahen sie sich an. Und jeder spürte, da ist ein Geheimnis zwischen ihnen. Und eigentlich wollten sie nicht darüber reden, wussten aber, dass es andererseits immer zwischen ihnen stehen würde. Sie gingen aufeinander zu, fassten sich an den Händen. Der Kaffee würde wohl kalt werden.

"Wie soll ich es Dir sagen?" Clarisse hatte Mut gefasst. "Wenn Du böse mit mir bist, gehe ich ins Wasser."

"Wie das Mädchen aus den Briefen?"

"Tiefer, viel tiefer! Ich springe vom Eifelturm in die Seine."

Das wollte er ganz und gar nicht. "Ich schwöre Dir, dass ich nicht böse sein werde, was immer Du mir auch zu erzählen hast." Und setzte gleich dazu: "Und Du?"

Schlicht sagte sie, "Das gleiche", und um gleich fortzusetzen, "Du bist fremdgegangen!?" Er nickte schuldbewusst.

"Ich auch."

"Hä, Du? Du auch?" Und sie hielten sich an den Händen fest, als hätten sie Angst sich zu verlieren. Und die hatten sie auch.

Aufmerksam hörte er zu. Stellte keine Fragen. Clarisse konnte nicht erkennen, was er dachte oder empfand. Ob es ihm gleich war oder er aus Eifersucht innerlich verbrannte. Und als sie fertig war, begann er zu erzählen. Sie hielten sich immer noch an den Händen. Langsam wurden sie feucht, doch keiner wollte den anderen loslassen. Es war, wie wenn ein fester Bund des Schweigens über diese Geständnisse geschlossen werden sollte. Durch einen Handschlag, der zeigt, ich lasse Dich nicht los. Ich bin bei Dir, was immer auch geschehen mag oder geschehen ist.

Nur Clarisse konnte ihre Gefühle nicht verbergen. Alles konnte er in ihrem Gesicht lesen. Abscheu, Eifersucht, Ärger. Sie liebte ihn wie verrückt. Konnte sich keinen Tag ohne ihn vorstellen. Als er in der Normandie unterwegs gewesen war, hatte sie sich jeden Tag nach ihm verzehrt. Und er hat eine Affäre! Steigt einfach zu einem Weib ins Bett und bummst sie! Schuft. Rene fühlte sich schuldig und gleichzeitig unschuldig. *Wir sind nicht verheiratet*, dachte er trotzig*, noch nicht.* Jetzt kräuselte sie die Augenbrauen. Oh, oh. Clarisse ist wütend! Dann entspannten sich ihre

Gesichtszüge. Ihr Blick wurde tief, sie sah durch ihn hindurch. *Jetzt ist sie mit Therese beschäftigt*, mutmaßte er. Und so war es. Clarisse erinnerte sich an den Moment, an dem sie zu Therese gesagt hatte, 'komm'. Und jede sich jeder hingegeben hatten. Sie durchlebte noch einmal den langen Moment eines unbekannten, seltsamen und betroffen machenden Glücksgefühls. Und dann das zurückgebliebene Schuldgefühl. Sie hatte an René gedacht. Es zog in ihrem Magen und was er sagen würde, wenn er davon hörte – es erfährt. Denn eigentlich war es nie ihre Absicht gewesen, mit ihm darüber zu reden.

Steht es jetzt eins zu eins? Sie zog ihre Hände zurück. Setzte sich in den Rattansessel und legte sich zurück. Ihr Blick hing jetzt an der Platane, deren Blätter leise im Wind bewegt wurden. Unten auf der Straße hupte jemand.

Schmerz und Schuld. Schuld und Schmerz. Wortlos stand sie auf und ging ins Schlafzimmer. René blieb sitzen, wo er war, starrte auf den Horizont.

Im Spiegelbild saß eine schöne Frau auf dem Bett. Und Clarisse kannte diese Frau nicht mehr. War sie jetzt lesbisch? Oder sexversessen? Sie prüfte ihre Gefühle für Therese. Sicher, ein hübsches Mädchen. Knackig, sexy bis zum Abwinken. Doch sie würde nie einen Partner abgeben. Wahres Glück hatte sie immer nur mit René empfunden. Auch davor. Es war nicht so, wie mit René. Das mit Therese war schön, so anders, zarter, stiller, weicher. Doch mit René! Da krachte es regelrecht. Tief, noch tiefer, ganz tief bis in ihr tiefstes Inneres. Dort hatte er ihr Herz in der Hand und hielt es fest. Und sie wollte es auch nicht freigeben. Nein, was auch immer passiert war. Sie nickte dem Spiegelbild zu. So war es. Merken wir es uns, flüsterte die weiße Seele. Lernen wir daraus. Und die schwarze?

Schwieg beleidigt, denn was sie auch sagen würde, bedeutete: Rausschmiss. Oder mindestens, halt die Klappe!

René saß immer noch dort, wo er gesessen hatte. Nicht einmal bewegt hatte er sich. Er wird ein sehr, sehr schlechtes Gewissen haben, dachte Clarisse und spürte ein wenig Schadenfreude. Auf leisen Sohlen trat sie hinter ihn und legte die Hände auf seine Schultern.

"Warme Hände", stellte er fest. "Du hast wunderbar warme Hände."

"Und ich liebe Dich."

"Ich Dich auch."

"Du Idiot!"

"Selber."

"Idiotin. Das heißt Idiotin. Sei doch einmal nicht sexistisch, Mann."

Sie schwiegen, erleichtert, glücklich.

"Wirst Du drüber schreiben?"

"Über Therese?"

"Hm."

"Weiß nicht. Vielleicht. Wenn es erleichtert."

"Muss ich jetzt im Bett anders sein?"

"Nein, bleib wie Du bist. Grob, unbeholfen, tapsig. So mag ich Dich."

"Ich Dich auch."

"Wie? Grob, unbeholfen, tapsig? Kannst Du haben." Sie beugte sich zu seinem Ohr herab. "Gleich, jetzt."

VIER

Ein ganzes halbes Jahr später fanden sich Clarisse und René auf Réunion wieder. Das halbe Jahr war wie im Flug vergangen. Sie hatten gearbeitet, waren rund um Paris unterwegs oder liebten sich auf der Seine (Natürlich auf der Yacht), und waren jetzt 680 Kilometer von Madagaskar, 180 Kilometer bis Mauritius und Zehntausend von Paris entfernt. Schön weit weg vom Verlag, von allen Verpflichtungen. Und mit den Eltern, die erst heftig protestiert hatten.

Auf einem Vulkan zu leben, der vor Millionen Jahren entstand, als sich Indien von Afrika trennte und in den indischen Ozean hinausdümpelte, und Madagaskar in der Absicht Indien noch einzuholen hinterher zog, ist ein seltsames Gefühl - wenn man daran denkt. Auf jeden Fall gibt es genügend Erinnerungsstücke auf der Insel.

Doch sie hatten Urlaub! Und fest vorgenommen nicht zu arbeiten. Gemeinsam faulenzen, herumschippern, Eltern ärgern.

Faulenzen klappte. Eltern ärgern weniger. Die sahen sie nur abends bei Tisch. Sie verstanden sich tatsächlich prächtig. Clarisses Eltern liebten Renés, Renés Clarisses. Die alten Herrschaften hatten sich einen Jeep gemietet und waren dabei, die Insel bis in die letzte Bucht und den höchsten Gipfel zu erkunden. Clarisse ging das Herz auf, wenn sie ihre Mutter sah, wie sie aufblühte! Und Renés Mutter hatte stolz verkündet, ihrer Schwiegertochter in spé in Sachen Schönheit von nun an Konkurrenz zu machen. "Zieht dich warm an", drohte sie.

Herumschippern war schon schwieriger. Er hätte rechtzeitig ordern sollen. Man bot ihnen zwar Kähne an, zu Mondpreisen und in einem Zustand, den René mit "Seelenverkäufer" beschrieb. Zum Glück schlenderte der

Hotelchef beim Frühstück über die Terrasse. René stürzte sich auf ihn und beklagte sein Schicksal.

Monsieur Clubot, ein Südfranzose wie er im Buche steht, reagierte entsprechend wort- und gestenreich. Warum man ihn denn nicht gleich angesprochen… und, "Ohlala, ich habe da…!" Und siehe, er hatte. Einen Bekannten an der Westküste. Der besäße…Haben Sie denn ein…? Ja? Alle Meere. Auch den indischen? Voila! Morgen haben Sie ihr Boot. Soll er dem Flieger Bescheid geben? Und wäre er mit (hier flüsterte er mit René, der die Augenbrauen sehr weit hochzog) …einverstanden? Freudig und sich die Hände reibend hüpfte Clubot von dannen.

Ein paar Sekunden später stand eine entzückende Kellnerin mit einem Tablett am Tisch. Sie übergab René einen Umschlag. Vorsichtig öffnete er ihn und schmulte hinein. Er bekam rote Ohren. "Gei…Wow! Wollt ihr mit?", fragte er die Eltern. Doch die lehnten ab. "Macht mal. Genießt es. Wir werden sowieso seekrank."

Kurz vor Sonnenaufgang fanden sie sich an der Landebahn des Hotels ein. Ein kleiner Hochdecker stand bereit. Der Pilot schüttelte beiden kräftig die Hände. "Dann wollen wir mal." Er half Clarisse beim Einsteigen. Sie saß auf dem Copilotensitz, das hatte sie sich ausbedungen, weil René, trotz ihrer Interventionen nichts verraten wollte. Männer! Jetzt saß René schmollend hinter ihr.

Die halbe Nacht war sie um ihn herumgeschlichen. "Sag es. Komm, Du musst mir alles sagen, sonst…"

"Sonst?"

Sie kreuzte die Arme unter der Brust, was René sehr gefiel, denn sie hatte nichts an.

"Nur weiter so." empfahl er. Sie bemerkte seinen Blick und hielt die Hände vor ihre Brüste.

"Jetzt bräuchtest Du noch eine dritte Hand", stellte er fest.

Sie rauschte ins Bad. "Ph!!"

Im Bett dann: "Sach maah, wasn dis fürn Boohot?"

"Schiff, man nennt Solches, Welches, Schiff. Boot ist was mit Riemen, weissu, wo der Mann immer drann zieht - an den Riemen - und die Frau, die ruft: Schneller, schneller." Sie fuhr mit dem Finger über seine Brust. Kreiste seinen Bauchnabel ein und trippelte mit Zeige- und Mittelfinger zu seinem Schoß. "Los, sag es endlich. Sonst bringe ich deinen Turm zum Einsturz!"

Er zeigte auf ihre Hand. "Damit?" Und dann war sie 'mit ihm' beschäftigt und er, es zu genießen…

Er drehte sich auf die Seite. Seufzte tief. Ihre Hand kribbelte über seinen Rücken. "Duhu?"

"Ja?" fragte er schläfrig.

"Dieses Boohoot ..."

"Schiff!"

"Boohot! Ist es groß?" Er nickte.

"Ist es laaaaaang?"

"Sehr."

"Wie lang?" Sie griff um ihn herum. "So lang?"

"Kürzer…"

"Spinner!" Clarisse drehte ihm den Rücken zu.

Das kleine Flugzeug plumpste auf die Landebahn. "Hoppla", rief der Pilot fröhlich und linste schadenfroh zu Clarisse. Doch er hätte nach hinten sehen müssen. Clarisse hatte den Flug genossen. Ununterbrochen geschnattert, aufgeregt gezeigt. "Sieh doch da! Und da!" Und geschwärmt. René hockte blass auf seinem Sitz und war jetzt froh, dass sie irgendwie wieder Boden unter den Füßen hatten.

Mit zitternden Knien schleppte er sich durch das kleine Verwaltungsgebäude. Sie wurden bereits erwartet. Clarisse hatte sich eingehakt und staunte. "Mann, was für ein

Mann!", flüsterte sie. Vor ihnen stand ein schwarzer Riese mit einem Pappschild in der Hand. "Msr. René" stand drauf. Mit tiefer, sympathischer Stimmer fragte er, "Monsieur René?"

"Ja", hauchte René, noch immer etwas benommen." "Ich hoffe, sie hatten einen guten Flug?" Er gab Clarisse die Hand.

"Oh, es war wunderbar. Was für ein schönes Land!", schwärmte sie. René schwieg.

"Mein Name ist Thomas. Ich bringe sie zum Hafen. Mein Freund hatte mich gebeten ihnen meine Yacht…"

René wurde hektisch. "Jaja, wir wissen, Thomas. Vielen Dank, Lassen Sie uns fahren."

Der Schwarze Riese schwieg. Sie gingen zu einem knallroten Jeep. "Grand Hotel Réunion" stand auf der Seite. "Bitte."

Atemberaubend schnell jagte Thomas durch die belebten Straßen. Jetzt roch es nach Wasser und bald hatten sie den Hafen erreicht. Mit quietschenden Bremsen hielt Thomas an. Eine Staubwolke stieg auf.

"Folgen Sie mir." Er hatte sich die Taschen der Beiden gegriffen, obwohl René protestierte. "Sie sind meine Gäste. Voila…" Er zeigte mit der Hand zum Hafen.

Clarisse trippelte zu Thomas. "Sie dürfen ihm nicht böse sein, Thomas." Sie hakte sich bei ihm ein, sah zu ihm hoch. "Er hatte keinen guten Flug."

"Weil ich die ganze Nacht nicht schlafen durfte!", hielt René dagegen.

"Verstehe." Thomas grinste Clarisse anzüglich an und die grinste anzüglich zurück, wobei sie unschuldig mit den Augen blinzelte.

"Wir sind da", verkündete Thomas.

Clarisse schnappte nach Luft, suchte irgendwo Halt, und fand ein Geländer am Steg. "Nein?" Sie schlug die Hände vor dem Mund zusammen.

Da lag sie, die Yacht! Schwarzer Rumpf, zwei Masten, hölzerne Aufbauten. Die Farben glänzten, das Deck spiegelte. Drei Matrosen standen an der Reling. "Willkommen an Bord."

Clarisse sprang René an den Hals, bedeckte sein Gesicht mit Küssen. Dann Thomas, er war auch noch dran. Clarisse stürmte die Gangway hoch. Die Matrosen salutierten lachend.

Aufgeregt lief sie zum Bug, sauste über backbord zum Heck. Sah in das Steuerhaus und war wieder an steuerbord, von wo sie aufgeregt in das trübe Hafenwasser blickte. Die Männer standen dabei und staunten.

"Ahäm. Ihre Kabine ist gerichtet, Madame, Monsieur. Wollen wir dann los?"

"Gerne, Thomas. Eine gute Fahrt."

"Eine gute Fahrt, Monsieur."

"Ablegen!", brüllte er plötzlich.

Clarisse sah nach oben in den Himmel. Die Segel blähten sich im Wind. Das Schiff glitt weich über die Dünung. Auf, abwärts, aufwärts, wie auf einer Schaukel. Es kränkte ein wenig nach steuerbord. Am tiefblauen Himmel wetteiferten die Wolken mit den weißen Segeln der Yacht.

Sie hatte ihre Hand nach René ausgestreckt. Er lag neben ihr auf Schaugummimatratze.

"Schläfst Du?" fragte sie.

"Tief und fest."

"Warum?"

"Warum, warum?", murmelte er schläfrig.

"Du schläfst?"

"Was soll ich sonst machen?"

"Das Meer betrachten. Wellen zählen. Wale suchen?"

"Hier gibt es keine!"

"Nischt?"

"Nee, nüsch. Nur bösen Haien. Weisse! Mit solchen Zähnen!" Er breitet die Arme aus.

"Willst Du nicht baden gehen?"

"Mit Dir?"

"Nee, mit den Haien."

"Das wäre ja, als wenn ich mit Dir baden täte."

"Duhu?"

"Jep!"

"Ich habe mir was überlegt."

"Behalt 's für Dich, ich habe Urlaub!"

"Aber, ich habe mir was gaaanz Schönes überlegt."

"Tut mir leid. In der Kabine ist es jetzt zu warm und hier draußen, vor aller Augen? Ich weiß nicht?"

Sie ignorierte ihn. "Wollen wir nicht zusammen…"

"Ich sagte ja, nicht vor aller Augen!"

"Ferkel. Was Du immer denkst. Immer nur das Eine!"

"Ich bin ein Mann, ich darf das!"

"Schmoll."

"Schmoll. Das sagt man nicht. Was da in Denkblasen steht, sagt man nicht."

"Schmoll, schmoll, schmoll!"

"Na sag es!"

"Nööööö. So nüch!"

Er kniete neben ihr. Legte seinen Kopf auf ihren Bauch und sah sie von unten her an. "Bitte."

Clarisse streichelte ihm über den Kopf. "Wollen wir nicht gemeinsam - keinen Kommentar jetzt - einen Roman schreiben?"

"Ja", sagte er trocken.

"Wie jetzt, ja? Keine Begeisterung?"

Er blieb in dieser Stellung, sie streichelte weiter.

"Du hast meine Idee gestohlen! Was soll ich da begeistert sein, eh?"

"Ooooch, tut mir leid. Heißt das jetzt, ja?"

Jetzt war er über ihr. Gab ihr einen mächtigen Schmatz. "Gerne meine Liebe."

Sie wischte sich die Lippen ab. "Nass!"

Von da an machten sie Projekte. Sie schlug vor, er schlug vor, sie lehnte ab, er lachte, sie nahm wieder auf, er lehnte ab. Dann lachten beide, stellten fest, dass sie ja Urlaub hätten und schliefen in der Sonne ein.

Der große schwarze Thomas weckte sie. Vorsichtig berührte er Clariss' Schulter. "M'dame, es ist Zeit."

"Sind wir etwa schon da?"

"Nein, nur zum Abendessen."

"Oh. Ich habe so schön tief geschlafen." *Und wunderbare Sachen geträumt. Von René und seine schönen, braungebrannten Körper. Und den Sixpack – so weiter.*

Nach dem Abendessen genossen sie den Sonnenuntergang auf dem Vordeck. Thomas hatte sich zu ihnen gesellt und lehnte lässig an der Reling. "Thomas, erzählen Sie von sich und von dieser Insel", forderte Clarisse.

Nachdem sie Mauritius fast vollständig umrundet hatten, drehte der Wind auf Ost. Das Meer wurde grau. Wolken zogen auf. Thomas flüsterte mit René, der nickte.

Die Mannschaft holte die Segel ein, der Diesel sprang an.

Sie fuhren vor dem Wetter her. Thomas sah wieder etwas ruhiger aus, nicht so angespannt. Réunion kam in Sicht, sie fuhren in einen winzigen Hafen ein. Dann ging es los.

Erst war es windstill. Die Wolken schwarz. Es wurde finster wie in der Nacht. Blitze zuckten. Ein Sturm fuhr über sie hinweg, fegte Schmutz, Papier und Unrat von der Mole. Dann kam der Regen: Senkrecht, in dicken Tropfen pladderte er laut auf das Deck. Das Wasser floss wie breite Bäche durch die Speigatten. In der Wasserwand war der gegenüberliegende Ort nicht mehr zu sehen. Clarisse und Renè sahen dem Unwetter zu.

"Sieh nur!", rief Clarisse und zeigte auf die Brecher, die über die Mole fegten. "Man kann gar nichts mehr sehen!" Gischt versperrte den Blick auf das Meer.

Das Ganze dauerte eine halbe Stunde. Dann hörte der Regen schlagartig auf, der Sturm legte sich. Das Meer wurde wieder ruhiger.

"Packst Du bitte Deine Sachen?"

"Warum, René?"

"Wir fahren von hier zum Hotel zurück. Ich hoffe unsere Eltern haben sich keine Sorgen gemacht."

Im Hotel wurden sie bereits erwartet. Lachend erzählten die alten Herrschaften von ihren Abenteuern.

Sie hatten das aufziehende Unwetter nicht kommen sehen und als der Regen losging, befanden sie sich gerade in einem Dorf, mitten auf der Insel. In letzter Sekunde rief sie ein Bauer in ihr Haus. Dennoch waren sie patschnass geworden.

Als sie hörten, dass Clarisse und René dem Unwetter in letzter Minute entgangen waren, atmeten alle auf.

"Hast Du Dich auch schön bedankt, bei Deinem Kapitän?"

"Aber Mama! Was denkst Du nur. Natürlich."

"Und dem Schiff, diesem Segelboot?", fragte Clarisse.

"Habe ich mich auch bedankt. Und bei den Matrosen und dem Dieselmotor und jedem Segel persönlich!"

"Spinner!"

FÜNF

Bin ich eine Nymphomanin? Halte ich es keinen Tag aus, ohne mit René zu schlafen?

Er war seit zwei Tagen wieder unterwegs. Hatte hoch und heilig versprochen treu zu bleiben. Ein kleiner Zweifel blieb. Sie schlief schlecht und hatte das dringende Bedürfnis nach Liebe, egal wie.

Auf dem Bildschirm leuchtete der Text einer jungen Autorin. Es war ihr Erstlingswerk. Die Sprache war klar, ohne Schnörkel, der rote Faden ging unbeirrt durch das ganze Werk, die handelnden Personen genau beschrieben und auch der Kontext und die Handlungen der Nebenakteure stimmten. Es war ein einfacher, aber sehr sinnlicher Liebesroman. An manchen Stellen aber etwas oder überhaupt pornographisch.

Clarisse starrte auf den Bildschirm. Sie hatte hier und da einen klitzekleinen Lapsus herausgearbeitet, das war alles. Wegen der pornographischen Stellen müsste sie sich mit Pierre besprechen. Es war ja sein Verlag.

Das Handy lag neben der Tastatur. Es wartete, hatte Geduld. Sie griff danach.

"Ja?"

"René, was tust Du gerade?"

"Ich sehe aus dem Fenster."

"Was siehst Du?" Sie sah René, wie er am Fenster stand. Die Hände auf den Rücken gelegt und starren Blickes auf ...

"Ein Sch...wetter. Es regnet. Der Wind fegt die Blätter auf der Straße zusammen. Alles grau. Willst Du mehr wissen?"

"Vermisst Du mich?"

"Ja, Liebste!"

"Wie?"

"Wie, wie?"

"Wie vermisst Du mich?"

"So: hmmmhmhmmmm!"

"Schön."

"Hast Du nichts zu tun?"

"Du bist gemein! Ja, ich habe zu tun."

Sie hörte, wie René am anderen Ende kicherte. "Der Roman, von der Kleinen?"

"Nein. Oh Gott! Ich wollte ja nach Thereses… Tschüss!"

"Hall…"

Therese hatte die Fortsetzung gebracht. Und den ersten Teil überarbeitet. Jetzt stimmte alles. Sie hatte einen schönen Stil, beschrieb, wenn auch an einigen Stellen langatmig, die Szene bis ins kleinste Detail. Clarisse staunte, was man alles beobachten und dann niederschreiben kann.

Ihr eigener Roman stockte. Sie kam an einer Stelle nicht mehr weiter, musste sich entscheiden, ob ein Kriminalfall daraus wird oder ein – ach, was weiß denn ich?

Sie speicherte das Manuskript der jungen Autorin und holte sich Thereses auf den Bildschirm und las:

"*Was soll ich tun?* Das Mädchen hockte zusammengekauert in einer Ecke des Zimmers, dessen Wände mit roter Seide bespannt waren. Fein eingewebte Rosengirlanden zogen sich durch die Tapete. Die Einrichtung bestand aus Art-déco-Möbeln und auch die Bilder entstammten dieser Zeit."

Clarisse sah das Zimmer vor ihrem geistigen Auge.

"Ein Bett aus weißgestrichenem Eisen dominierte die Einrichtung. Das Betttuch schneeweiß. Am Kopfende hing von der Decke eine grüne Schnur herab, mit der man das Licht im Zimmer schalten konnte. Einziger Fehler waren Zeitungsseiten, die das Licht der Nachtischlampen dämmte. Es roch alt und nach Schlafzimmer. So hatte es im Schlafzimmer der Großeltern des Mädchens gerochen. Aber etwas fehlte. Nur was?"

Therese hatte ihr kurz die Story beschrieben; Ein Mädchen sucht seinen Vater, der eines Tages verschwunden war. Ihre Mutter war bei der Geburt gestorben. Sie flieht aus dem Heim, in das sie gezwungen wurde. Auf ihrer Suche macht sie Bekanntschaften mit guten und bösen Menschen, macht Erfahrung und hat abenteuerliche Erlebnisse, bis sie endlich ihren Vater findet. Er liegt auf dem Friedhof einer Stadt in der Bretagne. War es ein natürlicher Tod oder ein Verbrechen? Daraus soll dann der zweite Roman werden. Clarisse fand, dass der Anfang vielversprechend war. Therese war ihrem Ratschlag gefolgt, zu Anfang ähnliche Erlebnisse niederzuschreiben, wie sie gehabt hatte. Natürlich künstlerisch überhöht. Aber wie sie das machte, toll!

Sie hatte Renés Eigenheit übernommen und ging gern in das Café unten im Haus. Die Serviererin hatte sich an sie gewöhnt und akzeptiert, seit sie sie regelmäßig zusammen mit René gesehen hatte. *Wahrscheinlich spuckt sie mir nicht mehr in den Kaffee.* Sie kaute an einem Croissant mit Schokoladenfüllung. Ein Café au Lait dampfte vor ihrer Nase und verbreitete einen verführerischen Duft.

Das Handy summte. René! Endlich!

"René, wie lieb, dass Du anrufst!"

Doch eine unbekannte Männerstimme fragte, "Sind Sie Clarisse Schulz?"

"Ja?" Ihr Herz begann zu rasen.

"Hören Sie, ihr Mann ist im Krankenhaus. Können sie kommen?"

"Mein Gott, ja. Wo liegt er?"

Mit quietschenden Bremsen hielt Clarisse direkt vor dem Eingang zum Krankenhaus. Sie rannte in das Entree, stürzte an den Tresen. "Wo ist er? Wo finde ich meinen Mann?"

Die Schwester sah ungeduldig auf. "Wer?" Sie sah übermüdet aus und hatte rote Augen.

Clarisse nannte Renés Namen. Umständlich suchte die Frau im Computer. "Hier! Chirurgische. Gehen sie zur Station A-Drei."

"Wo ist das?"

"Station A-Drei. Da lang und dann die Treppe in die dritte Etage."

Clarisse lief los.

Sie war so, wie sie im Café gesessen hatte zum nächsten Autoverleih gerannt. Die Serviererin hatte ihr noch den Mantel hinterhergebracht. Unruhig lief sie hin und her, bis der Mann hinter dem Schalter endlich die Papiere und Autoschlüssel herausgerückt hatte. Dann war sie in die Garage gerannt, in das Auto gesprungen und wie wild losgefahren.

Bevor sie die Treppe hochrannte, zog sie ihre high-heeles aus. Auf Strümpfen kam sie atemlos in der dritten Etage an. "A-3" stand in großen Buchstaben an der Wand. Nach rechts ging es in den OP-Bereich. "Eintritt nur für OP-Personal".

Da stand sie nun: Die Schuhe in der Hand. Ein langer Gang, hell, freundlich, Bilder. Es war still, kein Mensch zu sehen. Unsicher blickte Clarisse um sich. In dem Moment kam aus einem Seitenflur eine Schwester in einem lindgrünen Kittel auf sie zu. "M'dame Clarisse?"

"Ja?"

"Ich soll Sie zu Ihrem Mann bringen."

"Was ist mit ihm. Antworten Sie bitte, bei Gott." Dabei war Clarisse alles andere als Gläubig. Doch die Schwester schwieg eisern. Immer noch auf Strümpfen lief sie hinter ihr her. Sie bogen nach rechts, dann wieder nach links und standen vor einer Tür. Die Schwester öffnete.

Es war dämmrig. Die Jalousie vor dem Fenster war heruntergelassen und ließ wenig Licht durch. Zwei Betten standen an der linken Wand. Gleich im ersten lag er: René. Das zweite war leer. Die Schwester hielt einen Finger vor die Lippen. "Er schläft."

"Was ist mit ihm?", flüsterte Clarisse.

"Wir wissen es nicht. Er soll mitten auf der Straße gelegen haben."

Die Tür ging auf. Hinter einem Zweimetermann in einem weißen Kittel betraten noch fünf, offenbar wichtige Personen, Männer und Frauen, ebenfalls in weißen Kitteln und mit Kladden in den Händen, das Zimmer. Der Zweimetermann blieb stehen, sah sich Clarisse von oben bis unten an und lächelte. Ein sympathisches Lächeln in einem ansonsten farblosen Gesicht mit farblosen Augenbrauen, Wimpern und hellen blaugrauen Augen. "Professor Minetti, ich bin der Klinikchef hier und das", er zeigte in die Runde, "meine besten Leute. Und Sie?"

"Clarisse." Beinahe hätte sie einen Knicks gemacht.

"Guten Tag Clarisse." Er gab ihr galant einen Handkuss. Der Professor strahlte vor Selbstsicherheit und Selbstbewusstsein. "Ich gehe doch Recht in der Annahme, dass Sie die Gattin dieses Unglücklichen sind?"

Unglücklich? Was ist mit ihm?

"Was ist mit…meinem Mann? Wieso unglücklich?"

Er legte ihr seine große, weiche Hand jovial auf die Schulter. Sie war warm und hatte auf dem Handrücken blonde Härchen und Sommersprossen. "Es ist so, Clarisse. Wer in dieses Krankenhaus kommt, ist entweder angestellt oder krank. Im ersten Falle betritt er dieses Haus mehr oder weniger freiwillig, wird aber dafür gut bezahlt und sollte glücklich sein. Anderen Falls, haben wir es mit dem zweiten Personenkreis, der nicht freiwillig hier ist, zu tun. Man nennt sie Patienten, die Geduldigen oder Duldsamen. Ist das nicht ein schönes Wort? Ich nenne sie Unglückliche, denn sie erfreuen sich nicht bester Gesundheit, sonst wären sie nicht hier."

Er ging zum Bett, in dem René tief in den Kissen lag und - offenbar schlief.

Er zeigte auf René. "Dieser hier", der Professor drehte seinen Kopf zu Clarisse, "gibt uns Rätsel auf. Nicht wahr, meine Damen und Herren?" Die weiße Wolke nickte unisono. "Er ist kerngesund. Blutdruck, Herzschlag, Lunge, Blut, alle Werte vom Besten. Doch er liegt im Tiefschlaf. Es könnte eine heftige Synkope gewesen sein. Vielleicht sollte man ihn glücklich nennen. Andererseits - wenn ich mir *Sie* so ansehe…" Seine Paladine schmunzelten breit und voller Zuversicht. "Ist er ein Unglücklicher, für den Moment, denn er kann Sie nicht in seine Arme nehmen und trösten. Nun ja. Heute geht, nein rollt er ins CT. Dann sehen wir weiter."

"Und…?"

"Und Sie bleiben bei ihm, denke ich. Oder?"

"Ja."

"Wunderbar", rief der Professor. "Nach dem CT wird ihr Mann verlegt. Er ist Privatpatient hier, wissen Sie." Und rauschte davon, die weiße Wolke mitziehend. Clarisse schnupperte. *Sehr, sehr* teures Parfüm, stellte sie fest.

"Sehen Sie." Clarisse zuckte zusammen. Die Schwester stand noch im Zimmer. Sie sah auf den Turm von Messinstrumenten und Anzeigen. Diese Geräusche hatte sie vor nicht allzu langer Zeit gehört: Piep, piep. Herzschlag, Blutdruck, Puls, Atmung. "Alle Anzeigen sind normal. Keine Gefahr."

Seine Eltern! Sie hatte seine Eltern noch nicht verständigt!

Am späten Nachmittag saß sie an Renés Bett in seinem Privatzimmer. Man hatte ein zweites Bett für sie dazugestellt. Keine Maschinen, keine Messgeräte. Unter dem breiten Fenster mit Gardinen und Vorhängen stand ein

Tischchen und zwei bequeme Sessel. René atmete ruhig. Clarisse wartete auf Renés Eltern. Sie versuchte dem Manuskript von Therese zu folgen, doch es ging nicht. Immer wieder lenkten ihre Gedanken sie ab.

Das CT hatte nichts ergeben. Die Hirnfunktionen waren normal, vielleicht etwas reduziert. "Innen sieht er aus, wie es im Schulbuch steht", verkündete der Professor stolz, als habe *er* René erschaffen. Halbgott in Weiß.

"Warten wir. Haben wir Geduld. Er wacht sicher bald auf."

Clarisse erinnerte sich an einen Dialog, den sie in einem Buch aufgeschnappt hatte: Der Professor kommt ins Krankenzimmer. *Wie geht es uns?, fragt er den Patienten. Mir geht es gut, Herr Professor, und wie geht es Ihnen.* Clarisse musste schmunzeln.

"Als wenn er Winterschlaf hielte", brummte der Professor noch und schüttelte den Kopf. Leise sprach er mit seinen Assistenten, die eifrig notierten und nickten und verschwand mit ihnen im Schlepp.

Renés Eltern waren gekommen. Sie trafen sich in der Cafeteria. Die beiden alten Herrschaften waren sehr gefasst. Sie hatten mit dem Professor gesprochen; Als Kind und als Jugendlicher hatte René schon dreimal solch einen "Aussetzer". Niemand konnte erklären, woran das lag. "Das ist zentral bedingt, wissen Sie?"

Clarisse wusste nicht.

"Na, das setzt das Gehirn auf Notaus. Stress, Ärger, Aufregung. Alles Mögliche kann die Ursache sein."

Also kam René jedes Mal "frei", mit der Auflage sich genau beobachten zu lassen. Männer und sich beobachten lassen! Clarisse und auch seine Mutter lächelten mit einem Seitenblick auf Renés Vater. "Was?" fragte der mit Unschuldsmiene.

"Ich habe ihm verboten, weiterhin zu arbeiten." Renés Mutter nickte zu ihrem Mann hin. "Wir machen jetzt 'Architekturreisen'."

Sie waren in einem Hotel eingecheckt, dass noch ein Zimmer frei hatte und da sie nichts ausrichten konnten, zogen sie sich bald zurück.

"Ich habe Hunger!"

Clarisse fuhr aus dem Bett auf. "René!"

"Hallo. Wo bin ich? Clarisse? Was machst *Du* hier?"

Clarisse drückte die Ruftaste, dann warf sie sich auf René, überschüttete ihn mit Küssen und brabbelte lauter dumme Sachen, bis der Professor höchstselbst erschien.

"Wie schön!" rief er mit lauter Stimme. "Doch wenn sie so weitermachen, Clarisse, wird unser Patient ertrinken und nicht genesen. Ich darf doch mal?"

René war jetzt draußen. Man sah ihm seine Erleichterung an. Der Professor hatte ihn freigegeben, nicht gerne und unter vielfältigen Auflagen und Bedingungen. Unter anderem musste er ein Armband tragen, das wichtige Informationen an den Computer des Krankenhauses senden und bei Abweichungen Alarm geben würde. Die beiden Männer hatten miteinander geflüstert und amüsierte Seitenblicke auf Clarisse geworfen. Dann klopfte der Professor René auf die Schulter. "Keine Angst. Das löst ganz sicher keinen Alarm aus, es sei denn, Sie übertreiben oder sie…"

"Was meinte der Professor mit 'übertreiben'?"

"Äh, - Radfahren?"

"Du fährst doch gar nicht Rad!"

Er lachte und schlug sich auf die Schenkel.

"Du Schuft! Also *das*! Männer sind Schw…" Er hielt ihr einen Finger auf die Lippen. "Pst, wenn das der Professor hört."

"Der ist auch nur ein Mann."

Sie verschränkte die Arme und stiefelte los, zum Auto. Dabei fand sie die Vorstellung gar nicht einmal sooo schlecht. Und in einem zweiten Impuls konnte sie es kaum erwarten.

Das Häuschen stand nah an der Steilküste. Hier oben, an der Kante, thronte es und gestattete einen weiten Blick auf die normannische Küste. Vor hundert Jahren hatte es noch Platz gehabt, doch der stete Abbau der Küste hatte es immer näher an den Abbruch rücken lassen. Und einmal würde es vom Meer verschlungen werden. Der Blick von der Veranda über das niedliche Blumengärtchen und einer niedrigen Sanddornhecke ging direkt auf das Meer hinaus. In weiter Ferne, im Dunst, sah sie ein Containerschiff. Die Wolken hingen tief und rasten nach Osten, das schüttere Gesträuch vor dem Zaun und an der Kante der Klippe duckte sich vor dem Wind, der steif aus West blies.

René hatte sich hier "eingenistet", um in Ruhe arbeiten zu können. Das tat er öfter und hatte sich daran gewöhnt. Natürlich hatte er sie gefragt, ob sie mitkommen wolle, doch Clarisse hatte abgelehnt. "Ich habe noch eine Menge im Verlag zu tun. Vielleicht komme ich nach."

Nun, es war anders gekommen. *Auch nicht schlimm.* Clarisse brauchte nur noch ihr "Zeug" unterbringen. Es war nicht viel. Aber ihre Kleidung war für die Jahreszeit, dieses Wetter und diese Gegend ungeeignet. Im Ort in der Nähe fanden sie einen winzigen Kleiderladen. Hier staffierte Clarisse sich aus, fand passende Hosen, einen dicken Wollpullover und sogar Stiefel. "Ich brauche noch Unterwäsche!" René sah ihr neugierig zu, wie sie hinter dem

Vorhang der Kabine probierte, verwarf, anderes auswählte. Ihn interessierten weniger die Kleidungsstücke.

Das Waschzeug und die Kosmetiksachen fanden sie in einem Seifenladen über dem großartig "Parfumerie" stand. Die alte Dame, bestimmt weit über achtzig, freute sich über den seltenen Besuch aus der Stadt und dann noch aus der Nähe von Paris. Sie flitzte durch den Laden, schleppte an, was eine Frau so braucht und fragte gleichzeitig die Beiden aus.

"Ohlala, Madame! Monsieur! Als ich noch jung war, da war hier was los! Alles was man nicht durfte, auf dem Land und in der Stadt, das gabs hier: Rock 'n Roll, wilde Liebe. Hier kamen die Künstler aus Paris her und malten nackte Mädchen am Strand und *taten es* auch dort."

"Und Sie?"

"Nein, nein! Ich war nicht dabei. Ich hätte mich ja so geschämt. Jaja, damals... "

Wusch! War sie im Hinterzimmer verschwunden und kam mit einem dicken Album voller Schwarzweißbilder wieder. "Sehen Sie hier. Das bin ich. Und hier: Ich mit Jean Gabin! Gott, was für ein Mann!"

Gabin lachte und hatte Madame im Arm. "Eine Kraft hatte der. Als Schauspieler!"

Nach einer Stunde hatten sie sich losgeeist. Das Restaurant am Markt hatte bessere Zeiten gesehen. Auch hier hingen überall Fotos von berühmten Schauspielern, Musikern, Sängern. Der Wirt kam ins Schwärmen. Leider hatte er wenig Zeit, da er auch der Koch war. Aber seine M'dame übernahm den Part des Erzählers. Das tat sie gern und ausgiebig, wie Clarisse und René spüren mussten.

Die Dame seufzte leise. "Das waren noch Zeiten! Aber dann hatte die BB San Tropez entdeckt. Leider."

René sammelte sie trotzdem, die Geschichten. Er war mit seinem letzten Roman fast am Ende. Nun suchte er Stoff für einen nächsten und er hatte sich in den Kopf gesetzt, ihn in den fünfziger und sechziger Jahren spielen zu lassen. Warum nicht hier?

An den Abenden saß er bis spät in der Nacht an seinen Notizen und Manuskripten. Sondierte, sortierte. Sie lachten viel, aber es waren auch traurige Geschichten dabei und solche, von denen man nicht wusste, ob man sie überhaupt verarbeiten wollte oder durfte.

René war wieder in der Umgebung unterwegs. Clarisse genoss die Zeit allein. Pierre hatte sie in Ruhe gelassen. In seiner Mail schrieb er ihr, sie solle mal Pause machen. Wenn sie wieder wolle, solle sie kommen, es lägen ein paar Sachen bereit.

Sie hatte sich in die dicken Kissen des Sessels gekuschelt und wartete auf René. Ihre Gedanken gingen im Kreis. Sollte sie Pierre mailen, dass er Arbeit schicken sollte? Therese wartete bestimmt auch auf ihr Urteil - und ihr eigener Roman? Sie hatte ihn verworfen. Nicht in der Neuzeit sollte er spielen, sondern im späten siebzehnten Jahrhundert. Eine elegante Zeit, aber auch gefährlich.

Dann war er zurück, spät abends und todmüde. René kroch seufzend ins Bett. Sie rückte zu ihm hinüber und kuschelte sich an ihn an. Seine Finger strichen über ihren Rücken.

"Aber, du hast ja gar nichts an", flüsterte er.

"Mir war eben kalt!"

"Äh, kalt?"

"Ja, ja, kalt eben."

Ihre Hände suchten und fanden und er seufzte. Vor ihren Augen entstanden Bilder aus dem Roman der jungen Autorin und sie stellte sich vor, sie würde die junge Frau sein und er ein knackiger Bursche vom Lande. Sie kicherte in sich hinein. "Los, zieh Dich aus", flüsterte sie ihm ins Ohr und jetzt musste René kichern.

SECHS

René hielt sie fest. Von der Kante der Klippe ging es gleich senkrecht in die Tiefe. Unten rauschte die Brandung über die Felsen und prallte krachend gegen die Klippe. Die Sonne schien warm auf den Rücken. In der Ferne begegneten sich zwei Riesenschiffe. "Da, siehst Du? Der rechts, das ist ein Tanker und das an backbord ein Containerschiff."

Clarisse war nicht so sehr an Schiffen interessiert als eher an Renés Gesicht. Von der Seite sah er energischer aus. Ein Glücksgefühl durchströmte sie und sie drückte seinen Arm fest an ihre Brust. Er sah von oben auf sie herab und hob eine Augenbraue, wie Clark Gable.

Gab es so etwas wie Sinnesübertragung? Sein Blick war weich. "Wasser", flüsterte er, "Tiefes grünes Wasser. Ich liebe es."

Sie schloss die Augen.

"Schade."

"Ich will nicht, dass Du ertrinkst. Wer bringt mich dann zum Haus zurück?"

"Die zehn Meter?"

"Viel zu weit. Ohne Dich verirre ich mich und lande beim Nachbarn."

"Untersteh' Dich!"

Gestern war in das Nachbarhaus, fünfzig Meter weiter, ein uralter Mercedes vorgefahren. Dann schleppte ein Mann um die fünfzig Koffer und Taschen ins Haus. Neugierig hatten sie hinter der Gardine stehend zugesehen. Der Mann winkte als er sie sah.

Später klopfte es an der Tür. Der Mann stellte sich vor. "Gustave. Ich bin für ein paar Wochen ihr Nachbar. Und was machen sie hier, an der Steilküste?", er machte eine Diener. Er sei Maler und wolle hier das Licht des Nordens in sich aufnehmen, erzählte er. Sie baten ihn herein. Und dann erzählte er von sich und von sich und von sich … Clarisse hörte ihm aufmerksam mit offenem Mund zu, und der Gute fühlte sich geschmeichelt.

Als er wieder verschwunden war, eine und eine halbe Flasche Wein hatten sie besiegt, meinte Clarisse, "Schöner Mann…", sie blickte in das Feuer des Kamins und schwieg vielsagend.

Und René? "So…" Dann stellte er im Bad vor dem Spiegel und hatte sich lange betrachtet. "So?"

"Was für ein Licht!" Sie schraken zusammen. Ihr Nachbar stand hinter ihnen, eine Feldstaffelei unter dem Arm, einen Rucksack auf dem Rücken und einen albernen breitkrempigen Hut auf dem Kopf. "Und die Farben des Meeres!" rief er begeistert aus. Renés Blick wurde stumpf, Clarisse sah auf das Wasser. Wohl wahr, dachte sie. Grün, Blau, Grau, Weiß und darüber der blassblaue Himmel des Nordens mit seinen schnell dahinziehenden Wolken. "Ja", hauchte sie und dachte an die kräftigen, warmen Farben der Cote Azur und dem besonderem Licht.

René brummte. "Komm, wir müssen gehen." Aber Clarisse hatte noch keine Lust. Sie blieb stehen, sah weiterhin auf das Wasser. Mit einem trotzigen Ruck zog sie ihren Arm aus Renés Hand. Der stand verblüfft da. Dann drehte er sich um. "Ich geh' dann mal vor."

"Jaja", sagte Clarisse abwesend.

Nach einer Stunde saß sie auf der Veranda. "Hör mal, wie das klingt", rief sie in das Wohnzimmer. "Der Kiel des Seglers schrammte über den Kies des Strandes. Zwei Matrosen sprangen von Bord, fingen die Leinen und liefen schnell zu zwei großen Felsen, um das Schiff daran fest zu machen… Was meinst Du?"

Aus der Stube brummte René irgendetwas, dass Clarisse nicht verstand.

"Der Kapitän reichte der jungen Frau die Hand und brachte sie an die Reling. 'Ab hier muss ich Sie auf den Arm nehmen, Mademoiselle Olivia.' 'Oh ja, tun Sie das, mon Capitan', hauchte die Schöne. Sie klammerte sich am Hals des Kapitäns fest und sah ihm tief in die Augen."

Stille.

"Na, was meinst Du?"

"Na ja. Is 'n Anfang." Es klang lustlos.

"Was ist los, René?"

"Nichts, nichts."

"Doch, doch. Ich merke es doch. Du bist - sauer!"

"Bin ich nicht."

"Doch. Du bist eifersüchtig! Nur weil ich mit Gustave an der Klippe gestanden habe."

"Auf den Pinselquäler? Ich?" Er lachte sarkastisch auf. "Gustave heißt also der Kerl?"

"Er ist kein Kerl! Er ist nett und nicht so mufflig wie Du." Clarisse klappte ihr Notebook hörbar zu. "So, jetzt hast Du mir die Laune verdorben." Sie war ernsthaft verärgert.

"Iiich? Dir? Wer hat denn…?"

"Na hör mal! Seit wann ist es denn verboten mit seinem Nachbarn zu schwätzen?"

"Mit so einem Kerl allemal!" rief René. Er war aufgestanden und in die Veranda gekommen. Zum ersten Mal sah sie sein Gesicht; so ernst, so wütend!

Clarisse versteifte sich. Noch nie hatte es jemand aus ihrer nähesten Umgebung gewagt, so mit ihr zu sprechen.

"Ich will aber!" rief das Kind und stampfte mit dem Fuß auf. Dann drehte es sich so um, dass die Zöpfe flogen. Mit durchgedrücktem Rücken und geballten Fäusten ging es die Stufen nach oben in sein Zimmer. Hier warf es sich auf das gemachte Bett und heulte.

Clarisse heulte nicht, weil sie nicht ihren Willen bekommen hatte, sondern weil ihre Eltern - in Kompanie und unisono und knallhart! - ihr verboten hatten, in die Disco zu gehen. Sie war immerhin Dreizehn! Fast. Zwölfeinhalb und zwei Monate. Na und?! Trotzdem! Sie war schon erwachsen! Als wenn sie nicht auf sich... Und wieder heulte sie. "Nein", hatten beide gleichzeitig gerufen. Und aus ihren Einwand, dass ja ihre Freundinnen dürften (Was natürlich eine Lüge war), kam ein noch strikteres "Nein!"

Was sollte sie machen? Paul, der Junge aus der Klasse über ihr, würde nicht warten, das war klar. Und bei der Vorstellung, dass Paul mit einer anderen tanzen würde, flossen noch mehr Tränen. So konnte keiner mit ihr reden. So nicht! Sie war aus dem Fenster geklettert und hatte sich zur Disco geschlichen. Paul war da - mit einer anderen! Er hatte sie nicht einmal angesehen, der Mistkerl.

Lange hatte sie auf der Brücke gestanden, nach unten gesehen und die Ringe gezählt, die ihre Tränen auf dem vorbeifließenden Wasser hinterließen. Zu Hause holte sie sich die einzige Ohrfeige ihres Lebens ab. Und fand es nicht einmal ungerecht, denn sie hatte es verdient. Wie konnte sie *diesem* Paul vertrauen?

Clarisse schüttelte den Kopf, um die Erinnerung zu verjagen. Dann fuhr sie herum, drehte René den Rücken zu.

Vor verhaltener Wut hob und senkte sich ihr Busen. In den Fensterscheiben sah sie ihr Gesicht und seines. *So bist Du also?* dachte sie. *Siehst mich als Dein Eigentum an. Aber denkste! Nicht mit mir.*

Sie zwängte sich an René vorbei, ohne ihn anzusehen, schnappte sich in dem kurzen Flur die Jacke vom Haken. Draußen holte sie Luft. Mit einer kurzen Handbewegung knallte sie die Tür zu. So, nun erst recht!

René sah sie nach links gehen. Zum Nachbarn. Erst steigerte sich sein Zorn, doch dann kam er zu sich. Was war in ihn gefahren? Der ist doch keine Konkurrenz! Der doch nicht! Was mache ich nun? Das verzeiht mir Clarisse nie!

Er rannte zur Tür, erreichte die Zaunpforte. "Clarisse!" rief er, doch sie wollte ihn nicht hören. Warf den Kopf in den Nacken, dass ihre schönen Haare nur so flogen und ging steif davon. Und er hatte Herzrasen. Da stand er nun wie ein begossener Pudel. Langsam ging er ins Haus.

SIEBEN

Der Mann langweilte sie mit Schweigen. *Du heiliger Bimbam,* dachte sie. *Worauf habe ich mich bloß eingelassen?* Sie sah zu, wie er Farben mischte und auf eine Leinwand brachte. Was da im Entstehen war, ließ sich gut an. Gustave gelang es, die Farben des Nordens zu erfassen. Sie sah ihr Haus, es versetzte ihr einen Stich ins Herz, in der blassen Nachmittagssonne des Herbstes. Gustav hatte einen kräftigen, breiten Strich. Er schwieg, konzentrierte sich. Mit der rechten Hand hielt er die Palette, die linke fuhr mit einem breiten Pinsel raschelnd über die Leinwand.

Er trat zurück. Verschloss die Augen zu einem schmalen Strich.

Clarisse sah ihn im Profil von links. Gustave band seine langen und lockigen Haare mit Gummi und einem Stoffstreifen im Nacken zusammen. Die hohe Stirn ging in eine glatte Nase ohne jeden Makel über. Die kräftigen Augenbrauen waren ständig in Bewegung, ebenso, wie seine Augen. Der Mund war schmal, aber nicht hart und sein Kinn rund.

"Darf ich Sie malen, Clarisse?"

Sie überlegte. Er wollte sie bestimmt als Akt sehen - und spürte ein Kribbeln im Bauch. Nanu?

"Und wie, Gustave? Angezogen, halbnackt, nackt", fragte sie mit weicher Stimme. Und jetzt flatterten in ihrem Bauch Schmetterlinge, *René*. Das kannte sie doch!

"Wie Sie wollen. Sie sind in jeder Hinsicht eine wunderschöne Frau. *Jeder* Maler würde Sie malen wollen."

"Wunderschön? Nicht ganz?" Sie sah ihn schräg an.

"Gehen Sie zum Spiegel. Was sehen Sie?"

"Mich."

"Sehen Sie genauer hin. Mit fremden Augen."

"Warten Sie, Gustav. Ich trete mal eben einen Meter beiseite. Ja, was sehe ich denn da? Sie, Ihren Rücken!"

Er drehte sie wieder zum Spiegel. "Da! Denken Sie: Clarisse, ich bin's. Hallo!" Er winkte ihrem Spiegelbild zu.

Langsam, ganz langsam, als würde sie tatsächlich einen Meter neben sich stehen, sah sie an sich herunter. Ja, sie wars. Doch jetzt sah sie mehr. Gustave hatte Recht. Und René!

Wie sieht man sich in einem Spiegel? Sie wusste bisher nicht, was für Augen sie hatte. Andere hatten ihr geschmeichelt, René ist sogar mehrfach ertrunken darin. Doch sie hatte nur Augen gesehen, die morgens dringend Schminke benötigten, um über den Tag zu kommen. Manchmal müde, manchmal putzmunter und lustig, manchmal rot umrändert. Und das Gesicht. Die Stirn,

Augenbrauen, Nase, die Lippen, der Bogen des Kinns. Der Hals. Lang? Ja ziemlich, wenn sie 'so' machte. Sie machte 'so'. Dann die Schultern. Sie zog den Pullover über den Kopf. Jetzt! Der Busen, die Taille, die Hüfte. Der Rest versteckte sich unter einer einfachen Hose aus grobem Stoff. Sie legten den Kopf schief.

"Malen Sie mich!" forderte sie aus einer Anwandlung heraus.

"Gern, sehr gern."

"Unter der Bedingung, dass…"

"Ja?"

"Das *ich* das Bild behalte. Es ist meins, ich bezahle Sie dafür." Sie dachte an René.

"Und zwei Bilder? Eins für mich, eins für Sie, ohne Bezahlung?"

"Deal!"

"Wann wollen Sie?"

Clarisse wollte 'Morgen' sagen, doch sie entschied: "Jetzt. Sofort."

"Gut. Warten Sie einen Moment. Ich brauche neue Leinwände." Er verschwand in einem Nebenzimmer. Sie hörte ihn kramen, währenddessen sie die Kleider ablegte. Da stand sie nun nackt und bloß und hatte eine Gänsehaut und die Härchen an Armen und Beinen standen ab.

Er kam herein. Blieb stehen, sagte nichts, sah nur. Erst wie ein Mann, doch dann änderte sich sein Blick. Er komponierte, gestaltete, positionierte. Licht, Schatten, Bögen. Und sie fühlte sich nicht unwohl unter seinen taxierenden Blicken.

Gustav nahm sie an die Hand, führte sie zu einem Hocker. "Hier, setzen Sie sich."

"Wie?"

"Einfach so, wie Sie sich hinsetzen würden. Ja, so. Aha. Und sehen Sie mich an."

Er begann mit den Umrissen. Sie konnte ihn nur teilweise sehen. Mit einem feinen Pinsel zog er Linien, es kratzte und schabte. Dann nahm er seine Palette, holte einen breiteren Pinsel aus einem Etui. Stellte sich auf, sah sie sehr lange an. Seine Augen schienen jede Einzelheit ihres Körpers zu erfassen. Wieder zog eine Gänsehaut über ihren Körper, sie spürte ein leises Ziehen in der Brust.

Dann war er hinter der Staffelei verschwunden und arbeitete. Ab und zu tauchte sein Kopf auf. "Oh mein Gott", stöhnte er und verschwand wieder. *Was meinte er damit?* fragte sich Clarisse. Nach einer Stunde tat ihr der Hintern weh. "Gustav?"

"Ja?" Er kritzelte.

"Können wir eine Pause machen?"

"Oh, pardon. Natürlich. Ich mache uns einen Tee?"

"Gern." Sie sah sich um. Ein Kittel lag in der Nähe, mit Farbklecksen und ein Pullover. Den zog sie sich über den Kopf. Stand auf, ging zum Sessel. Der weiche Stoff schmeichelte ihrem nackten Hintern. Jetzt wurde sie wieder ein wenig warm, obwohl es im Zimmer nicht kalt war.

Gustave kam aus der Küche mit einem Tablett in den Händen. Er stellte eine Tasse vor Clarisse, sah dabei ihren Schoß, bekam rote Ohren und verzog sich auf seine Seite des Tisches.

"Wie ist das eigentlich?" fragte Clarisse und nippte an ihrem Tee.

"Was?"

"Wenn Sie eine nackte Frau malen. Wie ist das?"

Gustav schürzte die Lippen. "Es ist die intimste Art der Malerei, finde ich. Es geht nicht um Nacktheit, sondern das Wesen des Menschen. Es ist gleich, ob das Modell eine Frau ist oder ein Mann. Um den Maler geht es und um das Modell. Ich sehe Farben, Formen, Licht, Schattierungen. Eine Komposition. Ich sehe natürlich auch eine Frau, ihre

Reize und finde Sie wunderbar. Und ich versuche, etwas von Ihrer Persönlichkeit herauszuarbeiten. Aber dort, auf der Leinewand, sind sie nur ein Modell. Wie sagten die alten Italiener? Es ist die Suche nach der *bella figura*. Was jeder darin sieht, wenn es fertig ist und ob es gelungen ist, ist etwas Anderes."

"Verstehe." Und sie erzählte ihm, dass sie einen Roman schreibe und Eindrücke sammle und so weiter. Und in einem Nebengedanken fragte sie sich, was ist, wenn er fertig ist? Ist sie dann immer noch Modell oder mehr? Sie fragte ihn danach, als sie aufstand und dicht vor ihm stand, so dass sie sein Rasierwasser riechen konnte und Ölfarbe..

"Wollen wir weiter …?" Er starrte sie an, bis sie den Blick abwandte und sich wieder setzte.

Zufrieden mit dem ersten Ergebnis, das ihr Gustave nur unter Protest gezeigt hatte, und dem Tag überhaupt, ging sie wieder zurück zum Haus. Es war dunkel, kein Licht brannte. "René?" Schlief er schon. Ist doch erst zehn?

Die Tür war unverschlossen. Sie trat ins Haus, sah ins Wohnzimmer. Aufgeräumt, kein René. "René", rief sie. "René??" Stille. Im Schlafzimmer waren die Betten gemacht. Die Küche war sauber. Kein René! Im Kamin, das Feuer, war heruntergebrannt. Auf dem Tisch lag ein Zettel.

"Clarisse!

Ich bin dann mal weg. Muss überlegen. Wir sehen uns zu Hause. Irgendwann. R."

Clarisse las den Zettel noch einmal und noch einmal. Es war immer noch derselbe Text. Mit leerem Blick starrte sie auf das Papier. Verschwommene blaue Flecken breiteten sich aus, dort wo ihre Tränen auf das Papier getropft waren.

Sie lag noch genauso unter der Bettdecke, wie sie sich hingelegt hatte: Zusammengekauert wie ein Fötus. Clarisse hatte sich nicht bewegt. Das Kopfkissen war nass. Alles tat ihr weh, besonders die Seele, und sie tat sich vor allem selbst unendlich leid.

Müde und zerschlagen warf sie das Deckbett von sich und ging, nackt und frierend zur Dusche. Unter dem kalten Wasser, das erst langsam wärmer wurde, erwachten ihre Lebensgeister. Trotzig zuckte sie die Schultern. *Na, dann eben nicht! Ich bleibe!* Und verbrannte sich an dem jetzt kochenden Wasser die Schulter.

Pfeifend, wenn auch laut und falsch, bereitete sie sich ein Frühstück. Gustave würde warten müssen, denn sie brauchte nun mal ihre Zeit.

In der Pause zog sie sich nichts über. Gustave hatte ordentlich geheizt. So saß sie nackt, mit untergeschlagenen Beinen vor dem Meister und schlürfte aus der Teetasse. Ein Glas Cognac stand neben der Untertasse, etwas weiter entfernt die ganze Flasche.

Sie bemerkte natürlich die Blicke Gustavs. Wie er sie maß. Sie drückte die Brust etwas heraus, zog den Bauch ein, schwieg. Er räusperte sich. "Weiter?"

Sie hob das Kognakglas. "Auf gutes Gelingen. Darf ich mal sehen?" Sie zeigte mit dem Glas auf die Staffelei. "Ja klar." Sie tranken sich zu, bevor sie aufstand und zum Bild ging. Er stand jetzt dicht neben ihr, war etwa einen halben Kopf größer als sie. Sie roch wieder dieses Parfüm und Seife und Ölfarbe. Er atmete tief, sah immerzu auf ihre Brust, sie auf das Bild. Clarisse zog Luft durch die Zähne.

"Das bin ich?"

Etwas abgelenkt fragte Gustave, "Wie? Ja natürlich."

So hatte sie sich noch nie gesehen. Es war nicht die Nacktheit. Es war, was das Bild zeigte: Eine verletzliche Frau. So hatte sie gesessen? So geblickt? Sie hatte nicht bemerkt, wie René sie beschäftigte und Gustav hatte es gesehen und gemalt. Bewusst oder unbewusst? Oder hatte er nur wiedergeben, was er sowieso nur sehen konnte?

"Es ist ja noch nicht fertig. Noch ein paar…"

Sie zog seinen Kopf zu sich herunter, gab ihm einen Kuss auf die Wange. "Schön. Meisterhaft! Das nenne ich bella figura!"

Er zuckte mit den Schultern, hielt aber plötzlich ihre Hände. Sie sahen sich an. Es war ganz still, selbst das Feuer im Kamin knackte nicht mehr. "Komm", flüsterte sie.

Es war nicht die Erfüllung gewesen. Es war, das gestand sie sich ein, nur ein Ersatz. Schnell sollte es gehen. Und es sollte Rache sein. Sollte? Es hatte nicht an Gustave gelegen, dass es schnell ging, sondern an René. Was das die Rache? So, jetzt hab' ich es Dir aber gegeben?

Sie hatte Gustave gestreichelt, ihm ein Küsschen auf die Wange gedrückt und er hatte sie mit roten Ohren angesehen und nichts gesagt.

Dann hatten beide tief eingeatmet und Clarisse hatte entschieden, dass das Bild fertig wäre. Gustave bestand noch auf darauf den Hintergrund fertig zu malen.

"Nix", hatte sie gesagt. "Es ist fertig. Morgen muss ich eh' nach Hause." Und: "Machen Sie sich eine Kopie, malen Sie meinetwegen einen Hintergrund, wie und wieviel Sie wollen, dieses hier bleibt so, wie es ist."

Sie hatte ihn noch einmal umarmt und gedrückt. Und er hatte ihr ins Ohr geflüstert, dass es schön war mit ihr, obwohl er mehr auf Männer…

"Oh mein Gott!" Clarisse war, das frische Bild unter dem Arm, lachend ins Haus gelaufen, hatte alles zusammengepackt und im Auto verstaut. Dann fuhr sie zurück, nach Hause.

A C H T

Über Lannion und Neiz Vran erreicht man, immer der Küstenstraße folgend, Porspoder in der Bretagne und beinahe die äußerste Spitze Frankreichs. Dort, wo sich Atlantik und Kanal küssen. Etwas weiter westlich liegt noch die Insel Quessant, doch die ließ René außen vor. Für ihn war er hier am weitesten von V. entfernt. Porspoder ist eine lose Anhäufung von gepflegten Häuschen, vor allem neuen, die noch nicht so lange hier stehen und sich hinter Hecken verstecken.

Das Land ist flach und wird von Deichen und dem felsigen Vorland vor den Unbilden der Natur, geschützt. Die Leute hier haben seit hunderten von Jahren dem Wasser Land abgetrotzt, mit Sturmfluten gelebt, ihre Angehörigen an den Atlantik verloren. Sie sind zuerst pragmatische Menschen, die mit den Tatsachen leben. Und in zweiter Linie sind sie gläubig. Ein Widerspruch in sich?

Hinter einer hohen Hecke, die ein wenig gegen den steten Westwind schützt, steht das Haus der Familie Leguelece. René bekam das Zimmer mit Meerblick im ersten Stock. Es war einfach eingerichtet, ein Bett, ein Schrank, ein viereckiger Tisch mit zwei harten Stühlen. Ein Bild von Vincent van Gogh. Dieses, wo ihm ein Ohr fehlte. Das Bad war auf der anderen Seite des Flures. Zum Arbeiten konnte er auf eine gemütliche, überdachte verglaste Terrasse ausweichen, die Küche, wann immer er sie brauchte, benutzen. Die Familie wohnte nur ganz selten hier draußen. Sie hatten einen Hof weiter im Hinterland. Hier kam sie nur her, wenn der Mann zum Fischen aufs Meer wollte, wie überhaupt der größte Teil der Häuser wohl Ferienhäuser waren.

Heute stand er direkt am Ufer und beobachtete das Meer. Der stete Westwind zauste ihm die Haare, das Meer rauschte und versuchte, sich in das Land zu schneiden. Doch der Boden war sicherer Fels. Da hatte es viel zu tun!

Was mache ich eigentlich noch hier, fragte er sich. Im Wesentlichen waren die Studien abgeschlossen. Den Rest kann ich auch nachlesen. Die Menschen, na ja, verschlossen, ist wohl die harmloseste Charakterisierung. Man musste schon dazugehören, um tiefer in sie einzudringen. Selbst die Leguelecs, die er noch von früher kannte, waren so verschlossen. Er hatte geglaubt, weit genug vom Clarisse zu sein, um "Abstand" zu bekommen. Er hatte er sich geirrt! Er wusste jetzt, dass es gleich war, wo er sich versteckte. Ob zwei Meter nebenan im Arbeitszimmer oder mehr als fünfhundert Kilometer von V. entfernt, sie würde immer in seiner Nähe sein. Dazu musste sie nicht physisch anwesend sein. Es genügte ein einziger Gedanke, ein Bild, der Klang eines schnellen Schrittes oder ein bestimmter Duft. Außerdem hatte er genug vom Spätherbst in Nordfrankreich.

Er packte die Sachen (viel hatte er nicht mitgenommen), rief die Vermieter an, sagte, dass er abreisen würde und fuhr los.

Die A13 war mal wieder verstopft. Das Navi empfahl vor der nächsten Mautstation abzufahren und einen anderen Weg zu nehmen. Also bog er ab und "trödelte" über die Departementstraßen. René wunderte sich, dass ihm die Gegend bekannt vorkam. Also hatte er sie schon einmal gesehen. Genau! Jetzt erinnerte er sich. Zufälle gibt es! Hier wohnt doch die junge Bäuerin, die keine sein will. Jedenfalls nicht so richtig. Ob er sie kurz besucht? Warum nicht?

Er bog in die Straße aus Kopfsteinpflaster ein, fand sofort die Zufahrt zu Margas Hof. Eine Angestellte bat ihn, zu warten, Madame käme gleich wieder. Er solle solange im Salon warten. *Madame! Wie süß.*

Sie kam nach einer Stunde, und erkannte seinen Wagen. Den Mini parkte sie genau neben seinen Mustang.

"Nanu, was verschafft mir die Ehre?" fragte sie.

"Der Zufall. Ich kam hier vorbei, wirklich, und da dachte ich, dass ich bei Ihnen kurz vorbeischaue. Sie können mich auch wieder wegschicken."

"Kommt nicht in Frage. Nicht um diese Zeit." Sie stellte sich auf die Zehenspitzen und gab ihm einen Kuss. "Kleine Jungens müssten längst im Bett sein." Mit ihren warmen Händen streichelte sie seine Brust.

Renés Herz schlug schon wieder bis in den Hals. Wie damals, dachte er und zog sie fest an sich. "Und kleine Mädchen?"

Sie nickte. "Auch. Kommen später nach."

Er beugte sich zu ihr herunter. "Oh, Sie duften so gut", sagte er und schnupperte an ihrem Hals.

"Ja, nicht? Etwas Pferd, dazu ein ganzer Rinderstall und bei den Schweinen war ich auch."

Er hob einen Finger: "Das ist die interessanteste Note im Abgang. Schweinisch. Hm."

"Willst Du was essen? Es ist noch was vom Abendessen übrig. Wenn Du nicht unbedingt auf vier Michelin Wert legst."

Marga saß ihm gegenüber. Jetzt duftete Marga frisch nach Seife und ihrem etwas süßem Parfüm und hatte wieder das luftige Kleid angelegt, das sie bei ihrem ersten Zusammentreffen getragen hatte. Sie stützte den Kopf in die Hände und sah ihn gespannt an. "Erzähl. Was gibt es Neues?"

Er schaufelte wirklich hungrig das Essen in sich hinein. Es gab Schweinehaschee mit Gemüse und Kartoffeln. "Miff fommem Mumb?"

"Klar doch. Wir haben wenig Zeit."

"Ohlala. Was heißt *das* denn?"

"Was es auch immer heißt - Bilde Dir ja nichts ein!"

Das hatte er doch schon gehört. Nachdem er mit Carleen geschlafen hatte. Er wedelte mit dem Messer in der Luft, schluckte. "Mach ich nicht. Niemals."

"Wer's glaubt. Ihr Männer bildet euch doch immer was ein."

Er erzählte vom Haus am Meer, von der Bretagne, von seinen vergeblichen Versuchen mit seinem Roman weiterzukommen. Und dass nur Bruchteile entstanden sind, die er dringend sortieren müsse und so weiter.

"Liebeskummer?"

Er schüttelte heftig den Kopf. Und dachte die ganze Zeit an Clarisse.

Marga lächelte zuckersüß. Sie glaubte ihm kein Wort. Stattdessen: "Aber das ist doch gut." Natürlich meinte sie den Liebekummer. "Aus Bruchteilen kann man doch etwas zusammenfügen. Ein Ganzes." Marga stand auf. "Ich hole uns noch eine Flasche Wein. Setz Dich mal schon in den Sessel. Ich muss ja auch noch duschen, so, wie ich rieche!"

"Aber, ich dachte Du hättest schon ..."

"Das war nur frischmachen. Jetzt muss noch der ganze Dreck 'runter." Sie drehte sich kokett um. "Oder willst Du mich begleiten?"

"Klar will ich das." Und er ging hinterher.

Im Bad, diesem mittelgroßen Saal, in dessen Mitte jetzt auch eine riesige Wanne stand, erwarte Marga ihn. Er stand jetzt dicht vor ihr. Sie war schon nackt und roch tatsächlich nach Stall. Und Marga schnupperte an ihm. "Du riechst auch nach …"

"… dem besonderen Männerduft, meine Liebe. Auto, Öl, Whiskey."

"Ich nenne es Schweiß und – lassen wir das – ja, Automief ist auch dabei." Sie zog ihm das Jackett über die Schultern. "Aber Whiskey. Ich habe keinen."

"Ist nur eine Metapher." Den Rest besorgte er selbst und warf die Sachen auf einen Hocker. Währenddessen wartete sie still lächelnd mit verschränkten Armen, beobachtete ihn und wippte mit einem Fuß. "Fertig?"

"Fertig!"

Marga zeigte mit dem Daumen hinter sich. "Dusche, dort." Doch sie sprach nicht mehr so burschikos. Ihr Blick irrte über seinen Körper. Um abzulenken, fragte sie: "Ich denke, die sonst Dich nackt auf Deiner Terrasse?"

"Ich komme eben aus der Bretagne und …"

"Das kannst Du mir später erzählen." Sie schob René mit beiden Armen zur Dusche und drehte an den Wasserhähnen. Und René stand daneben und wusste nicht, ob es richtig war, was er hier tat. Clarisse.

"Kannst Du mir den Rücken…?" fragte sie ihn und hielt eine Bürste über ihre Schulter.

René war abgelenkt. Er war versunken in der Betrachtung von Margas Figur. Sie war beinahe genauso schlank wie Clarisses. Vielleicht etwas muskulöser. Kein Wunder. Und besaß eine Winzigkeit mehr an Busen.

"Hallo?"

Er schrak auf. "Gern, aber kann ich da nicht bestraft werden?"

"Wieso? Weil Du mir den Rücken bürstest?"

"Wegen des Folterinstruments, das Du mir in die Hand gedrückt hast. Das ist doch keine Bürste. Das ist eine Forke!"

"Mach nur."

Also legte er los. Vorsichtig zuerst.

"Stärker", forderte sie. Er drückte stärker. "Ja, das ist schön!" Sie stöhnte und bückte sich ein wenig mehr. Die Berührung mit ihrem Hintern machte ihn unruhig und er spürte eine gewisse Reaktion.

"Los, hab Dich nicht so. Mach es endlich. Oder soll ich selber?"

"Gern, mach es Dir selber", sagte er anzüglich und hielt ihr die Bürste hin. Sie schoss herum. Sah ihn lange an. Sehr lange. Zu lange. So lange, bis sich ihre Lippen fanden und ihre Hände begannen zu suchen.

Krähen Hähne auch im Herbst? Ja. Es war nicht der Wecker. Es war ein Hahn. Er allein. *Glücklicher Hahn. Schätze man hatte seine Konkurrenz inzwischen geschlachtet.*

Marga war schon arbeiten. Auf dem Land steht man halt früh auf. Sie hatte auf dem Nachttisch ein Zettel hinterlassen.

"Hallo R., wenn Du mal wieder vorbeikommst, schau doch einfach 'rein. Es war wieder schön mit Dir, nur zu kurz. Und diesmal hast Du nicht nach dieser Clarissa-Dingsbums gerufen. Na, geht doch!

Gute Reise, mein Lieber.

M.

P.S.

Bilde Dir bloß nichts darauf ein."

Er hätte ihr doch nichts davon erzählen dürfen.

Die Einfahrt zum Haus seiner Eltern stand offen. Mit einem eleganten Schwung kurvte er vor die Haustür. Staub stieg auf.

Niemand empfing ihn. Er klingelte. Nach langer Zeit hörte er leichte Schritte. Die Tür öffnete sich einen Spalt. Mutter.

"Hallo, ist was …"

Sie zog ihn ins Haus. "Papa ist krank. Es geht ihm nicht gut."

"Warum hast Du nicht angerufen oder gemailt?"

"Habe ich doch."

"Äh?" Er zog das Handy aus der Tasche. Nichts! "Etwa aufs Festnetz?"

"Natürlich, René."

Sie waren indes oben, im elterlichen Schlafzimmer, angelangt. Sein Vater lag im Bett. Blass, mit spitzer Nase. Atmete flach.

"René. Wie schön, dass Du doch noch hergefunden hast. Wie geht es Clarisse?"

"Wie geht es Dir. Was hast Du?"

"Eine lateinische Krankheit mit vielen, vielen Worten. Die Ärzte labern lateinisch, in der Hoffnung ich würde es nicht verstehen. Pech. Ich kann ja Latein."

"Und?"

"Herz, Kreislauf, alles zusammen. Sie haben mich ins Bett verfrachtet, die Ignoranten und geben mir Medikamente, von denen ich mit Sicherheit *nicht* genese."

"Siehst Du, wie krank Dein Vater ist? Er redet lauter wirres Zeug." Im Beisein ihres Mannes war Mutter die starke Frau. Unten hatte sie anders ausgesehen. Besorgter, mit wenig Hoffnung.

Aus dem Deckbett tauchte eine weiße Hand auf. Deutlich waren die Adern auf dem Handrücken zu sehen. Sie gehörte seinem Vater. Er wedelte mit dieser weißen Hand. "Schafft mir die Halbgötter in Weiß vom Hals und schon werde ich gesund!"

"Komm, lassen wir den Querkopf allein. Einen Kaffee?"

"Mir auch", rief es aus dem Bett. Nur nicht mehr so burschikos. Und: "Wo steckt Clarisse?"

"Der alte Mann hat sich tatsächlich in Deine Freundin verliebt", sagte Mutter und schloss leise die Tür. Im

Wohnzimmer nahm René die Hand seiner Mutter und hielt sie fest. "Was ist wirklich mit ihm?"

"Er hatte einen Infarkt. Lag am Boden, vor seinem geliebten Zeichenbrett. Der Notarzt wollte ihn gleich ins Krankenhaus verfrachten. Aber Du kennst ja Deinen Vater. Nix!"

"Und Du?"

"Vielleicht ist es besser so. Ich würde mir ewig Vorwürfe machen. Und, um ehrlich zu sein, hier habe ich ihn unter Kontrolle. Ausserdem der weite weg ins Krankenhaus." Sie schüttelte entschieden den Kopf. Dann schwiegen sie, Betrachteten den Boden, als wenn im Teppichmuster die Lösung stehen würde.

"Ich bin froh, dass Du gekommen bist. Ich hatte mir Sorgen gemacht, weil Du Dich so lange nicht gemeldet hattest."

"Du hast Recht. Ich war so mit mir selbst beschäftigt…"

"Clarisse?"

"Auch. Ja. Der Roman. Es hakt. Ich komme nicht so recht weiter. Naja, und Clarisse… Wir haben uns zerstritten."

"Zerstritten? So hart?"

"Gestritten? Ja, gestritten. Ich bin dann einfach abgehauen."

"Tststs."

N E U N

Es roch unbewohnt. Wie wenn lange kein Mensch mehr in der Wohnung gewesen war. Clarisse lief die Treppe hinauf zur Terrasse und öffnete alle Schiebefenster. Frische, kalte Herbstluft strömte in die Wohnung.

Ihr Bild stellte sie an eine Wand des Wohnzimmers wo noch Platz war und René es gleich sehen konnte. Nicht weil sie exhibitionistisch oder nymphomanisch war, sondern weil es ein Meisterwerk war, weil SIE es war und weil es hier in diesen Raum passte und hier sein musste. Oder doch besser im Schlafzimmer? Sie hielt den Kopf schräg. Ach was, soll René entscheiden.

Sie schaltete ihre Computer ein und während diese anliefen, kochte sie sich einen starken Kaffee.

Ihr Schreibtisch war aufgeräumt, wie immer. Sie öffnete Outlook. Pling! Zweihundert Nachrichten. Pierre hatte sich gemeldet, als sie unterwegs war: "Hab was für Dich. Alles Liebe P." *Fein, ich brauche Arbeit!* Therese: "Liebe! Wie sieht es aus? Kann ich so weitermachen?" *Aber unbedingt!* Louise? Louise, die Frau des dicken Bauunternehmers aus Frejus: "Hallo Clarisse, ich bin am Freitag in Paris. Können wir uns sehen? Es gibt viel zu erzählen." Freitag? Das war übermorgen. *"Ja, komm bitte in die Rue Antibes. Wir treffen uns unten im Café. Oder ruf mich besser an, damit wir uns nicht verfehlen. Ich freue mich ja so! C."*

Sie rief Therese an. "Therese! Entschuldigung. Ich war unterwegs im Norden - Dein Roman? Es wird. Du hast Dich an alles gehalten - Ja, die Hauptfiguren sind sehr schön gezeichnet. Halte Dich nicht - Wie? - Genau das meinte ich eben. Halte Dich nicht an zu kleinen Details auf - Schicke es her. Meine Bemerkungen gehen gleich an Dich ab. Küsschen!" Sie legte auf. Pierre? Auf morgen vertagt.

René? Nichts.

Sie schaltete den Anrufbeantworter ein. Pierre: wollte gerne mit René sprechen, Pierre: wollte gerne mit René sprechen, Renés Mutter: Vater hatte einen Infarkt. Kannst Du kommen?

Oh. Ich muss ihn anrufen! Wenn er noch nicht...

Sie wählte seine Handynummer. Die Anrufbox. "Ja, Clarisse. Ich weiß nicht, ob Du bei Deinen Eltern bist. Deine Mu... Hallo?"

"Clarisse?"

"René?"

Stille. Sie hörte ihn atmen.

"Clarisse. Kannst Du herkommen?"

Sie schrie fast: "Ja, ja, ich komme. Lieber..." Er hatte aufgelegt. *So schlimm?*

Sie wartete voller Unruhe, trommelte mit den Fingern auf dem Lenkrad. Drückte noch einmal die Ruftaste. Auf dem Display leuchtete Madams Gesicht auf. "Ja?"

"Ich bin's, Clarisse."

"Oh, komm herein."

Das Tor öffnete sich widerlich langsam. Clarisse gab Gas.

Sie sprang aus dem Auto und stürmte die wenigen Stufen hinauf zur offenstehenden Haustür.

"Madame? René?"

"Komm hoch, Clarisse. Wir sind oben." René stand am Geländer. Er hielt sich mit beiden Händen daran fest. Beobachtete Clarisse, wie sie die Treppen hochstieg. Dann standen sie sich gegenüber.

M'dame lugte aus dem Schlafzimmer. *Nun macht schon*, dachte sie.

"Clarisse", flüsterte er. Clarisse warf sich ihm um den Hals und er um ihren. Und sie heulte! Doch dann löste sie sich von ihm.

"Dein Vater. Wo ist er? Was ist mit ihm?" Sie wischte die Tränen beiseite und verbreitete die Augenschminke auf Wangen und Nase.

"Mir geht es bestens, Clarisse!" rief es schwach aus dem Schlafzimmer. Sie lief hinein, blieb wie angewurzelt stehen. Dieser verdammte Geruch nach Krankheit!

Renés Vater lag tief in den Kissen versunken. Sie erkannte ihn fast nicht mehr. Spitze Nase, blass, eingefallene Wangen, blaue Lippen. Es roch nach Kampfer. Wie bei Pierres Frau, dachte sie. Fehlt nur noch dieser Piepsturm.

Clarisse setzte sich behutsam auf die Bettkante, nahm vorsichtig die weiße, schmale Hand und drückte sie sacht. Renés Papa! Da lag er und sah sie an und sie wusste nicht, wo sie hinsehen und was sie sagen und tun sollte. "Das war doch nicht nötig", schmunzelte er schwach.

"Was?"

"Sie sind eine schöne Frau, warum verkleiden Sie sich als Clown, wenn Sie mich besuchen?", flüsterte es aus den Kissen. Er machte eine schwache Bewegung mit der rechten Hand um seine Augen. Clarisse verstand und musste unter Tränen lächeln. "Na, na. War nicht so gemeint. Schöne Frauen dürfen nicht weinen." Das fremde Gesicht lächelte. "Meine Frau weint auch nicht." Ein schöneres Kompliment konnte es nicht geben. "Sie ist eine starke Frau, sonst wäre ich nie Architekt geworden."

Renés Mama streichelte die Wange ihres Mannes.

"Es ist Herbst, nicht wahr?" fragte Renés Vater. Er sah zum offenen Fenster. "Ich hätte sie größer bauen sollen."

"Was meinst Du?"

"Die Fenster." Er sah zur Zimmerdecke. "Herbst …"

"Ja...?"

"Da sterben die meisten Leute, wissen Sie. Und im Februar. Eine schlechte Zeit für Krankheiten und alte Leute."

"So ein Unsinn. Sie sterben doch nicht. Denken Sie daran, dass wir noch quer durch Afrika wollen, im nächsten Jahr." Sie gab sich stark und Renés Mutter lächelte versonnen. Clarisse drehte sich um. René in lehnte am Türrahmen. Er hatte die Hände zu Fäusten geballt. Sein Blick ging in die Leere. Was sah er? Oder, was sieht er nicht?

"Darf ich?" sie deutete mit den Augen auf René. "Aber natürlich, meine Liebe." Seine Hand streichelte die ihre. "Gehen Sie. Was wollen Sie am Bett eines alten Zausels? Gehen Sie!"

Sie gingen Hand in Hand die Treppe hinunter. Im Wohnzimmer setzten sie sich auf das Sofa. "Es sieht nicht gut aus", begann René.

Seit einer Woche wohnte Clarisse in Renés Elternhaus. Sie hatten sich, soweit es ging, häuslich eingerichtet. Tagsüber schrieben sie an ihren Büchern oder Clarisse bearbeitete und überarbeitete Manuskripte. Renés Vater verfiel von Tag zu Tag. Es war, wie wenn eine Kerze immer kleiner wird und dann langsam verlischt. Clarisse hatte das Gefühl, als wenn Renés Vater immer durchsichtiger wurde. Und sie wusste, dass er darauf vorbereitet war. Gefasst erwartete er die Stunde, den Moment. Er machte seine üblichen Scherze, schimpfte auf die Ärzte - wenn sie nicht mehr im Hause waren - machte seiner Frau Avancen und ein Kompliment nach dem andern. Sie gab ihm Küsse und meinte eines Tages: "Nun ist es aber gut. Du weißt, dass Du Dich nicht aufregen sollst!"

"Ich will aber", tönte es aus dem Kissenberg.

Clarisse hatte Luise abgesagt aber ihre Verabredung beibehalten, bis alles hier geklärt sein wird. ´Geklärt´, dachte sie. Was für ein Wort. Luise war enttäuscht, doch sie hatte verstanden. "Wir sehen uns, Clarisse. Ich mag Dich. Und außerdem", fügte sie lachend hinzu, "lebe ich ja in Paris. Sie können mir nicht entwischen!"

Am Sonntagmorgen stand Renés Mutter in der Tür. Sie hatte geweint und allen war klar, warum. "Heute Nacht…", sagte sie, "Ganz still. Er hat einfach aufgehört zu atmen."

Clarisse hatte sich mit Luise getroffen und René vorgestellt. "Vorsicht, Clarisse", hatte Luise geflüstert, "dass ich Dir den Mann nicht abnehme. Hast Du ein Glück!" Zwischen Ihnen war ein herzliches Verhältnis entstanden. Luise schien jetzt selbstsicher, locker. Sie war amüsant und voller Geschichten. Ganz anders als damals in Frejus.

Ob ihr Mann sich denn nun geändert habe?

"Der?" Sie lachte sarkastisch. "Eher blühen Orangenbäume am Nordpol!", hatte sie ausgerufen.

"Dann wollt ihr euch scheiden lassen?"

"Nein, bloß nicht! Warum sollten wir?"

"Na, um genügend Rechtsanwälte zu beschäftigen!" lachte René und Luise musste einen darauf trinken.

"Nein, im Ernst." Sie hustete, denn der Cognac war ein wenig stark, "Mein Mann ist, wie er ist. Soll er doch! Ich lebe jetzt in meinem geliebten Paris, mache meine geliebte Arbeit. Ich lebe wieder. Und vielleicht liebe ich auch wieder."

"Und ihr spart euch beide viel Geld", setzte René fort. Luise nickte dazu.

"Ihr glaubt es nicht" Luise machte es spannend. "Jetzt schreibt er mir jeden Tag eine Mail. Was er so tut. Wen er kennengelernt hat. Wie es mit den Firmen läuft. Alles Dinge, über die er mit mir nie gesprochen hat. Könnt ihr euch das vorstellen?"

"Nee!? Und seine Geliebten?"

Luise lächelte. "Geliebte? Ich bitte euch." Sie ließ offen, was sie wirklich darüber dachte, denn ein bitterer Unterton klang mit.

Die zweite Beisetzung in einem Jahr, dachte Clarisse. Es reicht! Die Trauerrede hielt der ehemalige Sozius. Es war die schönste Trauerrede, die Clarisse bisher gehört hatte. Sie zeugte von großer Hochachtung und Verbundenheit. "Er war ein Mann mit unglaublicher Fantasie und großem Ideenreichtum. Ein großer Künstler und Ingenieur. Er konnte aus ein paar Strichen, aus ein paar wenigen Fixpunkten eine ganze Stadt entwickeln. Als er ging, entstand ein Riesenloch. Doch er konnte es immer wieder stopfen… … seine ganz große Liebe galt seiner Frau und seinem Sohn. Es gab keinen Tag, an der er nicht an sie dachte, sich nicht um sie sorgte…"

ZEHN

René blieb in der Schlafzimmertür stehen. Er hielt das Bild von Clarisse in den Händen. "Von Gustave?" fragte er.
"Ja."
"Darf ich?" Er hielt das Bild gegen eine Wand. "Hier?"
"Warum dort?" fragte sie.
"Hier sehe ich Dich, wenn ich einschlafe und wenn ich wieder aufwache."
Sie gab ihm einen langen Kuss. "Ich möchte auch von Dir ein Bild."
"Aber nicht von diesem Gustave!"
"Lieber nicht. Der steht nämlich auf Männer."
René schlug sich vor die Stirn. "Ich Trottel. Habe ich das nicht gesehen?"

Sie hockte auf ihrer Bettseite, sah ihn schräg an. Als sie Luft holte, um etwas zu sagen, fiel er sofort ein, "Schon gut, schon gut! Ich weiß was Du sagen willst."

"Nein, weißt Du nicht. Ich wollte sagen, Du warst so süüüüß eifersüchtig."

"Hattest Du keine Angst, dass ich Dir weglaufe?"

"Nö. Ich kann ja auch nicht von Dir weglaufen.."

"Aber ich war sauer auf Dich." Er stellte das Bild auf den Boden. Dann lehnte er sich über das Bett. "Entschuldige, das war blöd."

"Vielleicht gehört das dazu, weißt Du. Ich auch." Sie küssten sich lange.

"Genug." René stand auf, holte Hammer und Nagel. Lange entbrannte ein Streit, wo das Bild am besten hinge. Es ging um fünf Zentimeter! Dann saßen sie davor und waren unendlich stolz. "Ich habe meine Frau in nackt", sagte er.

"Genügt es Dir nicht in live?"

"Niemals. Denn wenn Du nicht hier bist, bist Du immer bei mir."

Clarisse runzelte die Stirn. Den Satz musste sie erst analysieren. "Dann will ich meinen Mann auch in nackt."

"Kriegst Du. Ich kenne da eine Malerin…"

"Ich meinte, jetzt!" Verwirrt sah er sie an. Dann schlug er sich zum zweiten Mal an diesem Tag vor die Stirn.

Pierre umarmte Clarisse. "Ich freue mich, Dich zu sehen. Gut siehst Du aus. Sehr gut." Er empfing Clarisse am Eingang, nickte heftig, um diese Aussage zu bestätigen und gab ihr einen kleinen Kuss auf die Wange. "Wie geht's, wie stehts? Komm, wir gehen in Dein Büro."

Therese kam herein. "Wollt ihr was trinken?" Sie bückte sich, schob eine leere Vase an den Rand des Couchtisches. Und hatte wieder diese Bluse mit dem breiten und tiefen

Ausschnitt an und keinen BH darunter. Ein Küsschen rechts, eins links. Clarisse blickte irritiert zur Seite.

"Kaffee?", fragte Theres unschuldig.

"Ja, gerne." Clarisse wandte sich Pierre zu. "Was soll ich sagen. Es geht."

"Das klingt irgendwie… na ja, wie eine Schreibblockade."

"Nicht ganz. Ich werde meinen Papa wohl erst richtig unter die Erde bringen müssen."

Pierre nickte. "Es ist noch zu frisch, nicht wahr?"

Sie schwiegen, bis der Kaffee serviert war.

"Übrigens, wie ist's. Ich gebe eine Party zu Ehren meiner Frau. Wie versprochen."

"Ja?"

"Kommst Du? Und René?"

"Zu Ehren Deiner Frau. Ja, klar."

Er langte unter seinen Schreibtisch, holte einen Packen Papier vor und knallte ihn auf die Tischplatte.

"Was ist das?"

"Arbeit. Ein Manuskript."

"??"

"Weiß nicht. Weiß nicht, ob das was für Dich ist…?"

"Männerfantasien?"

"Eher Frauenfantasien."

"Doch nicht ein Porno?"

"Um Gottes…nein. Ein Liebesroman. Aber merkwürdig. Die Sprache, Diktion, Satzbau. Sprunghaft und trotzdem versteht man, worum es geht. Oder glaubt zu verstehen. Vielleicht ist es das, was man *modern* nennt."

"Gib her."

René hatte tatsächlich eine Malerin gefunden, die auch bereit war, zu einem angemessenen Preis ein Bild von ihm zu malen. Sie hieß Cloé und lebte in Paris. Er hatte ihr ein Foto von Clarisses Bild mitgebracht. Sie sah lange auf das

Foto. Als sie ihn ansah, hatte sie große Pupillen. "Stell sie mir vor", hauchte sie.

Bestimmt nicht! Ich sehe doch, was Du willst.

Clarisse hatte dennoch gefordert bei den Sitzungen zugegen zu sein, obwohl René sie vorgewarnt hatte. So saß sie mit ihrem Notebook bewaffnet im Atelier der Dame, und passte auf wie eine Gouvernante auf ihre Schutzbefohlenen. Ein erster Rundgang hatte ihr nicht beweisen können, dass Cloè, die Malerin, was konnte. Für Clarisse war das, was sie an den Wänden hängen und stehen sah, Sachen fürs Museum oder Klo.

Sie saß so, dass sie Cloè und René im Auge hatte. *Eifersucht? Ich doch nicht. Aber dieser Windhund René ...!* Cloe hatte lange an René herumgeschoben, gebogen und gebaut. Dann gab sie auf. "Setz Dich einfach hin, wie es Dir gefällt", hatte sie resigniert. Und da saß er nun. Lässig auf einem Stuhl. Nackt, die Beine leicht gespreizt. *Na, das habe ich nicht gemacht,* dachte sie gereizt. *Aber Frauen machen das ja sowieso nur wenn...* An den Füßen des Stuhles lehnten Bücher, ein Stift lag auf dem Boden. Renés Arm hing lässig über der Lehne gelegt, die andere lag auf dem Oberschenkel.

"Ja! So! Bleib genauso!", rief Cloè mit einem Seitenblick zu Clarisse. Die tat so, als wenn sie das nichts anginge. Cloè stellte sich hinter Clarisse, beugte sich herunter, bis ihr Kopf mit Clarisses auf gleicher Höhe war. "Was meinst Du?", fragte sie mit tiefer Stimme. Sie berührte mit ihrem Kopf Clarisses.

Clarisse schluckte, "Hm ja…" Sie hatte ein komisches Gefühl. Cloè, so weich.

Cloé räusperte sich. "An die Arbeit!"

Ihr Strich ähnelte dem Gustaves. Nicht ganz so breit. Sie war Rechtshänder. Während Gustavs Strich von links oben verlief, war Cloé eher waagerecht. Die Farben trug sie pastoser auf. Cloè arbeitete schnell. Nur wenige Blicke, und sie hatte die Umrisse Renès erfasst. Aber anders als Gustave entstand erst der Hintergrund: Die Andeutung eine Raumes im Dämmerlicht, schattenhaft Bücheregale. Ein Lichtstrahl verlief von recht oben nach links unten.

Dann arbeitete sie René aus. Clarisse klopfte das Herz heftiger. Das also ist René? So anders als sie ihn sah. Was erkannte Cloé in diesem Mann? Was bedeutet die Bücher am Fuß des Stuhles? Und der auf dem Boden liegende Stift?

Und was sehe ich?

Zum Abend gingen sie eine Querstraße weiter in ein kleines Restaurant. Cloè sagte, sie kenne den Koch, er sei ein ganz besonderer. Der gemütliche Raum war mit einfachen Möbeln ausstaffiert. Kein Schnickschnack. Eher wie eine Galerie mit Gastronomie. Ölbilder, Aquarelle, Grafiken verdeckten die graue Farbe der Wände. Plakate hingen dazwischen, Autografien, Blätter mit Gedichten und auch Prosa. Ein altes Regals voller Bücher stand mittig an einer Wand.

Es war rappelvoll. Gerade verließen Gäste das Restaurant, so dass sie einen Tisch am Fenster ergatterten. Cloè spielte die Gastgeberin. Sie empfahl Schweinehaschee mit Gemüse und Bandnudeln. Obwohl Clarisse bei dem Wort Haschee zusammenzuckte, war sie doch mutig genug die Empfehlung zu probieren.

Scheinbar war Cloè hier bekannt wie ein bunter Hund. Alleweil kamen Leute an ihren Tisch. Bussi hier, Bussi da. Ah Cloè! Wann stellst Du wieder aus? Wo warst Du denn die ganze Zeit…?

"Tut mir leid, Leute, aber in der Gegend wohnen fast nur Künstler. Maler, Grafiker, Dichter", sie sah René an, "Schriftsteller. Bekannte, weniger bekannte und ganz arme

Schweine." Sie winkte ab. "Mancher von denen ist *so* gut, kann sich aber nicht verkaufen. So ist das eben."

"Und mit dem Galeristen schlafen?" spöttelte Renè.

"Wenn Du einen weiblichen kennst."

"Oh."

Das habe ich mir gedacht, bei Clarisse läuteten die Alarmglocken. *So wie sie mich ansieht und vorhin ihren Kopf an mich gelehnt hatte...Aber süß ist sie. Nicht so aufgetakelt. Eine voll und ganz natürliche Frau. Gut gebaut, wobei* – sie wackelte mit dem Kopf und schob den Gedanken beiseite. *Das hatten wir doch schon.*

Das Essen wurde serviert, sie aßen schweigend.

"Sag mal, Cloè, läuft denn da irgendeine Ausstellung von Dir?" fragte Clarisse.

"Zurzeit bei Margot, Galerie Margot, gleich hier ein paar Ecken weiter. Willst Du Dir was ansehen?"

Das ist eine gute Idee! Nicht, dass Clarisse sich langweilte. Aber sie wollte die Spannung erhöhen, bis sie das fertige Werk zu sehen bekam. Um René musste sie sich ja jetzt keine Sorgen mehr machen. "Gerne. Morgen. Dann malt man schön und ich gehe in die Galerie." Sie ließ sich den Weg beschreiben.

Die Galerie Margot hatte sich voll und ganz den Künstlerinnen verschrieben. Clarisse sah durch die Schaufensterscheiben. Interessant. Ein Gong ging, als Clarisse eintrat. Madame Margot kam aus dem Hinterzimmer, um Clarisse zu begrüßen. Vielleicht roch sie ein Geschäft.

"Madame?"

"Ist das alles von Cloè?"

"Sie kennen sie? Ja? Oh, sie ist eine begnadete Künstlerin!" schwärmte Margot. "Hier, sehen Sie! Das absolut Neueste von Cloè"

Clarisse sah eine graue Fläche. Clarisse beugte sich zum Preisschild. Uff! Dreitausend!

"*Das Grau*! Wie es erst flimmert, in rot und grün, blau und orange, und dann übergeht in die neutralste aller Farben: Grau", rief M'dame Margot begeistert.

"Aha" Clarisse kniff die Augen zusammen, trat zurück, öffnete sie wieder. Sie stellte sich das graue Gemälde an der Wand oben im Arbeitszimmer vor. Und wie es wäre, wenn sie es sich ansähe und dann …? Es flimmerte vor ihren Augen. War das der Zweck?

Sie gingen zu den nächsten.

Cloè war eine Malerin der großen Flächen. Keines unter drei, vier Quadratmetern. Viele Werke waren dabei, die Clarisse sehr gefielen. Eine Landschaft in der Normandie – sehr sparsam in den Farben. Wieder der breite Pinsel und der dicke Auftrag der Ölfarben. Portraits mit einer besonderen Spannung. Ein schmales Gesicht trat aus der Dämmerung ans Licht. Alles andere war nur angedeutet. Schlichte abstrakte Kompositionen, wie ein Spiel mit den Farben, mit Kontrasten und Harmonien. Und ein Rückenakt. "Selbst", stand darunter neben Cloés Signum. Helle Haut, die vor dem Hintergrund einer zerrissenen Welt wie von selbst leuchtete. Ruhe strahlte sie aus und Spannung, und auch Ängste. Clarisse war fasziniert. "Was kostet dies?"

Margot nannte einen Preis.

"So viel? Können wir nicht…?"

"Zehn Prozent?"

"Halten Sie es mir zurück. Ich muss erst mit meinem Mann…"

Margot sah sie sehr freundlich an. Doch Clarisse konnte hinter ihrer Stirn lesen. "Doch, doch. Es geht nicht um den Preis. Ich bin mir sicher, dass er das Bild… Ach was. Machen Sie alles fertig. Ich kaufe es." *Du bist verrückt*, dachte sie. *Ein Bild zu kaufen! Was denn noch?*

Sie holte René ab. Hand in Hand liefen sie zur U-Bahn. "Ich bin ganz schön fertig. Wusste gar nicht, das Modell sitzen so anstrengt."

"Wie findest Du Cloè?"

"Wie? Zuck die Schultern."

"Comicsprechs! Nein, sag mal ehrlich."

"Ich bin ehrlich." Sie blieben stehen. Er nahm sie bei den Schultern, drehte sie zu sich. "Clarisse! Ich ertrinke in Deinen Augen." Sicherheitshalber schloss sie Clarisse ganz fest, bis er sie mit heißen Küssen wieder öffnete.

Sie gingen weiter. "Und außerdem ist Cloè lesbisch. Keine Gefahr, wenn Du das meinst."

"*Du* hast das erkannt?"

"Sie hat es mir gesagt. Und ich habe bedauert, dass so eine schöne Frau nicht vakant ist, auf dem Heiratsmarkt. Sie hat herzlich gelacht und gemeint, dass sie *Dich* gerne wiedersehen würde. Läuft da was?" Er machte ein unbestimmte Handbewegung.

Die U-Bahn fuhr ein, bremste zischend. Im Wagen sah Clarisse ihr Spiegelbild im Fenster. "Dann bleibe ich ihr lieber fern."

"Musst Du?"

"Besser isses." Sie schnappte sich Cloé Bild.

"So ein Riesending. Was ist da drin?" Er stellte zum dritten Mal die Frage und Clarisse antwortete zum dritten Mal: "Eine Überraschung."

Der Notar verkündete das Testament. René hatte nicht damit gerechnet, doch er bekam einen Anruf von einem Notar. Also ging er hin. Seine Mutter war mit einer Taxe gekommen.

Jetzt saßen sie wie die Schulkinder vor dem gewichtigen Schreibtisch des Advokaten.

René erbte alles, da Mutter zu Gunsten Renés auf ihr Erbe verzichtet hatte.. Er musste seiner Mutter ein lebenslanges Wohnrecht einräumen. *Was sonst,* dachte er, *ich habe eine Wohnung!* Als er die Summe hörte, die er erben würde, wurde ihm schwindlig. Draußen rief er begeistert, "Mama, damit machst Du endlich die Weltreise, die Du Dir immer gewünscht hast!" Er hakte seine Mutter unter. "Und dann ist immer noch genug übrig", flüsterte er.

"Unsinn. Du könntest endlich heiraten."

Sein Blick wurde stumpf. "Heiraten? Ach du meine Güte!" *Damit kann ich Clarisse doch nicht kommen.*

"Was ist?" fragte Mama.

"Das wird kompliziert."

"Ich glaube, Du verkennst die Situation."

Ich glaube, eher nicht.

E L F

Aber es *wurde* kompliziert! Er redete und redete. Machte Pläne. Clarisse hörte zu. Im Sessel zurückgelehnt. Einen Fuß hatte sie auf das Sitzpolster gestellt und hielt ihr Bein mit beiden Händen am Knie fest. Den Kopf legte sie schräg, ihre grünen Augen, in denen er immer ertrank, waren halb geschlossen.

Er war fertig. Hatte alles gesagt, nur eines nicht: Willst Du mich heiraten? Clarisse schwieg auch. Jetzt rollte sie sich auf dem Sessel zusammen. Zur Seite sagte sie, "Jetzt bist Du ein *richtig reicher* Mann."

"Selbst, wenn man die Steuern abzieht auch noch" meinte er bedächtig. "Außerdem, vorher war ich das auch schon." Er winkte ab.

Sie schwiegen.

René dachte nach. Ergibt es einen Sinn, sie jetzt zu fragen? Mutter hatte dringen dazu geraten. Aber er meinte Clarisses Meinung zu kennen. Er stand auf. Dann kniete er vor ihr, streichelte ihr Knie. "Was ist, Clarisse?", flüsterte er. *Los, sag es*, flüsterte es in ihm.

"Clarisse? Willst…"

Clarisses Kopf war leer. Völlig leer! Was sollte sie davon halten? Dabei war es doch abzusehen gewesen. Ihr wurde schwindelig.

Sie hatte nicht zugehört, legte die Stirn auf ihre Arme. "Liebst Du mich?", klang es dumpf.

"Wie?" René hatte nicht verstanden.

In Clarisses Kopf drehten Fragen und Antworten und Annahmen einen wilden Reigen. *Warum springe ich nicht herum?* Jubelte, tanzte mit ihm durchs Zimmer. Warum war sie plötzlich so enttäuscht? Es gab doch gar keinen Grund! Sie wusste doch, dass er viel Geld hatte. Keine Sorgen mehr, nie wieder die Frage, darf ich?

Unsinn! Sie waren nicht verheiratet. Es war sein verdammtes Erbe. *Was geht mich sein Erbe an? Er kann mich jederzeit verlassen. Und dann?…* "…heiraten?", klag es nach.

Was? Was hat er gesagt? Sie sah auf. "Was hast Du gesagt?" Sie schüttelte die Tränen aus den Augen.

"Willst Du mich - heiraten?"

"Warum?"

"Weil ich Dich liebe? Weil ich mit Dir alt werden will! Weil ich *Dich liebe?* Weil ich alles mit Dir teilen will! *Weil* ich *Dich liebe!*"

In Filmen sagen die Frauen: 'Nein' oder 'ich brauche noch Zeit' oder 'ich muss erst meine Eltern fragen'. Was sollte sie jetzt sagen.

"Und Kinder? Willst Du Kinder?"

"So viel wie Du willst. Ich habe gar nicht an sowas gedacht."

"Aber das gehört doch dazu!"

"Bist Du schwanger?"

Bin ich das? Ich habe noch nichts bemerkt. Es geht mir gut.

Sie schüttelte den Kopf. "Ich denke, nein."

"Wovor hast Du dann Angst?"

"Vor Dir. Davor, dass Du Dich änderst. Dass Du anders wirst."

René war aufgestanden, tigerte durch das Zimmer. "Willst Du Dich erst mit Deinen Eltern beraten?" Er grinste unschuldig, doch sie sah es nicht.

Sie tat es! Sie war zu ihren Eltern gefahren. Wie schön, dass die so cool sind, hatte sie gedacht, als sie wieder in der U-Bahn saß. Geholfen hatte es nicht viel.

Mutter: "Wir können Dir nicht raten. Es ist Deine Entscheidung, Dein Leben, Deine Zukunft."

Und Vater: "Er ist ein netter Kerl. Wenn er generös ist, dann merkt man es nicht. Es ist ihm eine Freude, zu sehen, wie andere, ihm nahestehende, sich freuen - glaube ich." Und dachte dabei an Réunion.

"Wie war das zwischen Euch? Ich hatte nie danach gefragt."

"Das waren andere Zeiten. Wir waren schrecklich jung und bis über beide Ohren verliebt. Da fragt man nicht nach der Zukunft. Da ist die Gegenwart die Zukunft."

"Dein Vater hatte gedacht: Lass kommen, wird schon!"

"Ich?"

"Ja. Du hast es immer wieder gesagt. Immer, wenn das Geld knapp wurde."

"Und Du? Du doch auch!"

"Stimmt. Die Gegenwart war immer wichtiger. Und dann kam auch unser Mädel. Kennst DU sie?"

"Ja. Und nein."

Die U-Bahn lärmte und ruckelte. Clarisse kramte ihre Erinnerungen hervor. War sie auch so Gegenwartsbezogen?

Sie war vierzehn. Während die anderen Mädchen mit ihren Freunden herumknutschten und 'Dinge' machten, war sie allein. Sie bereite sich vor, sagte sie. Sie wolle studieren. Aber wenn sie ehrlich war, hatte sie eher Angst davor. Nur wovor?

Sie wusste nicht, wo diese Angst herkam. Sie war einfach vorhanden. Vielleicht war es ein Film oder eine Geschichte gewesen. Nicht, dass sie nie den Drang verspürt hätte! Aber…Da war der süße Louis. Ein großer Bursche aus der elften, braungebrannt, sportlich, muskulös. Schwarze Haare und einen Blick hatte der! Wenn sie ihn sah, schmolz sie innerlich dahin. Und er sah ihr immer hinterher, sagte nichts, tat nichts. Schaute nur, bis sie eines Tages auf dem Flur zusammenstießen. Ihre Bücher flogen in alle Richtungen davon und landeten klatschend auf dem Steinboden. Und er stand da und starrte sie an. "Kannst du nicht aufpassen", polterte sie los, um dann fortzusetzen: "Oh Verzeihung." Und er stand da und starrte, der Volltrottel, sah zu, wie sie die Bücher zusammensuchte! Und starrte auf ihren dicken Hintern. Später: Die Angst 'davor' hatte sie längst überwunden, aber keiner konnte sich an ihren Maßstäben messen.

Von da an hatte sie Freunde aber keine Geliebten. Affären. Bis sie René gesehen hatte. Sie korrigierte: angestarrt.

Ach ja, da war dieser Typ. Lange vor René. Während des Studiums. Eigentlich ein hübscher Knabe. Wie hieß der doch gleich? Keine Ahnung mehr. Er hatte sich ihr vorsichtig genähert. Und endlich dann im dritten

Studienjahr. Eines Tages fragte er sie, ob er sie ausführen dürfe. Ausführen! Was für ein schönes altmodisches Wort. Sie waren tanzen. Schwitzend, beschwingt und leicht angetrunken brachte er sie nach Hause. Und vor der Tür wollte er sie küssen und das durfte er. Doch als er ihr unter das T-Shirt griff und grob wurde, schubste sie ihn weg. Und da war sie wieder, die Angst. Es ging ihr noch oft so. Sie konnte sich nicht überwinden, bis sie auf Amou traf. Er war es der ihr die Angst 'davor' genommen hatte, mit seiner Zärtlichkeit und Geduld. Sie war geradezu explodiert.

Doch leider hatte er auch anderen Mädchen 'die Angst' genommen. Und sie war nach zwei Wochen wieder allein. Nun, in ihrer kleinen Wohnung und arbeitete für die Redaktion als Volontärin. Ferrauld war gerade zum Redakteur aufgestiegen.

ZWÖLF

Vom Balkon seines Elternhauses konnte René nach Süden, Westen und Osten über die weite Landschaft der Yvelines sehen. Bei gutem Wetter war sogar der Eifelturm erkennbar. Gleich hinter der hohen Hecke begannen die Felder und Weiden. Kühe und Pferde weideten darauf und in der Ferne lagen verstreut Waldflächen und Bauernhöfe. Er dachte eine Sekunde an Marga. Als Kind hatte er oft am Geländer gestanden und nur geschaut. Im Frühjahr und Herbst versammelten sich Störche auf den Wiesen und ruhten Zugvögel auf ihrer Reise nach Süden oder Norden aus. Die Winter sind hier eher grau und nass und langweilig.

Als er in der achten Klasse war, stellte ihm sein Vater einen Schreibtisch vor das Balkonfenster. Jetzt konnte er, wenn er Schularbeiten machte, jederzeit hinaussehen oder in den Tag träumen. Er entdeckte jeden Tag Neues. Und es trieb ihn, darüber zu schreiben.

Schüchtern gab er sein erstes "Werk" seinem Vater. Der sah ihn ernst an. "Was willst Du einmal machen? Schriftsteller oder Architekt?" Und er hatte, wie aus der Pistole geschossen geantwortet, "Schriftsteller!"

"Aha."

Drei Tage später legte ihm sein Vater das Manuskript auf den Schreibtisch. "Mach weiter so. Das ist gut, was Du da geschrieben hast. Mama sagt das auch. Und die muss es ja wissen." René wollte es kaum glauben. Das sagte sein Vater zu ihm?

Nie wieder wurde darüber gesprochen. Es war beschlossen und fertig!

Das Studium beendete er summa cum laude. Ein Grund zum Feiern, ein Grund Gratulationen entgegenzunehmen, sich zu freuen. Und dann kam Ferrauld. "Glückwunsch", flüsterte er René ins Ohr. "Gut geschlafen, mit M'dame Professeur Darierre?"

Darierre, seine Professorin in französischer Sprache mochte ihn und er sie. Aber geschlafen hatten beide nie miteinander. Nicht einmal im Entferntesten daran gedacht. Die Professorin war eine strenge Lehrerin und ein guter Mensch. Und deshalb erreichte Ferrauld eine gerade Linke auf der Nase, abgeschickt von René. Er torkelte rückwärts, landete auf dem Hintern und halb unter dem Tisch des Buffets. Zu allem Unglück fiel dabei eine Schüssel mit Suppe um und auf seinen Anzug. Nicht unerwähnt sollte bleiben, dass die Suppe heiß war. René musste immer noch grinsen, wenn er sich Ferraulds Gesicht in Erinnerung rief.

Die Wohnung kaufte er sich von seinem ersten selbst verdienten Geld (und ein wenig Unterstützung durch seine Alten Herrschaften) und verließ die Studentenbude. Es war viel Geld, sehr viel. Hätte Pierre Simon nicht an ihn geglaubt und die Idee gehabt, aus René eine Madame Andrea Grimaude zu machen, wer weiß was dann aus ihm geworden wäre.

René war es gewohnt immer Geld in der Tasche zu haben. Aber es war ihm nicht wichtig. Es gab keinen Grund für ihn damit zu protzen, wie andere das taten. Mama hatte ihm immer gesagt, "Junge, denke daran, dass andere, viele, nie ausreichend Geld haben werden. Lass sie teilhaben an Deiner Freude, doch gib ihnen nicht das Gefühl, ausgehalten zu werden."

Und Vater? "Über Cäsar, erzählt man, dass hinter ihm immer ein Sklave lief und ihm ins Ohr flüsterte: Respice post te, hominem te esse memento. Sieh dich um; denke daran, dass auch du ein Mensch bist."

Er verstand Clarisse. Sicher glaubte sie, wenn sie sich an ihn binden würde, dass er sie 'gekauft' hätte. René hatte überhaupt nicht an eine solche Möglichkeit gedacht.

Doch wie sollte er ihr klarmachen, dass er sie liebte und nichts Anderes?

"Nun, Sohn. Wie steht es mit euch?"

"Ich weiß nicht. Sie zweifelt?"

"Das ist gut und schlecht zugleich."

Es sah seine Mutter erstaunt an. "Wieso?"

"Nun ja, es ist wohl so, dass eine Frau einen Mann heiraten will. Das steckt so in den Genen, glaube ich." Madame schmunzelte, war sich aber ob der Aussage nicht sicher. Sie hatte sich damals Hals über Kopf verliebt. Aber das waren andere Zeiten gewesen. "Sie will Sicherheit und ihn nur für sich. Eine Heirat bestätigt diesen Anspruch. Sie will ihn nicht teilen."

Rene holte tief Luft. Doch seine Mutter erriet den Einwand.

"Bis auf Ausnahmen. So ist das bei uns Franzosen so, sagt man. Eine Affäre ist nicht so schlimm, heißt es. Es darf nur nichts Ernstes 'draus werden." René seufzte. "Ich hätte es nicht gemocht", sagte Mama leise. "Doch zurück zum Thema: Deshalb prüft sie lange, denn unser weiblicher Instinkt warnt uns. Wird er so bleiben, wie er vor der Hochzeit war? Wird er sich an die Versprechen halten, die er einmal gegeben hat? Und wird er treu sein?"

René nickte.

"Und dann? Sie denkt und denkt und zweifelt und zweifelt. Wenn es dem Mann zu lange dauert, husch, ist er weg. Also muss sie sich irgendwann entscheiden. Hab Geduld. Sie wird, 'Ja' sagen. Soweit kenne ich sie bereits."

DREIZEHN

"Ja, ich will."

Und willst Du, Clarisse..." Sie hörte gar nicht zu. Sah ihren René an und er sie. Sein Gesicht verschwamm, das Gebrabbel der Standesbeamtin verschwamm, das ganze Standesamt verschwamm. Sie fühlte mehr, dass sie "Ja" sagte. Dann bekam sie einen Ring aufgesteckt, sie tat mit zitternden Fingern dasselbe bei René und schwebte irgendwo im All auf Wolke siebenundsiebzig. Sie befand sich in einer Zwischenwelt. Komisch, konnte Clarisse noch denken. Alles andere war nur verschwommen; Wie sie aus dem Rathaus traten und sich vor dem Reisregen duckten, wie sie in das Auto stiegen, Glückwünsche, die sie automatisch entgegen nahmen. Ihr Blick blieb auf Renés Gesicht geheftet. Bis zum Restaurant "Zum Henker von Lille".

Cloè kam angeflogen. Sie fiel ihr um den Hals, gab ihr laute, schmatzende Küsse auf die Wangen. "Du Schuft, hast sie mir nicht gegönnt?", rief sie zu René und küsste auch ihn schmatzend. "Ich habe euch das Bild mitgebracht. Als Hochzeitsgeschenk." Da erwachte Clarisse.

Cloé stand vor den beiden, faltete die Hände vor der Brust, betrachtete sie mit schrägem Blick und rief "Schön!"

Gustave war auch gekommen. Die Männer sahen sich erst feindselig an. Dann schlug Gustave René auf die Schulter. "Was hast Du für ein Glück, Alter. Aber, Entschuldigung, ich muss mich um mein Mädel kümmern." Und nahm Cloè fest in den Arm.

"Guck mal an." Clarisse stieß René den Ellenbogen in die Seite. Cloè küsste Gustave. Oder umgekehrt?

Als sie erwachte, sah sie ihren Mann. Er saß auf einem Stuhl, nackt und blickte ernst zurück. Das Bild! Eine Hand kroch zu ihr unter die Decke. Es kitzelte, Clarisse musste kichern.

Sie hatten heute Nacht - oder war es etwa kurz vor dem Morgen? - lachend und albernd René Porträt ausgepackt. René nahm das Hotelbild vom Nagel und hängte *sein* "Portrait" auf.

"Na? Was sagst Du?"

Clarisse verglich lange Original und Bildnis. "Zieh Dich aus."

René tat es.

"Er ist kleiner", stellte sie fest.

Schnell verdeckte er 'ihn' mit den Händen. "Wie peinlich. Das musst Du reklamieren!"

"Ich meine das Original, Du Träumer!"

"Tja, dann ist eine Reklamation fast ausgeschlossen."

"Bah, Cloè hat sich ihr Wunschbild gemalt. Ich werde *Dich* zurückgeben. Vielleicht hat sie geglaubt, dass ich sonst enttäuscht wäre."

Sie saßen nebeneinander, betrachteten das Bild mit schräg zueinander geneigten Köpfen. "Du bist immer noch angekleidet, Frau. Was soll das für eine Hochzeitsnacht werden…?"

"Eine schöne", hatte ihm Clarisse in das Ohr geflüstert, ins Ohrläppchen gebissen und war aufgestanden. "Kannst Du bitte den Reißverschluss …"

Er half ihr gerne aber: "Das genügt, Den Rest kann ich alleine."

Beide hatten das Gefühl, als wäre es das erste Mal.

Erst langsam, dann immer schneller hatte sie sich die Sachen vom Körper gerissen und dann auf ihn gestürzt.

Später dann forderte sie: "Blast das Licht aus, mein Gemahl."

"Sehr wohl", näselte er. Er tappte nach dem Lichtschalter, musste sich dabei über Clarisse beugen und flüsterte: "Drei Kinder? Oder vier? Schaffen wir das im Dunklen?"

"Kindskopf. Natürlich. Dazu bin ich doch da! Ich werde Dich leiten, Junge."

Renés Wohnung sollte verkauft werden. Beide wollten in das Haus seiner Eltern ziehen. Ihr gefielen die Stille, die Umgebung, der Geruch, der Garten. Wieder hatte sich ein Makler angemeldet. René empfing ihn unwillig, denn trotz der Aussicht auf ruhigeres Wohnen konnte er sich nicht so recht mit der Tatsache abfinden so "weit von der Zivilisation" zu leben.

"Irgendwie ne Schnapsidee", murrte er und ging in die Küche nachdem der Makler verschwunden war. Er rührte in seinem Espresso. "Mir wird die Serviererin fehlen." Dann stand er auf der Terrasse und sah auf die Straße. "Und der köstliche Espresso! Und die Platanen." Stand vor der Aufzugtür. "Und die Concierge!" Dann am Fenster: "Und Häuser gegenüber." Durch das offene Schlafzimmerfenster drang das Lachen der auf dem Hof spielenden Kinder. "Und ich kann mich nicht nackt sonnen!" Das war ausschlaggebend. Das sah auch Clarisse ein.

VIERZEHN

Die Wohnung in der rue Antibes wurde also doch nicht verkauft! So konnte Renés Mutter mit ihrer neuen Haushälterin ruhig in dem Haus auf dem Lande leben. Nicht sie hatte es sich so gewünscht, sondern war auf den Vorschlag René eingegangen. Schon auf der Hochzeit hatte sie sich mit Cloé und Gustave angefreundet und ihnen angeboten mit im Haus zu wohnen. Sie nahmen den ganzen ersten Stock in Beschlag. "Ich brauche ein wenig Leben im Haus", hatte sie ihren Entschluß begründet. Das ehemalige Arbeitszimmer seines Vaters wurde zu einem Atelier ausgebaut, denn es lag idealer Weise direkt nach Norden. Wer hätte das gedacht! Zwei Konvertiten! Clarisse lächelte bei der Erinnerung an Gustave. Gemeinsam schafften die Beiden, als hätten sie ihr ganzes vorheriges Leben nachzuholen.

Ihre Regel blieb aus. Aha, jetzt ist es passiert! Und auch der Indikator aus der Apotheke bestätigte: "Positiv".

Am anderen Morgen flüsterte sie es René ins Ohr. Er schien noch tief zu schlafen, denn er reagierte nicht. Enttäuscht stand sie auf. Im Bad lehnte er sich an ihren Rücken und streichelte ihren Bauch. Sie lächelten sich im Spiegel an und Clarisse bekam einen langen Kuss auf die Schulter. "Meine Frau", verkündete er stolz, als müsse er sie dem Spiegel vorstellen, "wird Mutter."

Sie lehnte den Kopf an seine Brust, was er nach Männerart sofort ausnutzte, und zart ihre Brüste streichelte.

"Merkst Du schon was?" Männerfrage! Er hob die Brüste zart an. Legte den Kopf schief. "Schwer. Diagnose, Sie sind schwanger, Madame."

Sie schob ihn weg. "Hau ab, neugieriger Kerl. Und, nein, ich merke *noch* nichts."

Sie merkte es dann doch, eine Woche später. Ausgerechnet bei Pierre Simon im Büro. Mitten im Gespräch rannte sie auf die Toilette und übergab sich. Als sie wieder zurück war, fragte er trocken, "Schwanger?" Sie nickte.

"Glückwunsch."

"Danke. Aber tratsche es nicht gleich breit."

Pierre deutete auf seine schlecht rasierte Wange. "Küsschen!"

Sie tat es. Dann lachten sie beide.

"Schwangerschaft ist keine Krankheit. Sie ist ein Ausnahmezustand der Frau", belehrte sie René. Doch der war so übervorsichtig! Er formulierte lange an seinen Sätzen, bevor er sie auf Clarisse losließ. Er hatte davon gehört – oder gelesen? – das Schwangere sehr empfindlich seien. Und das machte sie hinwiederum misstrauisch. Da stimmt doch was nicht!

Beide schrieben sie, wie besessen. René hatte eine Liege ins Arbeitszimmer gestellt, damit sich Clarisse ausruhen konnte, wenn es zu schwer für sie wurde. Jedoch lag meist er darauf und sie musste ihn verscheuchen.

Der Spätherbst hatte das Land braun und grau gefärbt. Über den Winter hielt sich die Farbe, denn es schneite nicht, ja selbst Frost war die Ausnahme. Jetzt, im Februar sah die Welt so aus wie im November. Nur die Sonne schien anders, heller.

Clarisse schob ihr Bäuchlein vor sich her. Wenn sie unten im Café frühstückten, setzte sie sich vorsichtiger auf den Stuhl. Seit einiger Zeit trank sie Kräutertee, von Kaffee oder Wein, selbst verdünnt, wurde ihr schlecht. Überhaupt, fand sie, dass sie nicht gut aussah.

"Ich bin fett!", rief sie René zu, der um die Badtür lugte.

"Quatsch."

Ihre und Renés Mama meinten, das sei normal. Doch sie konnte sich nicht vorstellen, dass man sich nach der klitzekleinsten Kleinigkeit schlecht und abgespannt fühlte. Im April sollte es soweit sein, doch ihr war, als würde es gleich morgen losgehen müssen.

Draußen vor den Fenstern säuselte seit zwei Tagen ein leiser Regen, der einfach nicht aufhören wolle und auf das Gemüt drückte. Clarisse saß am Schreibtisch. Sie fror. Und sie fand nicht die Kraft zu arbeiten. Die Brust spannte und der Bauch und er war ständig im Weg. Sie hatte einen Dauer-Piepton in den Ohren und die Welt drehte sich bei jeder Bewegung in die Gegenrichtung. Hatte sie zu viel gearbeitet und war nur überanstrengt oder hatte sie sich im Tag verschätzt? Die Zeit verstrich wie im Zeitlupentempo.

"Ich fahre ins Krankenhaus", rief sie René im Verlag an.

"Soll ich Dich nicht besser bringen?"

"Nein, wird schon. Ich nehme ein Taxi. Eventuell brauch ich nur ein Medikament. Ich melde mich."

Es war spät geworden. René hatte nicht gemerkt, wie die Zeit vergangen war. Der Regen war abgezogen und die Sonne versank knallrot hinterm Horizont. Er war eben fertig geworden und verabschiedete sich von Pierre. Verdammt. Clarisse! Sie hatte sich bis jetzt nicht gemeldet! In welches Krankenhaus ist Clarisse gefahren? Er rief sie übers Handy an. Es meldete sich nur der Anrufbeantworter. Er überlegte. Ah ja, ins "Ste. Marien". Jetzt fühlte er wie sein Herz vor Sorgen laut schlug, sich im Bauch ein Druck aufbaute und sich ein schlechtes Gewissen breit machte.

Poch, poch, poch.

"Mama, ich fahre ins Krankenhaus. Etwas stimmt nicht7 mit Clarisse."

"Soll ich kommen?"

"Nein, warte bitte auf meinen Anruf."

Mit zitternden Händen legte er den Telefonhörer auf.

Eine halbe Stunde später erfuhr er, dass Clarisse noch im Krankenhaus war.

"Sind Sie der Ehemann?"

"Ja, verdammt. Warum ist sie noch hier? Komplikationen oder hat es eine Geburt gegeben?"

Schulterzucken. "Gehen Sie zur Entbindungsstation."

René raste förmlich die Treppen in den dritten Stock. Er hätte den Aufzug nehmen können, aber der war ihm zu langsam. Warum lag die Entbindungsstation ausgerechnet im dritten Stock? Eine ahnungslose Schwester, beide Hände mit einem Instrumententablett voll, schickte ihn mit einer Kopfbewegung zum Schwesternzimmer. Doch da kam ihm einer der Halbgötter in Weiß entgegen.

"Clarisse G., Clarisse? Ah ja! Sie sind M'sieur René G.?"

"So ist es."

Der Doktor sah René scharf an. "Kommen Sie."

Sie liefen ein Stück den Gang hinunter. Leise öffnete der Arzt eine Tür. "Aufwachraum" stand auf dem Schild.

Aufwachraum?

"Was ist mit meiner Frau?"

"Pst", machte der Doc. "Sie schläft noch."

"Was ist…?!"

"Kommen Sie." Der Doktor schob René in das Krankenzimmer und einen Stuhl. "Ihre Frau hatte eine Fehlgeburt." René wurde blass. "Es war knapp. Verdammt knapp. Der Fötus war tot. Erstickt an der Nabelschnur. Zum Glück war ihre Frau rechtzeitig zu uns gekommen. Die angehende Blutvergiftung hätte sie sonst umgebracht."

Der Arzt sah geschäftig nach den Instrumenten, als wolle er René nicht in die Augen sehen.

Meine arme, kleine Clarisse, dachte René. *Warum Du?* Er ging zum Bett. Eine blasse Hand lag schlaff auf der Bettdecke. Clariss' Gesicht war ruhig, fast entspannt. Renè setzte sich auf die Bettkante. Er flüsterte "Clarisse?"

"Alles in Ordnung. Alle Werte wieder normal." sagte der Arzt. Renè sah ihn durch einen Schleier von Tränen.

"Wird sie wieder ganz gesund?"

"Sicher."

Der Professor lehnte sich zufrieden zurück. Dabei quietschte der Sessel, wie eine Fahrradbremse. Er verzog sein Gesicht. Doch dann leuchtete es wieder voller Zuversicht. "Sie hatten Glück im Unglück", tönte er mit lauter Stimme. "Sie haben ihr Leben gewonnen, meine Liebe. Und", er hob einen Finger, "sich die Chance erhalten, einen weiteren Versuch zu unternehmen. Von mir aus auch mehrere."

"Wie meinen Sie das, Versuche." Clarisse sah den Professor irritiert an.

"Naja, nicht Versuche. Sie werden keine Probleme haben, Kinder zu bekommen!" Er machte große Augen, als verstünde er sie nicht. "Alles in bester Ordnung."

"Ordnung? Nie wieder!" Sie schrie es fast.

"Nun, nun. Liebste Clarisse!" Er war aufgestanden, um den Tisch herumgekommen und legte ihr seine großen, weichen und warmen Hände auf die Schultern. Er sah ihr tief in die Augen. "Es gibt nichts Besseres, als Kinder zu machen." Wie er es sagte, klang es nicht einmal anzüglich, sondern wie das normalste Ding der Welt. Kinder machen! Na los, machen sie Kinder, los, los. Der Professor strahlte über das ganze Gesicht. Er war an zu seinem Stuhl zurückgekehrt, stellte die Ellenbogen auf den Tisch und führte die Fingerspitzen zueinander. "Sehen Sie, Clarisse, es kommt vor, dass die Natur uns nicht gewogen ist. So ist sie.

Sie existiert, auch ohne unser Einwirken. Doch wir sind Menschen. Wir haben Verstand und Gefühle. Wir verstehen das. Sie sind eine starke Frau und kerngesund! Nehmen Sie es hin und trauern Sie. Aber nicht zu lange! Was immer Sie jetzt tun, es wird das richtige sein. Denken Sie daran, dass Sie ein Kind wollten, nicht wahr?"

Clarisse nickte schüchtern.

"Wunderbar!" polterte der Professor. "Ruhen Sie sich ein wenig aus. Und dann beginnen Sie von neuem, wenn der Schmerz nicht mehr so groß ist. Und wenn Sie Hilfe oder Rat benötigen, kommen Sie zu mir. Ich werde Sie im Auge behalten!"

"Danke", flüsterte Clarisse. Sie fühlte sich noch schwach und hilflos. Sie brauchte Jemanden, an den sie sich anlehnen konnte. Als sie aufstand, war der Professor um seinen Tisch herum. Er schloss sie in seine Arme, drückte sie voller Herzlichkeit an seine Brut. Und es tat wohl. Dann hielt er sie von sich, strahlte wieder. "Es wird, Clarisse, es wird. Und nun, au revoir!" Und flüsterte ihr ins Ohr: "Machen sie Kinder!" *Der Gute! Der hatte doch keine Ahnung!*

Als Clarisse aus der Tür heraus war und der Professor allein, griff er zum Hörer. "Madame Schulz? Guten Tag. Wir müssen reden …"

Clarisse hatte alleine mit dem Professor sprechen wollen. Deshalb wartete René unruhig auf dem Flur, den er mehrfach in seiner vollen Länge abgeschritten hatte. "Clarisse!" Er breitete die Arme weit aus. Clarisse stürzte sich ihn seine Arme und dann heulte sie, heulte, heulte und heulte. René legte den Arm um sie. "Naa, naaa. Komm, wir fahren nach Hause."

Sie blickte ihn mit tränennassen Augen von unten an. "Können wir verreisen? Ganz, ganz weit weg?" fragte sie René zwischen zwei Schluchzern. Sie sah mit ihren grünen

Augen, in denen ganze Fässer an Tränen schwammen, traurig zu René auf. Der Blick brach ihm das Herz.

"Soweit Du willst, solange Du willst, wohin Du willst."

Und Clarisse sagte "Nur weit weg."

Die Tickets waren teuer. Sehr, sehr teuer. Aber der Flug sollte auch weit gehen, sehr weit und Clarisse sollte es bequem haben. Stundenlang telefonierte er mit, glaubte er, hunderten Fluggesellschaften.

"Heute?"

"Jetzt, sofort." *Hundertmal. Sicher!* "Tut uns leid."

Eben waren Plätze frei geworden. *Na, so ein Glück!*

"Clarisse?" Er rannte ins Schlafzimmer. Clarisse lag auf dem Rücken und blickte zu Decke. "Komm, mach Dich schön. Wir hauen ab. Ich sage nur noch allen Bescheid."

Clarisse fragte nicht einmal, wo es hinging. Apathisch erhob sie sich, blieb einen Moment sitzen und ging dann ins Bad. Draußen hörte sie, wie René telefonierte.

Es klingelte. "Ihr Taxi, Monsieur."

"Hast Du schon gepackt?" Er sah Clarisse vor dem Spiegel, winkte ab.

"Wir kommen."

Sanft setzte der Flieger auf. Nur das Tock, tock, der Rinnen auf der Landebahn drangen bis zur Kabine durch. Clarisse hatte beinahe den ganzen Flug verschlafen. Nur in Singapur war sie kurz munter, weil sie in die *New Seeland Flights* umstiegen. Jetzt sah sie aus dem Fenster. Noch flogen die Gebäude des Flughafens vorbei, doch das Flugzeug wurde immer langsamer und bog zum Terminal ab. Ihr Blick war immer noch leer und gleichgültig. Sie seufzte leise.

Die Pass- und Zollkontrolle war lax. Die Beamten sahen das Paar und vor allem die junge Frau mit den furchtbar traurigen Augen und winkten sie einfach durch. Vielleicht wunderten sie sich, dass sie kein Gepäck dabei hatten. Nur eine Tasche mit Computern und ein paar Bücher. Aber was hatten sie nicht alles erlebt!

Ein Mietwagen stand bereit. Die Formalitäten waren schnell erledigt. René half Clarisse in den Wagen. "Dann los", sagte er und startete. *Oh, hier ist Linksverkehr*, erinnerte er sich rechtzeitig, ordnete sich ein und hatte schon daran gewöhnt.

Clarisse schwieg und sah aus dem Fenster... Die Erinnerungen kam wieder auf. Zum wievielten Mal, dachte sie zum wievielten Mal? Der Schock war groß. Ein Stationsarzt hatte sie untersucht. "Bleiben Sie liegen. Nicht bewegen, nicht wegrennen!" hatte er gesagt, war verschwunden und kam mit dem Professor wieder. Der, groß und breit wie ein Stier, aber sanft wie ein dicker roter Kater, strich ihr mit seiner weichen Hand über den Kopf. "Clarisse", sagte er, wobei er ihr tief in die Augen blickte. "Bitte, seien Sie jetzt stark." Er sah ihr tief in die Augen und Clarisse hatte mit einem Mal furchtbare Angst. "Sie verlieren Ihr Kind. Wir müssen es holen. Sie kommen sofort unters Messer." Er winkte mit der Hand. Und sogleich stand jemand neben ihr und gab ihr eine Spritze. Eine seltsame Ruhe überkam sie, sie wusste beim besten Willen nicht mehr, was sie hier sollte. Etwas piepste. Diese verdammten Maschinen, dachte Clarisse, dass war sie eingeschlafen.

Als sie aufwachte, saß René neben ihr auf dem Bett. "Clarisse?" fragte er.

Sie sah ihn an. Ihr Herz krampfte sich zusammen, als sie sein trauriges Gesicht sah und das er ungeschickt unter Optimismus tarnte.

Ich bin schuld, ich bin schuld, ich bin... "Wir haben unser Kind verloren", sagte sie mit trockenem Hals. *Ich bin schuld, ich bin...* Der Satz ging ihr nicht mehr aus dem Kopf.

"Ich weiß." *Er geht darüber hinweg, als hätten wir nur vergessen, die U-Bahn zu bezahlen.* "Du musst gesund werden, Liebes."

Sie schwieg. *Ich bin...*

...Schuld.

Die Stadt wurde niedriger. Die Häuser mit den gepflegten Vorgärten, besaßen nur noch ein Stockwerk. Weiden und Felder flogen vorbei. Eine helle, warme Sonne schien. Hier *down under* war Sommer. Die Leute hatten helle Kleidung an, die Luft war leicht und roch schon ein wenig nach Salzwasser.

René bog auf die Küstenstraße ein. "Es ist nicht mehr weit, Liebes. Dann kannst Du Dich ausruhen."

Nett gemeint. Ich habe mich lange genug ausgeruht.

Ein Wäldchen begann. Palmen und tropische Pflanzen säumten den Straßenrand. Sie erreichten eine Einfahrt. "Blue Sea Ressort" stand mit schreienden Farben auf einem Schild zwischen den Torpfosten. An einem eine Kupfertafel mit fünf Sternen und irgendeiner Erklärung auf Englisch. Damit machte man klar, dass dies hier nicht *jedermanns* Ressort war. Es kostete eben. Und das musste man zeigen. Das ging Clarisse wie nebenbei durch den Kopf. *Wo sind wir?*

Ein Concierge kam die drei Stufen zum Wagen herunter und öffnete Clarisses Tür. "Welcome, Ma'am, Sir. How are You? Nice to see you. " Er sah sich um. "Ihr Gepäck, Sir?"

"Haben wir nicht. Wir kaufen uns hier, was wir brauchen."

Clarisse bewunderte in Stillen die Körperbeherrschung des Concierge. Er verzog keine Miene, was immer er auch denken mochte. Höflich begleitete er sie zur Rezeption.

Langsam nahm sie mehr und mehr ihrer Umgebung war. Sie sah sich um. *Wir sind nicht mehr in Frankreich.* Das war klar. Aber …? Ein Plakat wies auf die Sehenswürdigkeiten Neuseelands hin. *Neuseeland?*

Sie stellte sich auf Zehenspitzen. "Sag mir nicht, dass wir in Neuseeland sind", flüsterte sie René ins Ohr. Der nickte, denn er war mit der Empfangsdame beschäftigt. Da stand sie nun. In Neuseeland! Sie erinnerte sich. "So weit weg wie möglich", hatte sie gefordert. Nun, sie war so weit weg wie möglich!

So etwas, wie Humor kam in ihr auf. "Sind wir auf der Flucht?" Die Empfangsdame, die sicher französisch verstand, hob die Augenbrauen. Renè nickte, "Vor Allem und Allen!" Das Gesicht der Dame verschloss sich. Ob sie die Polizei ruft?

Sie gingen zum Haus. *Natürlich! Wir haben ein Haus! Eher ein Häuschen.* Drinnen setzte sie sich in einen Sessel mit wunderbar weichen Kissen. Sie schwitze. War ja noch angezogen, als wäre sie im alten Europa.

"Ich geh' duschen." Sie warf ihre Sachen von sich. Die landeten auf dem Boden. René hob sie auf. Im Bad fand sie alles Nötige. Vor dem Spiegel, der bis zum Boden reichte, blieb sie stehen. Blass sah sie aus und grau. Sie hatte befürchtet, eine Narbe zu sehen, doch ihre Haut war makellos wie immer. Nicht einmal Schwangerschaftsstreifen hatte sie davongetragen. Sie stellte sich unter die Dusche.

René kam hinzu. "Du duschst seit einer halben Stunde."

"Na und?" fauchte sie ihn an und heulte sofort los. Sein Blick wurde ganz weich. Er streifte die Schuhe ab, ging einfach in die Dusche hinein und nahm sie in die Arme. "Pscht, pscht." Seine Sachen wurden nass, doch es kümmerte ihn nicht und Clariss drängte sich an ihn. Am liebsten hätte sie ihn in sich aufgenommen. Langsam versiegten die Tränen, die sich mit dem Duschwasser vermischt hatten. Sie sah in blinzelnd von unten an.

"Komm, Du wirst ja ganz nass." Und zog ihn aus der Kabine.

"Wir müssen uns morgen sowieso Kleidung und alles Zeug was man braucht kaufen."

"Ja?"

"Ja. Ich habe nichts eingepackt. Wollte nur weg, wie Du, weit weg."

Ihre nackten Körper trockneten in der Luft. Er hatte die Sachen über das Geländer der Veranda gehangen. Bis morgen ist es wieder anziehbar, erklärte er. Dann legten sie sich auf die Betten. Erst lag sie auf dem Rücken und blickte in die Zimmerdecke. Dann drehte sie sich zu ihm. Kuschelte sich zusammen und presste sich an seinen warmen Körper.

Da war er wieder. Dieser verdammte Spruch: *Ich bin schuld, ich bin...* Sie zitterte.

"Ist Dir kalt?"

Clasrisse schüttelte den Kopf. Kroch noch näher. "Halt' mich fest." René tat es. "Noch fester."

Nach dem Frühstück fuhren sie in die Stadt. Sie liefen eine Straße hinunter an der sich Laden an Laden reihte. Schnäppchen, Souvenirs, teures Zeug und die üblichen Kleiderläden, die man überall auf der Welt fand. Clarisse suchte wenig interessiert aus, René bezahlte und schleppte. Am Ende dann noch eine Mall in der sie noch einmal Kleidung und Kosmetika kauften. Nicht viel und meist Preiswertes. Schwer bepackt schleppten sie sich wieder zurück zum Wagen.

Still fuhren sie ins Ressort. Still stiegen sie aus und still gingen sie zu ihrem Haus. René wusste beim besten Willen nicht, was er sagen sollte. Wenn er seine Frau ansah, hätte er losheulen können. Ihre Augen, in denen er immer ertrank (und sie ihn, Gott sei Dank, mit einem Lächeln rechtzeitig herausholte) waren voller Traurigkeit. Dunkel flackerten sie unstet hin und her, hielten ihn nicht fest.

Lustlos probierte sie die Sachen an. Passt! Dann saß sie wieder im Sessel und stierte in die Luft. *Ich bin schuld...*

Er hielt die bedrückende Stille nicht mehr aus. "Ich bin mal draußen."

In der Mitte der Ansammlung von ähnlichen Hütten, wie die, die sie bewohnten, war eine winzige Bar aufgebaut. Der Keeper, ein Franzose aus Lion, der hier studierte und in den Ferien im Ressort an der Bar arbeitete, freute sich einen Landsmann zu treffen. "Der erste geht auf mich!", rief er und schenkte einen gewaltigen Cognac ein. René kippte ihn herunter und musste husten.

Sie lachten. Dann, mit ernstem Gesicht: "Ihrer Frau geht es nicht gut, nicht wahr? Der Flug?"

René schüttelte den Kopf. Er wollte nicht, dass irgendwer es erfuhr.

"Ein Unglück", sagte er dann doch, "Wir sind hierhergekommen, um es zu verarbeiten. Bitte reden Sie…" Der Keeper nickte ernst. "Ein guter Ort, dafür." Und René war sich sicher, dass es niemand erfahren würde.

René war gespannt, wann es aus Clarisse ausbricht und wie. Er war auf alles gefasst. Der Professor hatte vorher mit ihm gesprochen. "Lassen Sie sich Zeit, René. Lassen Sie vor allem ihrer armen Frau Zeit." Er legte ihm seine große Hand auf die Schulter. "Eigentlich ist Clarisse beneidenswert. Sie kann, wenn sie will Abstand finden. Sie hat alles: Einen guten Mann, das sind sie doch?" Er schmunzelte. "Geld und Zeit. Es ist kein Vorwurf: Ich habe Frauen hier, die zweimal Fehlgeburten hatten. Sie hatten aber keine Zeit lange zu trauern, denn sie müssen arbeiten. Und dann kamen sie wieder und haben gesunde Kinder bekommen. Was ich sagen will, versuchen Sie ihr den Schmerz zu nehmen. Schnell, damit er sich nicht manifestiert. Wecken Sie sie, wenn Sie merken, dass die Trauer nachlässt und öffnen Sie das Optimistische in ihr." René hatte nur genickt und den jovialen Schlag des Professors auf seine Schulter ertragen.

"Tun Sie etwas, dass ihr auch gefallen wird."

Der Keeper machte hunderte von Vorschlägen, was sie alles besuchen, was sie sehen mussten. René schüttelte den Kopf.

"Ein Boot?"

"Ein Boot? Was für ein Boot?"

"Segelboot. Für Hochsee…"

"Da finden wir bestimmt etwas. Ich kümmere mich darum."

Zum Frühstück reichte die Kellnerin René einen Zettel. Clarisse sah kurz auf und versank wieder in ihren brütenden Zustand. *Egal,* dachte René, *Dich kriege ich noch. Leise schmunzelte er. Ich denke, ich habe das Richtige für Dich.*

"Wir fahren heute zum Hafen, das ist Dir doch recht?"

"Jaja."

"Fein."

Im Hafen fand er schnell den Hafenmeister. Er gab ihm den Zettel. Der sah ihn erstaunt an. "Haben Sie das … Patent?"

"Yes, Sir. Hier."

Er zeigte das Patent, das er immer bei sich trug.

Der Meister sah auf. "Kommen sie. Ist das Ihre Frau?"

"Ja, meine Frau, meine Geliebte, meine Arbeitspartnerin."

Der Meister grinste breit. "Schön, dann lernen Sie mal meine kennen – oder lieber nicht!" Er lachte rau, doch es klang nicht böse. Ein Männerscherz eben.

Die Yacht war gepflegt und im besten Zustand. "Ist denn in der letzten Zeit mal jemand damit auf See gewesen?"

"Schon lange nicht mehr, Sir."

"Und sie ist seetüchtig?"

"Absolut!"

"Na dann, an Bord mit uns."

Er half Clarisse an Bord. Zum ersten Mal blickte sich Clarissa aufmerksam um. "Ein Boo…", sie verbesserte sich selbst: "Schiff. Wie schön."

"Eine Yacht", verbesserte er.

Der Meister half ihnen noch, die Yacht loszumachen und winkte ihnen hinterher. "Allzeit gute Fahrt!".

Er segelte einfach geradeaus nach Osten. Die Yacht wurde durch einen Computer gesteuert. Je nach Wind, Himmelsrichtung und Ruderstellung wurden die Segel gesetzt. René kannte die Sorte, er war damit alleine auf dem Atlantik gewesen. Nicht weit hinaus, nur für zwei, drei Tage. Es war einfach herrlich, aber der Kahn teuer und ein Liegeplatz, sowie die Pflege nahezu unerschwinglich. Ausserdem liebe er Großvaters Holzyacht denn dann doch zu sehr.

Er stand am Steuerrad.

"Wohin fahren wir?"

Er zeigte mit der Hand geradeaus. "Dorthin. An den Horizont, wo die Welt zu Ende ist."

"Liegt da Hawaii?"

"Nein. Aber wenn wir nicht aufpassen, fallen wir runter."

"Dann pass auf!"

"Ich Kapitän, du Moses. Du passen auf! Ab in die Wanten."

"Was liegt dort, hinterm Horizont?"

"Südamerika, Chile."

"Wie weit?"

"Sechstausend Meilen."

"Mehr nicht? Dann lass' uns segeln…"
Schweigen.
"Erinnerst Du Dich? Auf der Seine?"
"Ja. Du hast wunderbar ausgesehen."
"Hast?"
"Du *siehst* wunderbar aus, meine Schöne."
"Ich meinte, die Abende und die Tage dort am Ufer." Sie gab ihm einen Kuss. Erst kurz. Dann nahm sie seinen Kopf in ihre Hände. Ihre Augen waren klar, als sie in seine sah.
"Du Lieber…" Sie fühlte sich leichter. War es die Seeluft? So klart, so rein?
"Ich ertrinke!"
"Aber nicht in voller Montur. Komm nach unten. Oder musst Du aufpassen?"
"Das macht der Autopilot."
"Dann schnell."

Sie stiegen erst kurz vor Sonnenuntergang wieder an Deck. Am Himmel zogen Cirruswolken in großer Höhe schnell nach Westen. Weit im Osten türmten sich Stratokumuli. René sah nach dem Wetterbericht. Alles in Ordnung. In den nächsten drei Tagen würde sich das ruhige Wetter nicht ändern. Er stellte den Autopiloten auf Nord. Das Schiff schwenkte elegant ein und wiegte sich in der querab laufenden Dünung.
Clarisse saß an der Bordwand, das Kinn auf die Hände gelegt. Sie sah den Wellen zu, zählte, Ein, zwei, drei…sieben. Das ist er. Der Kawenzmann! Natürlich winzig im Vergleich zu den wirklichen, die dreißig Meter-Wellen, die ganze Schiffe einfach verschlingen konnten. Der hier war vielleicht einen halben Meter hoch. René hatte es ihr erklärt und sie auch gleich beruhigt. Dann gibt es eben Kawenzmänner. Und Kawenzfrauen?

Sie fühlte sich beschwingt. Der Bug stieg in die Höhe. Es war, als wenn es verharrte, dann senkte es sich, die Bugwelle rauschte lauter und verschwand hinter dem Heck. Sie hatte das Gefühl, auf einer Schaukel zu sitzen. Hier auf See spürte sie, wie sich die Schwere ihrer Gedanken verflüchtigte. Sie war bereit ihr Schicksal anzunehmen.

War sie das? Wirklich. Und René?

Der saß gelassen am Ruder, hielt es, obwohl er das nicht musste. Der Autopilot drehte das Ruder. Die gleiche Haltung wie damals auf der Seine. Der Blick nach vorn. Was dachte er gerade? Eine leise Briese trieb sie jetzt mit fünf, sechs Knoten über das Wasser. Sie hinterließen eine weiße Spur aufgewühlten Meerwassers.

"Was denkste Du?" fragte sie.

"An eben. An Dich. An uns."

Eine hohe, spitze Rückenflosse tauchte in den Wellen auf. Schwamm mit dem Schiff mit. "Ein Orca!" rief René. "Hier unten?"

Clarisse stand neben ihm, sah mit zusammengekniffenen Augen auf die Rückenflosse. Er nahm sie fest um die Schulter in den Arm. "Ich liebe Dich", flüsterte er.

Ruhe überkam sie. Die Rückenflosse war verschwunden. *Egal, ob hier oben oder sonst wo.* Dafür schwammen jetzt Delfine nebenher, als versuchten sie ein Wettrennen.

An eben, an Dich, hatte er gesagt. Sie hatte befürchtet, dass sie nie wieder mit ihm schlafen könnte. Doch als sie seine Lippen auf den ihren spürte, seine Zunge ihre suchte, sein großer Körper sie fast umgab, da wusste sie: *Ja ich will*!

Sie sah den großen, dicken Professor vor sich. Strahlend, fröhlich, voller Optimismus. Er klatsche in die Hände vor Freude. Ja, tun Sie es, Clarisse, machen Sie Kinder! Und sie hörte sein Lachen.

Nach vier Tagen fuhren sie wieder in den Hafen ein. Kein Sturm hatte sie erfasst, kein Monsun ertränkt, keine Wellen konnten sie kentern. Sie hatten das Meer beobachtet, die großen und kleinen Fische, den Sonnenuntergang genossen und miteinander geschlafen, als würde morgen die Welt untergehen. Clarisse war, als wäre sie nicht auf dieser Welt, sondern einer anderen. Und es war, als hätte sie etwas hinter sich gelassen. Was, das hatte sie vergessen.

Vergessen? Wirklich?

Sie erinnerte sich an einen Spruch. Wer hatte ihn gesagt? "Hinfallen, aufstehen, Krone richten, weitergehen!"

Das galt für das Äußerliche. Aber Innen! Immer bleibt etwas, das sich einnistet. Schmerz. Angst vor der Zukunft. Doch das ist falsch! Lebe das Leben, als wäre dies der letzte Tag. Nicht vergessen die Krone zu richten!

FÜNFZEHN

Ein Fax war gekommen. "Clarisse, René! Bitte kommt! Mutter geht es schlecht."

René wurde blass. Bitte nicht noch eins in diesem Jahr! Bitte!

Sie packten. Zwölf Stunden Flug! Ohne weiteren Aufenthalt fuhren sie zu Clarisses Elternhaus. Papa stand vor der Tür. Hatte er die ganze Zeit aus dem Fenster gesehen?

Als er Clarisse sah, schüttelte er den Kopf. Zu spät!

Sie umarmten sich lange im gemeinsamen Schmerz.

Aufstehen! Krone richten!

"Sie hatte ein erfülltes Leben."

Was heißt das 'Sie hatte ein erfülltes Leben', fragte sich Clarisse. *Es hatte Arbeit bedeutet, Verzicht, Sorgen, steter Kampf um ein bisschen Wohlstand. Mehr wollte Mama nicht. Liebe vor allem. Aber was ist die Erfüllung? Der Dank dafür ist der Tod!?*

Sie musste sich damit abfinden. Papa sagte, so ist das Leben. Er war darauf gefasst. *Hatte er sich vorbereitet? Geht das denn, vorbereitet sein?*

Sie hielten sich an den Händen.

René stand daneben, fühlte sich, als wäre er im falschen Film. *Anhalten, Film anhalten!*

Aber der Film Leben ist weder auf- noch anzuhalten. Er läuft ab, bis die vorgegebene Länge der Rolle abgespult ist. Manchmal ist sie kurz, manchmal lang. Es gibt keinen Schalter und der große Schwarze Operator mit der Sense steht dabei und wartet. Und wenn der Film zu Ende ist, heißt das, Du bist weg vom Fenster. Dahingeschieden. Hast ein "erfülltes" Leben gehabt. Ha! Und der Rest der Rolle dreht sich noch bis sie ausgedreht hat. Der große schwarzgewandete Vorführer stellt die Sense an die Seite, legt eine neue Rolle auf, schmeißt die leere weg. Begräbnis nennt man das. Dunkelheit. Schluss. Bis zum Nächsten...

Vater wollte im Haus wohnen bleiben, so wie Renés Mutter in dem Ihren. Recht so! Sie fühlten sich daheim und die Erinnerungen an die gemeinsamen Zeiten steckten noch in jeder Ritze, jedem noch so kleinen Gegenstand. Clarisse sog die Erinnerungen ein, nahm sie in sich auf. Sie strich mit ihrem Vater vom Raum zu Raum, vom Dachboden bis in den Keller. Überall war *Mama!* Das ist alles sie und unser, sagte Papa. Und er hatte Recht. Der Körper hat sich aufgelöst, nicht der Mensch. Er ist noch lange anwesend, hat Spuren hinterlassen und erst nach Jahrzehnten, vielleicht

Jahrhunderten werden sie verblassen und verschwunden sein. Oder nie. *Was bleibt nach dem Tode?*

Clarisses Schmerz war aber auch Erlösung. Sie war nicht allein, hatte sie erfahren und sie war nicht Schuld hatte sie gelernt. Wenn wer Schuld hatte, dann war es das Schicksal, Kismet, der liebe Gott, der für alles zuständig sein soll. *Also, lieber Gott, nimm Deine Schuld an und gib meiner Mutter und meinem ungeborenen Kind in liebevolle Engelshände. Sie haben es verdient.*

Clarisse schmunzelte.

René hatte es gesehen. "Du lächelst."

"Ja. Ich bin mit einem Male glücklich."

"Wie das?"

"Ich habe meine Krone gerichtet. Gehen wir weiter."

René sah sie an. *Wie jetzt? Welche Krone? Oder hat sie zu Boden gefunden? Ist sie endlich gelandet? Egal, das ist sie wieder, meine Clarisse!*

Clarisse stand ganz dicht vor ihm. Sie sah zu ihm auf, ihre Brüste drücken gegen seine Brust. Und ihre Augen! Dunkelgrün! Waren sie im Laufe der Zeit dunkler geworden? Sie nahm seine Wangen in die Hände, kam näher und näher und er glaubte, wieder am Anfang *ihres* Films zu stehen. Wie kurz vor ihrem ersten Kuss. Er kam ihr entgegen, schmeckte die weichen, warmen Lippen und spürte überdeutlich ihren Körper, der sich an ihn drückte. Ich will Dich ganz, sagte ihr Körper. Ganz dicht bei mir. Geh nicht weg! Niemals!

Und er schwor ihr ohne Worte.

Ja, niemals. Ich schwöre.

* * *